西間島 始終記

서간도 시종기

우당 … 이은숙 회고록

일조각

영구 이은숙 (榮求 李恩淑, 1889~1979)

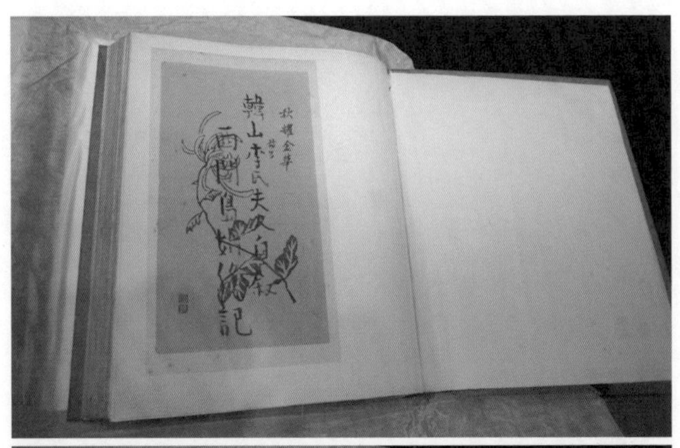

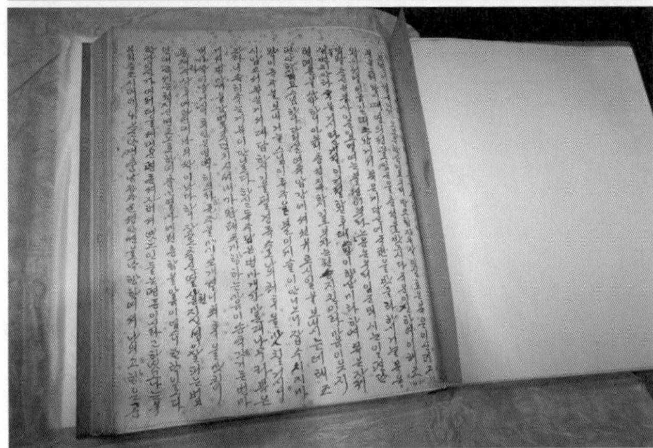

《서간도 시종기》 육필본

이회영이 직접 만든 낙관과 낙관 보관함

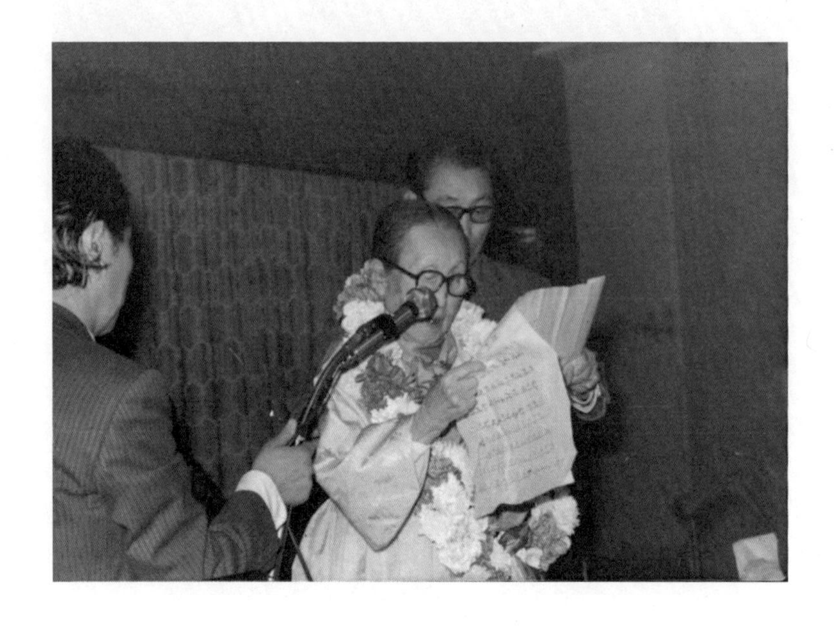

招　　請　　狀

봄날씨 화창하온데 이번에 저희들은 月峯韓基岳先生紀念事業會의 발족을 보아 그 첫 文化事業으로 月峯著作賞을 제정하여 제 1 회 施賞式을 거행하게 되었읍니다. 受賞者는 故 友堂 李會榮 선생의 未亡人 榮求 李恩淑여사인바 「西間島始終記」(一名 '獨立運動家 아내의 手記')의 著者입니다. 公私多忙中 자리를 빛내 주시기 바랍니다.

1975年　4月　　日

때 : 1975年 4月 10日(木) 正午

곳 : 新聞會館 3층 講堂

月峯韓基岳先生紀念事業會

會長 李　熙　昇

제1회 월봉저작상 시상식. 수상 시 차남 규창과 함께한 모습(1975)

아침 기도 모습(1970)

차례

서문 《서간도 시종기》를 다시 펴내며 13

해제 잊어선 안 될 그날들
–독립운동가 이회영·이은숙 부부의 삶 19

지도 서간도 이주 경로 및 주요 근거지 & 서울 귀환 경로

서막 서울 46

제1장 서간도 그리고 서울 1910~1919 60

제2장 북경 1919~1925 118

제3장 서울 1925~1932 162

제4장 우당의 서거 1932 210

제5장 해방 전 1933~1944 244

제6장 해방 후 1945~1950 292

제7장 6·25 전쟁 1950~1953 346

그 후 가족들 376

이회영 일가 가계도

연표

《서간도 시종기》를 다시 펴내며

이종찬(우당기념관 관장)

나는 장춘에 망명해 사시던 할머니를 해방 이듬해 상해에서 귀국한 후 처음 뵈었습니다. 지금도 기억에 남은 할머니의 첫마디는 '할아버지 역사'를 정리하자는 당부였습니다. 다음 해 우리 가족은 공덕리 대원군 별장에 약 1년간 모여 살았습니다. 별장은 비교적 넓고 방이 많았는데, 할머니는 어느 틈에 '부위 할아버지'*를

* 해관 이관직(海盥 李觀稙, 1882~1972). 대한제국군 부위(副尉)출신으로 신흥무관학교 교관을 역임했다.

모셔다가 방을 내드리고 '할아버지 역사' 집필 작업에 착수토록 하였습니다.

매년 11월 할아버지 제삿날이면 옛 동지들이 모였었습니다. 그때마다 할머니께서 빠짐없이 "말씀들만 하지 말고" "쓰라"고 독촉하시던 모습이 눈에 선합니다.

이렇듯 성화같이 재촉했지만 할머니의 뜻대로 작업이 진척되는 것 같지는 않았습니다. 그 사이에 6·25 동란이 일어나는 바람에 '할아버지 역사'를 조각보처럼 약간이나마 정리한 원고마저 간수하기 어려웠고, 집필 작업은 모두 허사가 되고 말았습니다.

그러나 부산 피난살이 때도 할머니의 집념은 꺾이지 않았습니다. 어느 날 나에게 성균관대학교 부총장으로 계신 우관 이정규(又觀 李丁奎) 선생을 찾아뵙고 '할아버지 역사' 이야기를 할 것을 당부하셨습니다. 말씀에 따라 성균관대 천막 교정 사무실로 우관 선생을 찾아뵙고, 용감하게 내 의견인 것처럼 말씀드렸더니 꽤나 당황해하신 것이 지금도 기억이 납니다.

하지만 그분들로서는 '할아버지 역사' 작업을 한다는 것 자체가 매우 어려웠을 것입니다. 무엇보다도 할아버지는 흔적을 남기지 않기 위해 스스로 당신의 모든 자료를 전부 없애셨던 분이었습니다. 사진조차 할머니가 품에 품고 계시던 우표크기만 한 것 한 장이 전부였으니 말입니다. “원래 혁명가는 메모나 일기를 남기지 않는다. 모든 주소나 연락처도 머리에 기억한다. 그리고 약간의 기록물도 그 자리를 떠나면 반드시 불태워 버린다.” 이런 주의사항이 철칙처럼 되어있었습니다. 이런 철저함이 없이 어떻게 악독한 일제 경찰 고등계나 헌병들을 따돌릴 수 있었겠습니까?

말년에 이르러 할머니의 초조함은 해를 거듭할수록 더해갔고 안절부절 못하게 되셨습니다. 목이 마르니 손수 우물을 팔 수밖에 없었지요. 그리하여 지필묵을 마련하고 어두운 눈에 돋보기를 쓰고 오직 집념 하나로 써내려간 것이 이 작품입니다. 나도 틈틈이 할머니의 작업광경을 보긴 했지만 언제 완성될지 몰랐던 터라 별로 기대하지 않았던 것이 사실입니다.

얼마나 홀로 심혈을 기울이셨을까? 원고가 완성됐지만 누구도 그 가치를 가늠하지 못했습니다. 그래서 독립운동사를 전공하신 연세대 민 모 교수께 감수를 부탁하였습니다. 그런데 이게 웬일입니까? 그분이 사료로서 금광을 발견한 것이나 마찬가지라면서 원고를 붙잡고 내주지 않는 겁니다. 우리는 그제야 정신이 들어 이를 빨리 책으로 내고자 윤형섭 장관*을 앞세워 수차례 독촉한 뒤 겨우 원고를 돌려받아 출간하게 되었던 것입니다.

할머니는 당초 《서간도 시종기》라 제목을 붙였지만 출판사에서 바로 알아보기 힘들다고 《민족운동가 아내의 수기》를 제목으로, 《서간도 시종기》는 부제로 붙인 뒤 정음문고로 급히 출간하게 되었습니다. 하지만 출간하자마자 할머니의 정성이나 필력, 그리고 사료적 가치로 인해 금세 인정을 받았습니다. 그리하여 권위 있는 '월봉저작상' 제1회 수상작으로 선정되었습니다. 원래 저작상은 일생을 두고 많은 업적을 남긴 학자들에게 수여하는 것이라고 알려져 있지만, 할머니의 책은 독립운동과정에서 몸소 체험하고 실천하신 모든 역사가 망라되어 있으므로 이런 기록이 높은 평가를 받게 된 것 아닌가 생각합니다.

그 후 할머니의 책은 절판이 되었고, 1981년에 《가슴에 품은

---

* 이회영의 제자이자 동지이고, 이은숙의 척숙인 윤복영의 아들. 이은숙이 《서간도 시종기》를 탈고한 당시 연세대 교수를 역임했다.

뜻 하늘에 사무쳐》라는 제목으로 중판되어 나왔지만 이를 전면적으로 풀어서 주석까지 붙이는 작업은 실로 방대한 노력이 집중되어야 할 숙제였습니다. 이번에 일조각에서 그런 숙제를 풀어주신 데 대하여 새삼 감사의 인사를 드리지 않을 수 없습니다.

이번 작업에 심혈을 기울여 주신 일조각 김시연 사장님과 할머니 책에 대한 해설 작업에 중심이 되어 주신 한경구, 한홍구 교수와 이원석 박사 등 여러 분께 감사를 드립니다.

2017년 여름

우당기념관에서 가손 종찬

잊어선 안 될 그날들

독립운동가 이회영·이은숙 부부의 삶

한경구(서울대학교 교수)
한홍구(성공회대학교 교수)

1. 책임지는 보수

영화 〈암살〉에서 생계형 독립운동가로 소개된 속사포는 신흥무관학교를 나온 것으로 되어 있다. 영화에서 속사포가 김원봉에게 착수금을 요구하자 당황한 김원봉이 부하들에게 혹시 돈 가진 것 없냐고 묻는 코믹한 장면이 나온다. 영화에서는 언급하지는 않았지만 사실 김원봉도 신흥무관학교를 다녔다. 초기 독립운동 최대의 인재양성소였던 신흥무관학교, 그 신흥무관학교에 대해 제대로 알고 있는 사람은 많지 않다. 우당 이회영의 6형제, 그들이 바로 신흥무관학교를 세운 사람들이었다.

이회영과 형제들은 조선 중기의 명재상 백사 이항복의 자손으로, 집안 대대로 정승과 판서가 끊이지 않은 집안이다. 단지 벼슬만 높다거나 재산만 많았던 집안이 아니다. 학문도 높았고 수명도 대개 긴 편이었으니, 조선 최고의 명문가라는 소리가 결코 빈말이 아니었다. 나라가 망하자 그런 집안이 전 재산을 처분하고 형제가 모두 망명길에 올랐다.

혹자는 나라가 망했을 때 이회영 일가가 재산을 현금화하여 중국으로 가져간 40만 원을 현재의 쌀값으로 환산하여 8백 억이다, 1천 억이다, 그렇게 설명한다. 결코 적은 돈이 아니지만 상당히 저평가된 금액이 아닐 수 없다. 이회영의 형제들이 내놓은 재산을 현재의 가치로 정확하게 환산하는 것은 매우 어려운 일이다. 이회영 형제가 살던 집은 명동성당 건너편 현 YWCA와 은행연합회관 일대의 대지가 1천 평에 가까운 대저택이었다고 한다. 인근에 작은 기와집 몇 채가 더 있었다 하니, 이 집값만 해도 수천 억에 달한다. 이회영 형제의 본가도 상당한 재산가였지만, 둘째 이석영은 조선 최고의 부호로 소문난 영의정 이유원의 양자가 되어 어마어마한 재산을 물려받았다. 이유원의 집이 있던 가오실(현재 남양주시 화도읍 가곡리)에서 한양에 올 때 동대문에 당도할 때까지 남의 땅을 밟지 않았다고 황현의 《매천야록》에 전한다. 동대문에서 가오실까지 거리가 80리(30킬로미터)가 훨씬 넘으니 남의 땅을 밟지 않았다는 것이 과장된 표현이라 하더라도 어마어마한 재산에 놀라지 않을 수 없다.

이회영과 6형제는 모든 것을 다 바쳤다. 6형제가 압록강을 건넜건만 36년 뒤 해방이 되었을 때 살아 돌아온 사람은 단 한 명, 다섯째 이시영뿐이었다. 이회영은 고문당해 죽었고, 그 많은 재산을 다 바친 이석영은 문자 그대로 굶어죽었다. 상하이로 망명한 독립운동가들이 조국의 독립을 보지 못하고 생을 마감했을 때, 주로 프랑스 조계의 공동묘지에 묻혔다. 그곳에 땅 한 뼘 마련할 길이 없었던 이석영은 "중국인 공동묘지에 갖다 버리듯이 묻히고" 말았다. 이회영의 아내이자 동지였던 이은숙은 자신의 회고록에서 둘째 시숙 이석영에 대해 회고하면서 "세상에 우리 시숙 같으신 분은 금세에 없는 분이지만, 어느 누가 알리오, 생각곧 하면 원통한 걸 어찌 적으리오"라고 탄식했다.

이회영 일가가 조선 최고의 명문가였다고 해서 신흥무관학교가 명문가 자제들만 받은 것은 아니었다. 나라를 찾는 데 양반 상놈이 따로 있을 수 없었다. 신흥무관학교 학생 모집이 신통치 않으면 만주까지 따라온 옛날집에서 부리던 종들이나 그 자제들까지 입교시켰다고 한다. 그 뒷바라지를 누가 해주었을까. 지체 높은 대가댁 마나님들이 영하 30도 만주 칼바람 속에서 집에서 부리던 종이라고 가리지 않고 밥해 주고 빨래해 주고 버선도 기워 주었다. 한 사회가 망했을 때 그 사회에서 영광을 누리던 사람들이 어떻게 책임져야 하는지를 무섭도록 치열하게 보여준 것이다. 이것이 진짜 보수, 책임지는 보수의 모습이다.

또한 이회영은 열린 보수였다. 젊은 나이에 남편을 잃은 누이가 죽었다고 부고를 낸 뒤 다시 시집보낸 것이나, 조선 최고의 명문가로서는 드물게 재혼할 때 상동교회에서 신식 결혼식을 올린 것을 보면 그가 시대를 앞서간 사람이었음을 알 수 있다. 그리고 이회영은 남의 집 종들에게도 함부로 하대를 하지 않은 것으로 유명했다고 한다.

참된 보수가 어디론가 사라져 버린 한국 사회에서 진정한 보수 세력이 건실하게 자리 잡는 일은 한국 사회의 정상적인 발전을 위해 참으로 요긴한 일이 아닐 수 없다. 이회영과 그 형제들은 자신들이 최고의 혜택을 누렸던 조선 사회가 무너져 내릴 때, 정녕 지켜야 할 것을 지키기 위해 모든 것을 버린 사람들이었다. 사회에서 지도적인 위치를 점하고 있는 사람들 속에서 손톱만큼이라도 책임을 지는 사례를 볼 수 없게 된 오늘, 이회영과 그 형제들의 삶과 죽음은 우리의 가슴을 끓게 만드는 전설이다.

2. 이회영의 활동

이회영은 헤이그 밀사사건의 숨은 주역이었다. 돌아오지 않는 밀사 이상설은 이회영과 같은 경주 이씨로 항렬은 이회영이 고조할아버지뻘이었지만, 나이는 이회영이 1867년, 이상설이 1870년생으로 세 살 차이였기에 둘은 신흥사에서 8개월간 같이 기거하며 공부하는 등 절친한 사이였다. 을사늑약이 체결되었을 때 이상설은 자결하려다 뜻을 이루지 못하고 종로에 나가 다시 돌에 머리를 찧어 머리가 깨지고 유혈이 낭자하였다. 오랫동안 병석에 누워 있다 건강을 회복한 이상설은 이회영과 협의하여 해외에 독립군 기지를 만들기 위해 이동녕과 먼저 룽징(龍井)으로 망명하여 서전서숙(瑞甸書塾)을 개설하고 교육 사업을 벌이며 때를 기다리고 있었다.

국내에 있던 이회영은 1907년 네덜란드 헤이그에서 제2차 만국 평화회의가 열린다는 사실을 알게 되자 은밀히 고종에게 밀사를 파견할 것을 건의하였다. 고종은 이 제안을 받아들여 이상설을 정사로, 이준을 부사로 임명하고 국새와 황제의 수결(手決, 사인)이 있는 백지 위임장을 보내어 밀사 파견이 실현되었다.

이회영이 1910년 12월에 일가를 이끌고 만주로 간 것은 개인적인 선택은 아니었다. 신민회의 여러 동지들과 역할 분담을 하고 해외 독립운동 근거지를 마련하기 위함이었다. 그러나 만주는 빈 땅이 아니었다. 조선인들은 일본에게 빼앗긴 나라를 찾기 위해 압록강과 두만강을 건넜지만 중국인들은 조선인들이 일본의 앞잡이로 일본을 끌어들인다고 의심했다. 많은 지역에서 조선인들에게는 토지를 팔려 하지 않았고, 어렵게 토지를 구입해도 관청에서는 조선인 명의로 등기를 해주지 않았다. 이 때문에 지역에 따라 차이가 있긴 했지만 조선 사람들이 토지를 구입하여 안정적인 독립근거지를 마련한다는 것이 생각만큼 쉬운 일이 아니었다. 이때 이회영은 현이나 성 차원의 지방 관료와의 교섭이 여의치 않자 내각 총리대신 위안스카이(袁世凱)와 직접 교섭하여 문제를 해결했다. 위안스카이는 청년 시절 1882년부터 1894년까지 조선에 주류하며 세도가로 군림했는데, 그때 명문가의 자제였던 이회영과도 교분이 있었던 것이다. 이회영은 신흥무관학교와 경학사 건설 과정에서 어려운 일을 도맡아 처리했지만, 전면에 나서거나 중요한 직함을 맡지는 않았다. 평생 그 어떤 자리를 탐하지 않았고, 격식에 구애됨 없이 자유롭게 살고자 했던 이회영의 자세였다.

신흥무관학교가 자리를 잡은 뒤 이회영은 이은숙을 서간도에 남겨 두고 1913년 국내로 돌아왔다. 같은 시기에 이동녕이 블라디보스토크로 떠나고 이시영이 봉천으로 간 것도 사학자 서중석에 의하면 일제의 암살과 체포 위험 때문이라고 하는데, 이회영은 '기왕 위험할 바에야 국내에 들어가 자금을 조달할 방책을 마련하겠다'고 국내로 돌아왔다는 것이다. 큰아들 이규학의 배필로 고종의 조카딸인 조계진을 맞아들인 것도 이때였는데, 이회영은 자신의 사돈이자 고종의 매부인 조정구와 협의하여 고종을 중국으로 망명시킬 계획을 세웠다. 고종의 내락을 받고 고종이 중국에서 임시로 거처할 행궁을 준비하던 중 뜻밖에도 고종이 갑자기 승하하였다. 건강하던 고종이 이완용의 조카인 시종 한상학이 올린 식혜를 드시고 갑자기 돌아가신 데다 시신의 상태로 보아 독살임이 분명하다는 이야기가 궁중과 독립운동가들 사이에는 파다했다. 고종이 망명하여 조선 사람들에게 독립을 위해 싸우라는 조칙을 내린다면, 당시 상황에서는 그 어떤 일보다도 충격적인 독립호소가 될 것임은 분명한 일이었으나 고종의 승하로 실현되지 못했다.

3·1 운동이 일어나고 임시정부를 조직하려는 움직임이 본격화되자 이회영은 행정조직인 임시정부보다는 혁명당과 독립운동 본부를 건설해야 한다고 주장했지만, 임시정부에 전혀 참여하지 않은 것은 아니었다. 이회영은 의정원 의원으로 잠시 참가하였는데 예상했던 바와 같이 임시정부 내에서 자리를 놓고 다툼이 일어나자 상하이 임시정부를 떠나 베이징으로 갔다. 아우이자 동지였던 이시영이나 절친한 벗 이동녕과 갈라서는 아픔을 겪은 이회영을 기다리고 있었던 것은 새로운 젊은 벗들과 새로운 세계, 그리고 더 깊어진 가난이었다.

베이징에서 이회영은 아나키즘 서적을 읽고 중국과 일본의 아나키스트들과 폭넓게 교류하기 시작했다. 베이징 시절, 이회영이 가깝게 교류했던 사람들은 신채호와 김창숙이었다. 둘 다 이회영에게는 10년 이상 후배였지만, 대쪽 같은 성격은 당대 최고인 인물들이었다. 이회영은 개인들의 자유로운 연합을 통해 새로운 한국을 건설해야 한다는 꿈을 키우며 젊은이들과 함께 아나키즘을 적극 수용했다. 이회영은 실천가였고 행동가였다. 그는 말만 앞세우는 사람이 아니었다. 1924년 이회영은 신채호, 이정규 등과 함께 재중국조선무정부주의자연맹을 결성했고 기관지로 《정의공보(正義公報)》를 발간하는 한편, 사학자 이호룡에 의하면 자신이 주도했던 서간도 개척사업을 참고하여 1921년에는 융딩하(永定河) 개간사업을 입안하기도 했고, 1923년에는 후난성(湖南省) 둥팅호(洞庭湖) 인근에 상호부조의 자위자치적 농촌공동체를 건설하여 민족해방운동의 물적 기반을 만들려고 시도하기도 했다. 1925~26년경에는 중국 군벌 펑위샹(馮玉祥)의 지원하에 장자커우(張家口) 포두쩐(泡頭鎭)의 넓은 땅을 개간하고 군관학교를 건립하려는 계획을 추진했으나, 펑위샹의 실각과 자금난으로 실패하고 말았다.

비록 이러한 여러 시도들이 자금난을 비롯한 여러 이유로 실패로 돌아가기는 했으나 이회영은 계속 새로운 방안을 모색했고 나이를 넘어 늘 젊은이들과 함께했다. 특히 1931년 일제의 만주침략과 1932년 초 일제의 상하이 침략을 전후한 시기 60대였던 이회영은 유자명, 정화암, 백정기 등과 함께 남화한인청년연맹을 통해 적극적인 행동을 모색했고, 중국인, 일본인 아나키스트들과 더불어 항일구국연맹을 결성하고 흑색공포단을 조직하여 활동하였다. 특히 윤봉길 의사 의거 당시 이회영과 흑색공포단에서도 백정기 의사를 파견하여 거사하려 하였으나 행사장 비표를 구하지 못해 실패로 돌아갔다.

이회영이 결국 만주로 가다가 죽음을 맞이하게 된 것도 끈기 있게 장기투쟁을 전개하기 위한 근거지로 만주를 중시했기 때문이었다. 운남무관학교 등에서 군사훈련을 받은 후 이회영을 만나 아나키즘에 확신을 갖게 된 김종진은 1927년 만주로 가서 김좌진과 협력하여 만주를 근거로 한 한국민족해방운동의 기본계획안을 작성하였고 1929년에는 한족총연합회의 결성에 성공하였으며, 재중국 한인 아나키스트들은 1930년 3월 민족해방투쟁의 기반을 만주에 건설하기 위해 모든 역량을 만주에 집중하기로 결의하기에 이르렀다. 그러나 아나키스트와 민족주의자, 그리고 공산주의자 사이의 노선 갈등은 심화되어 1930년 1월에는 김좌진이 암살을 당했고 1931년 여름에는 김종진도 암살을 당했다.

이회영이 만주행을 결행한 것은 만주에 민족해방운동기지를 건설하려던 아나키스트들의 노력이 이렇게 커다란 좌절을 겪은 후였다. 이회영은 만주에 지하 공작망을 조직하고 관동군 사령관의 처단 등을 모색하려고 상하이에서 다롄(大連)으로 가려 하였으나, 비밀이 누설되어 1932년 11월, 일제에게 체포되었다. 얼마 후 일제는 다롄수상경찰서에서 이회영이 쇠창살에 목을 매어 죽었다고 발표했으나, 실제로는 뤼순(旅順) 감옥에서 고문을 당해 목숨을 잃은 것으로 알려져 있다. 그의 기일은 1932년 11월 17일로 을사늑약이 맺어진 지 꼭 27년 만이다. 그의 서거 82년을 맞아 2014년 11월 17일 을사늑약이 체결된 덕수궁 중명전에서 이회영과 6형제를 기리는 전시 《난잎으로 칼을 얻다》가 개최되었다.

3. 이회영과 이은숙

이은숙은 1889년 공주에서 한산 이씨 이덕규의 외동딸로 태어났다. 그는 스무 살이 되던 1908년 10월 20일, 삼남매가 딸린 마흔 둘의 이회영의 재취부인으로 결혼식을 올렸다. 당시 명문 사대부가의 혼례로는 드물게 상동교회에서 신식 결혼식을 올렸다고 한다. 이은숙은 결혼 2년여 만인 1910년 12월 30일의 혹한에 남편 6형제 일행 40여 명과 함께 압록강을 건너 서간도 류허현(柳河縣) 싼위안빠오(三源堡)로 망명하였다. 그 후 이회영은 먼저 국내로 다시 돌아와 활동하였는데 이은숙은 1917년 6월에야 아들 규창과 딸 규숙과 함께 귀국하였다. 다섯 살 난 규창은 그제야 아버지의 얼굴을 처음 뵙게 되었다. 남의 집 단칸방에서 '소꿉질 같은 살림'을 하며 지낸 이때가 그나마 가정적으로는 가장 안정된 시기였을 것이다. 이회영은 이 무렵 고종 황제의 중국망명을 기획하였으나 1919년 1월 21일 갑작스러운 승하로 망명 계획이 실패하자 이번에는 독립운동의 새로운 방략을 찾아 2월 9일 중국으로 떠났다. 서울을 떠나면서 이회영은 이은숙에게 고종의 인산(因山, 장례) 날은 구경 가지 말고 대문을 단단히 걸어 잠그고 있으라고 했다 하니, 아마도 3·1운동에 깊이 관여했던 것으로 보인다.

이은숙은 얼마 뒤 큰아들 규학 내외와 규창 남매 등을 데리고 서울을 떠났고 이회영 일가는 베이징에 둥지를 틀게 되었다. 이회영은 베이징과 상하이를 오가며 임시정부 수립에 조금 간여하였으나 뜻이 맞지 않아 임시정부 활동을 포기하고 베이징으로 돌아왔다. 베이징 시절 이회영의 생활은 곤궁하기 이를 데 없었다. 이은숙의 회고에 의하면 하루에 한 끼를 먹기가 어려웠고 한 달에 절반은 절화(絕火, 밥을 짓기 위한 불을 피우지 못함) 상태로 생불여사(生不如死), 즉 살아 있는 것이 죽는 것만 못한 그런 상태였다고 한다.

이은숙은 원래 씩씩하고 큰돈을 만지던 남편이 무일푼 노인이 되어 자신뿐 아니라 슬하에 어린 자녀들까지 굶주림에 시달리는 것을 지켜보는 모습을 보며 너무나 가슴아파했다. 독립운동에 나선 집들이 하나같이 불운과 가난을 피할 길이 없었지만, 이회영 일가는 가정적으로 너무나 큰 불행을 겪었다. 1925년에는 어린 손녀 둘(규학의 딸들)과 3세 된 아들 규오를 거의 동시에 성홍열로 잃으니 그 참담함은 이루 말로 다할 수 없었다.

이런 참담한 시기에 밀정 김달하 암살 사건이 일어났다. 김달하는 초기에는 독립운동가들 사이에 상당한 신망을 얻고 있었고 사망 직후까지도 별다른 혐의가 제대로 드러나지 않고 있었다. 그러한 가운데 가장 가까운 동지라고 여기고 있던 신채호와 김창숙이 우당 내외가 김달하 문상을 갔다 왔으니 앞으로 절교하겠다는 편지를 보내왔다. 이에 격분한 이은숙은 칼을 품고 신채호와 김창숙을 찾아가 사실관계를 제대로 확인할 것과 김달하를 이회영에게 소개한 것이 김창숙 아니냐고 따져 물으며 남편에게 아무런 잘못이 없다는 것을 만천하에 알리지 않으면 그 자리에서 자결하겠다고 항의했다. 꼬장꼬장하기로 천하에서 둘째가라면 서러워할 신채호와 김창숙이 꼼짝 못하고 자신들의 경솔함을 사죄했다고 한다.

이런 어려움을 겪던 이은숙은 1925년 7월 자신과 이회영을 중매했던 이회영의 동지이자 자신의 종조부인 해관 이관직을 따라 임신한 몸으로 어린 아들 규창과 딸 현숙을 남겨 두고 생활비라도 마련해볼 생각으로 귀국했다. 이것이 우당과의 영영 이별이 되고 말았다. 1926년 서울에서 태어난 막내아들 규동은 끝내 아버지 이회영의 얼굴을 보지 못했다. 이은숙은 서울에서 아이를 민적에도 올리지 못하고 홀로 키우면서, 친척집 대소사에서 허드렛일을 해 주고 삯바느질을 해 가며 어렵게 돈을 마련하여 베이징에 부치곤 했다. 그런 이은숙은 1932년 음력 10월 20일 꿈결에 속인이 아닌 신선 같은 풍채를 한 이회영을 뵈었는데, 그날 밤에 이회영이 변을 당했다고 한다. 이회영이 아내이자 동지였던 이은숙에게 마지막 인사를 하고 간 것이었다.

4. 독립운동의 큰 흐름 속에서 바라본 이회영

이회영 일가는 조선 후기의 집권 세력인 노론은 아니지만, 소론의 대표 가문이었다. 조선 최고의 명문가로서 주인으로서의 준엄한 책임의식을 갖고 독립운동에 나선 것이다. 나라가 망했을 때 독립을 위해 각계각층의 사람들이 떨쳐 일어섰지만, 사실 각자의 처지와 조건에 따라 국망을 받아들인 태도가 달랐음을 부인할 수 없다. 조선 시대에 차별받던 서얼이나 중인, 서북지방 사람들, 동학교도 등에게 일제가 지배하는 세상이란 새로운 기회일 수도 있었다. 전통 시대의 엘리트인 양반들 중에도 이완용을 비롯하여 일제에 협력한 이들이 적지 않았다. 이회영의 활동은 전통과 명분과 의리를 중시하는 보수적인 양반 엘리트들이 정녕 지켜야 할 가치를 지키기 위해 모든 것을 다 버리며 자신을 철저히 바꾸어 나간 보기 드문 사례였다.

나라를 빼앗긴 초기에는 어떻게든 힘을 모으고 실력을 기른다면 일제와 싸워 나라를 되찾을 줄 알았다. 비록 국내에서의 의병 투쟁이나 비밀결사는 현실적으로 한계가 있었지만 해외에 독립운동의 기지를 건설하고 경제력과 무력을 기르다 보면 독립 전쟁의 기회가 올 것으로 기대했다. 망한 나라 조선에서 어디 이회영 일가만 부자였겠는가? 이상룡과 김대락 등 안동의 혁신 유림을 비롯한 상당수가 모든 것을 포기하고 압록강을 건넜다. 이렇게 전 재산을 처분해 압록강을 건너 독립군 근거지를 마련하면, 다른 양반들도 재산을 처분하여 압록강을 건너는 사람도 속출

할 것이요, 압록강을 건너지는 못해도 앞다투어 군자금을 보내올 줄 알았을 것이다. 그러나 세상인심은 이회영 형제들처럼 피 끓는 사람들의 바람과 같지만은 않았다. 아무리 큰돈을 마련해 갔다 한들 수백 수천 명 규모의 독립군 양성소를 계속 유지하는 것은 너무나 벅찬 일이었다. 게다가 연이어 흉년이 들면서 경제난은 가중되었다. 고국을 떠날 때 마련해 간 돈은 다 소진되고 사라져 버렸지만, 남은 것은 사람이었다. 의열단을 비롯하여 1920년대 독립운동을 이끌어간 주역들의 다수가 신흥무관학교 출신이었다. 1930년대에 만주지역에서 중국인들과 함께 치열한 무장투쟁을 전개한 것도, 1940년대에 한국광복군을 창설하고 주요 간부로 활동한 것도 신흥무관학교 출신들이었다.

그러나 신흥무관학교가 문을 닫은 것은 꼭 재정난 때문만은 아니었다. 3·1운동 이후 만주에는 독립에 대한 희망과 열기가 고조되고 국내로부터 많은 청년들이 모여들었다. 일제는 중국 당국에 압력을 가하고 의구심을 자극하면서 한인들의 활동을 탄압하는 한편, 만주의 한국 독립운동 근거지에 대한 직접적인 군사적 행동을 단행했다. 한국 독립군은 일제의 '토벌'을 맞받아치며 봉오동 전투, 청산리 전투 등 혁혁한 전과를 거두기도 했지만, 만주에서 더 이상 대규모 독립군 근거지를 유지한다는 것은 불가능해졌다. 독립운동의 근거지를 말살하기 위해 일제는 1920년 경신대참변 등 간도의 한인 주민들에 대한 참혹한 학살을 곳곳에서 자행했으며 노령으로 후퇴했던 독립군 부대는 1921년 자유시 참변으로 커다란 타격을 입었다.

이회영은 앞서 언급했듯이 이미 1913년에 국내로 돌아와 독립군 기지 건설을 위한 군자금 모집 등에 진력하다가 고종의 망명을 추진하였다. 이회영이 고종의 망명을 추진하고 동농 김가진이 고종의 둘째 아들 의친왕의 망명을 추진했다고 해서 이들을 대한제국의 부활을 꿈꾼 복벽주의자로 보는 견해가 있는데, 이는 오해라고 생각한다. 일부에서는 이회영이 임시정부와 거리를 둔 것도 그의 복벽주의적 성향이라고 보기도 한다. 그러나 임시의정원 의원으로 임시정부에 참여했던 이회영이 곧 임시정부를 떠난 것은 공화제에 반대해서가 아니라 요인들의 자리다툼을 비판하면서 떠난 것이기에 이런 해석은 잘못된 것이다.

1918년 무렵 이회영이 고종의 망명을 추진한 것은 현실적으로 국내외에 엄청난 충격을 가져올 독립운동 방안이었다. 지금은 긴 역사적 흐름 속에서 3·1운동이 대한민국의 수립을 가져온 운동으로 높이 평가되고 있지만, 민주공화제 도입을 위한 우리의 준비가 충분했었다고 생각한다면 이는 당시의 실정을 무시한 것이다. 조선이라는 무려 500년 지속된 왕조가 남긴 역사의 무게는 간단한 것이 아니었으며 대다수의 조선인들에게는 여전히 공화제보다는 군주제가 훨씬 더 익숙한 것이었다.

당시 2천만 조선인 중 6백만의 신도를 가졌다고 자랑했던 보천교는 교주 차경석이 조선이 일본에서 독립되면 '시(時)'라는 나라를 세워 천자가 될 것이라고 은밀히 선전하고 있었다. 남의 집 종들에게도 하대를 하지 않고 청상과부가 된 동생을 재가시키는 등 봉건적 인습을 깨뜨린 자유인 이회영의 태도에서 볼 때, 이회영은 전제군주가 다스리는 대한제국으로의 복귀를 꿈꿨던 복벽주의자일 수 없다. 그는 고종에 대해 각별한 충성심을 가진 분이었음에 틀림없지만, 만약 고종의 망명이 성사되었다 하더라도 전제군주의 부활이 아니라 입헌군주제를 추진했을 것이다.

이회영이 직접 남긴 글이 거의 없어 이회영의 이념적 변화과정을 추적하는 데에는 많은 어려움이 따른다. 이회영은 유학을 공부했지만 열려 있었다. 만주에서 신해혁명을 지켜보았고 일제가 제1차 세계대전을 통해 전승국으로 부상하면서 민족자결주의에 대한 한민족의 기대와 꿈이 무참하게 유린되는 냉엄한 국제정치의 현실도 목격하였다. 러시아 혁명과 공산주의에 대해서도 알게 되었지만 이회영이 택한 것은 개인의 자유로운 결합에 기반한 아나키즘이었다.

아나키즘을 받아들이기 이전 이회영은 당시 많은 양반 지식인들이 그랬던 것처럼 대종교에 입문했다. 대종교의 교주 나철이나 2대 교주 김교헌은 모두 소론 계열의 엘리트 유학자였다는 점은 대종교의 발생과 세력 확장을 이해하는 데에서 중요한 단서가 된다. 이회영의 동생 이시영은 끝까지 대종교에서 중요한 역할을 했지만, 이회영은 신채호 등과 함께 아나키즘을 받아들이며 대종교와 결별한 것으로 보인다. 대종교나 3·1운동의 역할은 하나의 거대한 저수지처럼 독립운동의 다양한 물길을 받아들였고, 새로운 수원지가 되어 다음 시대 독립운동의 물줄기가 여기서 뻗어나도록 했다는 점을 들 수 있다. 이회영의 동생 이시영이나 조완구, 박찬익 등은 여전히 대종교도로서 임시정부를 지키며 민주공화제를 받아들였다면, 조소앙은 좀 더 진보적인 입장에서 사회민주주의와 많은 공통점을 지닌 삼균주의라는 독자적인 이념을 발전시켰고, 홍명희나 김두봉은 철저한 민족주의자이면서 또한 사회주의를 적극적으로 받아들인 인물들이었다. 성인이 되어 나라가 망하는 꼴을 지켜봐야 했던 이들이 보인 이념적 분화과정과 삶의 태도는 이들보다 10년 또는 20여년 후배인 박헌영, 조봉암, 김약수, 김원봉과는 확실히 다른 모습을 보여준다.

독립운동가와 같은 위인들의 생애를 볼 때, 우리는 성공과 영광이라는 화려한 순간만을 기억하는 잘못을 저지르기 쉽다. 이회영에게 정말 배울 것은 어려움 속에서도 굴하지 않고 끝까지 새로운 일을 시작했다는 점일 것이다. 이회영의 부인 이은숙이 남긴 《서간도 시종기》는 이들이 개인적으로 어떤 어려움을 겪으면서도 초심을 잃지 않고 초지를 굽히지 않았는가를 눈물겹도록 보여준다. 이회영은 1932년 새로운 일을 도모하기 위해 만주로 가다가 일제에 의해 체포되어 고문을 당해 생을 마감했다. 그때 그의 나이 66세, 당시로서는 상노인이었다. 영화 〈암살〉의 안옥윤의 실제 모델로 거론되는 남자현이 관동군 사령관을 암살하려 나섰을 때의 나이는 61세, 당시로서는 정말 할머니였고 3·1운동 후 새로 부임해 오는 조선 총독에게 폭탄을 던진 강우규 역시 65세의 노인이었다.

5. 《서간도 시종기》

이은숙이 《서간도 시종기》의 집필을 완료한 것은 1966년 병오년 3월 17일로 되어 있다. 이회영이 1867년 음력 3월 17일 생이니, 아마도 남편의 탄생 100주년에 맞추어 팔십을 바라보는 아내가 이 눈물겨운 기록을 남긴 것으로 보인다. 이 글이 활자화되어 《민족운동가 아내의 수기—서간도 시종기》라는 제목으로 정음문고 65번으로 간행된 것은 이은숙이 87세 되던 1975년 1월 25일이었다.

《서간도 시종기》에는 그 많던 재산을 독립운동에 다 바친 뒤 대가댁 마님들이 웃음을 파는 여자들 옷을 지어 주며 생계를 꾸리던 눈물겨운 이야기가 담담하게 그려져 있다. 러시아의 브나로드운동 이래 민중 속으로 들어간 귀족 출신이 한둘이 아니었고 1980년대 한국에서도 상당수 대학생들이 기득권을 내려놓고 노동자들 속으로 들어갔지만, 이렇게 6형제가 한결같이 고난을 감내한 예는 없다. 엄동설한에 6형제 일가가 횡도촌(橫道村)에 이르렀을 때, 이회영은 일가식솔들에게 "이러한 고초로서 망국대부의 가족으로서 국가에 속죄하는 것이며 선열의 영혼에 사(謝)하는 것이요, 동시에 명일의 자주민이 되는 훈련"이라 말했다고 이회영의 제자 이정규는 그의 저서 《우관문존》에 전하고 있다. 국가에 대한 속죄는 진정 처절했고, 선열에 대한 사죄는 더할 나위 없이 뜨거웠고, 자주민이 되는 훈련은 참으로 혹독했다.

《민족운동가 아내의 수기—서간도 시종기》는 1975년 4월 10일 제1회 월봉저작상을 수상했는데, 사실 이 책은 월봉저작상이 제정되는 계기를 마련하기도 했다. 월봉 한기악은 이회영을 따르던 청년 독립운동가이자 언론인이었다. 그는 이회영과 함께 잠시 임시정부에 참여했으나 임시정부의 내분이 격화되자 이회영과 함께 물러났다. 그 후 귀국하여 《동아일보》 창간에 참여하여 경제부장, 발행인, 편집국장 대리 등으로 활동하다가 사임하고 베이징으로 왔으며 대선배 이회영과 진로를 협의했다. 이때 이회영이 며칠 사이에 손녀 둘과 어린 아들을 잃는 참화를 겪었는데, 한기악이 경황이 없는 이회영의 가족을 도와 수습을 했다고 한다. 서울대 인문대학장을 지낸 시인 송욱은 《서간도 시종기》를 읽고 감동하여 서울대 대학원장을 지낸 역사학자 한우근에게 보였고, 마침 부친에 대한 기념사업에 뜻을 갖고 있던 월봉 한기악의 차남인 출판사 일조각 한만년 사장에게 "이런 훌륭한 후보 저작도 있고 하니 월봉선생의 기념사업을 시작합시다"라고 권유하였다고 한다. 이은숙의 저작이 40회가 넘게 지속되고 있는 월봉저작상의 탄생을 이끌어낸 셈이다. 1990년 우당 기념사업회가 정식으로 발족할 때 한만년은 초대 회장을 맡았다.

《서간도 시종기》가 1974년 처음 출판될 때 해제를 쓴 역사학자 윤병석은 이 책이 예사 회상기가 아니라면서 "내용이 한국독립운동사의 중요 면을 정확하고 상세하게 언급한 사료적 가치가 높은 저술이며, 또한 전통적 한국 귀부인의 교양과 생활, 그리고 의지를 절실하게 묘사한 문학적 작품"이라고 평가했다. 《서간도 시종기》를 깊이 연구한 김귀옥은 이 책에는 "가부장적 문화와 여성 주도의 저항성이 모순적으로 공존"하고 있다면서, 이은숙은 "어려서는 아버지의 딸로서, 장성해서는 남편의 아내로 남편을 여읜 후에는 아들의 어머니로" 살아온 "전형적인 가부장적 여성"이면서도 당당하고 자기주장이 강한 덕에 "회고록 어디에도 이회영에 대한 원망이 없다"면서 "여성의 자기주도적 삶에 대한 당당함이나 저항정신"이 잘 표현되어 있다고 평가했다. 회고록에 나타난 이은숙은 "한편으로는 가부장적 문화가 잘 내면화되었다고 볼 수 있으나, 가부장 문화에 의한 소극적이고 수동적인 여성상이 아닌 현실적 장애를 헤쳐 나가고 민족적 억압에 대해 저항적이고 적극적인 여성으로서의 면모를 갖췄다"는 것이다.

최근 들어 이회영에 대한 여러 저작이 간행되고, 전시회도 열리는 등 이회영에 대한 관심이 고조되고 있다. 그러나 이토록 높은 평가를 받는 이회영의 활동이 아내 이은숙이 없었다면 가능하기나 했을까. 한국의 독립운동은 지나치게 남성중심적으로 기억되고 서술되고 있다. 국가가 독립유공자로 서훈하고 있는 독립운동가들이 모두 13,000여 명에 달하는데, 그중 여성은 3천 명이 아니라 3백 명도 채 되지 않는다. 보기 드물게 여성 독립운동가를 주인공으로 삼은 영화 〈암살〉에서 영감은 관객들에게 "우리 잊으면 안 돼"라고 사라지지만 우리는 독립운동가들을 잊어버렸고, 여성 독립운동이나 독립운동에서 여성의 역할은 철저히 지워져 버렸다. 임시정부의 안살림을 맡았던 정정화의 《장강일기》와 더불어 이은숙의 《서간도 시종기》는 우리 독립운동의 전체상을 복원하고 이에 대한 온전한 인식을 위해 반드시 읽어야 할 소중한 자산이다.

일러두기

1. 이 책은 1966년 탈고한 저자의 육필본 《서간도 시종기》의 인명, 지명을 비롯한 원문에 실린 단어 및 표현은 그대로 따르고, 맞춤법과 띄어쓰기는 현재 국립국어원 규정의 표기법을 따랐다.
2. 본문을 편집하는 과정에서 원문은 최대한 살리되 맥락상 내용의 앞뒤가 맞지 않는 부분과 표기상 오류가 난 부분은 불가피하게 수정했다.
3. 이해하기 어려운 단어가 많은 관계로 《서간도 시종기》의 구성은 왼편에 단어 뜻풀이 주석을 싣고, 오른편에 본문을 실었다.
4. 이 책에 실린 사진들은 제1장의 '상동교회 사진'(상동교회 제공)과 제2장의 '대한민국 임시정부와 임시의정원 신년 축하식 사진'(대한민국임시정부기념사업회 제공)을 제외하곤 전부 이회영 후손들의 개인 소장품이다.
5. 잡지, 신문, 단행본은 겹화살괄호(《 》)로 표기하고, 영화를 포함한 예술 작품의 제목, 발표문 등은 홑화살괄호(〈 〉)로 표기했다.
6. 서문과 해제를 제외한 본문에서 언급하는 날짜는 대개 음력이며, 불가피하게 양력 날짜로 표시해야 할 경우는 음력 날짜 옆에 병기했다.
7. 이 책에 실린 가계도는 본문에 등장하는 인물들을 위주로 정리했다.

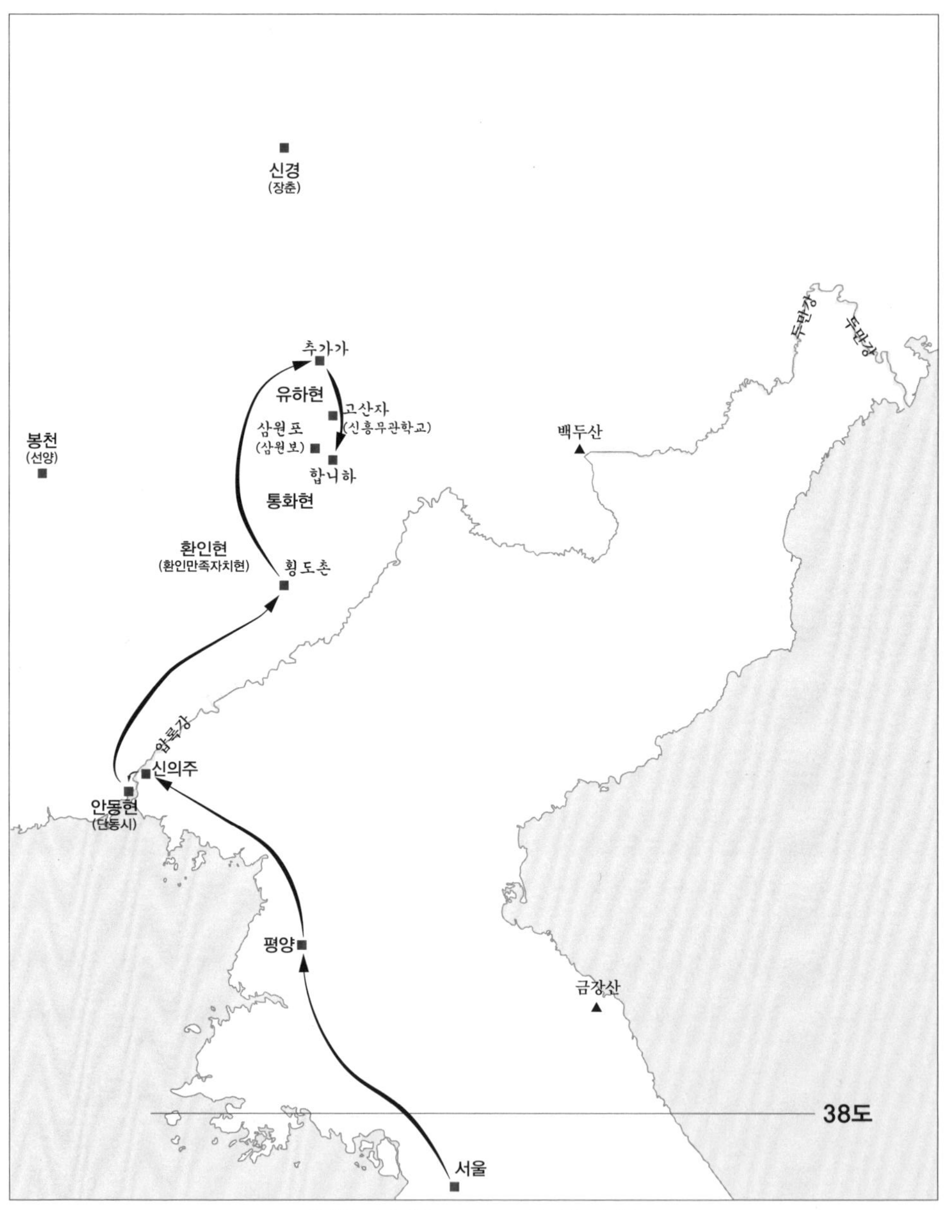

서간도 이주 경로(1910~1911) 및 주요 근거지

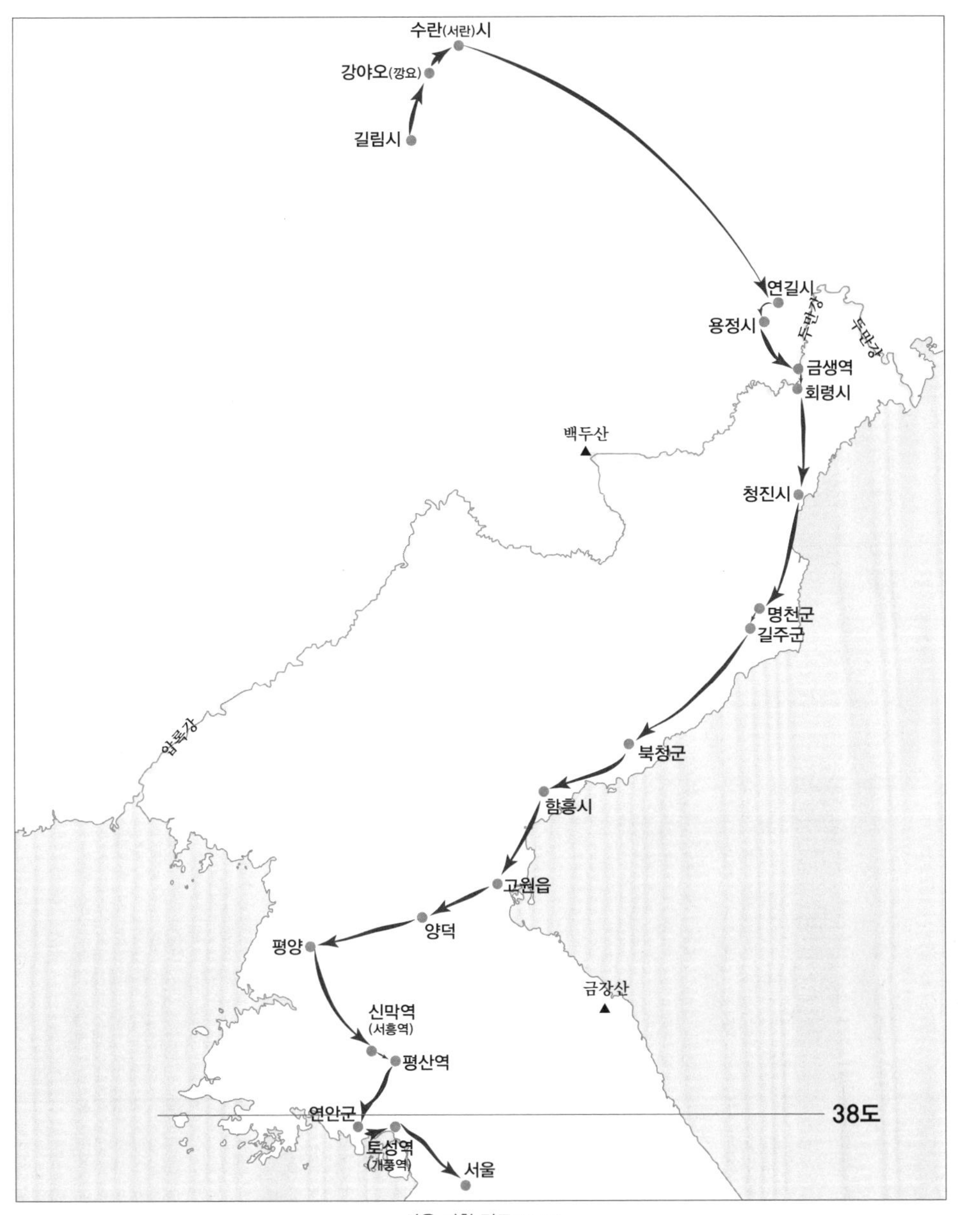
수란(서란)시
강야오(깡요)
길림시
연길시
용정시
두만강
두만강
금생역
회령시
백두산
청진시
명천군
길주군
압록강
북청군
함흥시
고원읍
양덕
평양
금강산
신막역
(서흥역)
평산역
연안군
38도
토성역
(개풍역)
서울

서울 귀환 경로(1946)

영구: 榮求는 이회영이 부인 이은숙에게 지어준 이름. 求는 한산 이씨의 항렬자이다.

몽환: 꿈과 환상이라는 뜻으로, 여기서는 이 세상의 모든 사물이 덧없음을 비유함.

방조: 6대조 이상이 되는 직계가 아닌 조상.

색: 이색. 1328~1396. 본관은 한산. 자는 영숙(穎叔), 호는 목은. 포은(圃隱) 정몽주, 야은(冶隱) 길재와 함께 삼은(三隱)의 한 사람이다. 아버지는 찬성사 이곡(李穀)이며 이제현(李齊賢)의 문인이다.

영의정: 고려 시대에는 영의정이라는 벼슬은 없었으나 이색은 최고위 관직의 하나인 종1품 판문하부사(判門下府事)를 지냈으므로 조선 시대의 영의정에 해당한다는 의미에서 이렇게 표현한 것으로 추정한다.

임군: 임금.

서막

서울

이영구(李榮求)의 과거나 현재는 모두가 몽환(夢幻)이라.

❀

본인의 성은 이 씨(李氏)요 본은 한산(韓山)이다.

우리 방조(傍祖) 함자는 색(穡)이시고 호는 목은(牧隱)이시다. 그 분은 고려 시대에 영의정으로 계셔 임군을 충성으로 섬기셨다. 국

진하여: 다하여.

개결: 성품이 깨끗하고 굳건함.

열녀불경이부: 열녀는 두 번 남편을 섬기지 않는다.

노옹: 이 늙은이.

사사: 극형에 처할 죄인을 대우한다는 뜻으로, 임금이 독약을 내려 자결하게 한 일을 지칭한다.

천생지친: 하늘이 낳은 친족 관계.

선유: 뱃놀이.

송죽: 소나무과 대나무. 어려운 상황에서도 변치 않는 굳은 뜻을 상징한다.

후인: 후대의 사람.

역력: 뚜렷이.

자고로: 예로부터.

금세는: 지금은.

노혼: 늙고 혼미함.

운이 진(盡)하여 이씨 태조왕이 서울로 도읍을 정하고 목은에게 당신을 섬기라 하니, 목은은 개결(介潔)하신 충신으로 "충신은 불사이군(忠臣不事二君)이요, 열녀는 불경이부(烈女不更二夫)라 하였사오니, 노옹(老翁)은 우리 임금 모시는 일편단심을 변치 않다 죽을 것이오" 하고 개결히 거절하신 후로는 태조왕이 항상 밉다 하여 목은 아드님 형제분을 사사(賜死)하시니, 아무리 충성이 지극하시기로 부자는 천생지친(天生之親)이라, 마음이 어찌 평안하시리오.

처량하신 뜻으로 스님 한 분 데리시고 여주 앞 강에서 선유(船遊)로 시일을 보내시는데 태조왕이 독주를 보냈다. 스님이 독주를 보고, "이게 술이 아니오니 잡수시지 마시옵소서" 함에도 목은께서 대답하시기를, "필경 독주로 나의 최후를 마칠 것이니, 차라리 속히 죽는 게 욕이 아니로다" 하시고, 독주 담은 병의 마개가 마른 대나무라, 목은께서 병마개를 빼어 강가로 던지시며 "내가 왕건 태조께 향하는 마음이 송죽(松竹) 같거든, 병마개가 싹이 날 것이니 후인은 역력(歷歷)히 보라" 하시고, 독주를 마시고 개결히 최후를 마치니 원통하도다. 몇 달 뒤에 과연 이 대나무에서 싹이 났다 한다. 자고(自古)로 충신열사는 천지신명이 살피는 법인데, 금세는 천지신명도 노혼(老昏)하여 충신열사의 원통함을 알아주지

평동: 서울 종로 평동. 서울적십자병원과 강북삼성병원 일대.

덕규: 이덕규. 1870~1951. 개화파 지식인이자 이은숙의 아버지.

자친: 남에게 자기 어머니를 높여 이르는 말.

해봉: 조선 중기의 문신 홍명원(洪命元)의 호. 1573~1623. 자는 낙부(樂夫). 문장이 뛰어나고 관직에 있을 때 공정하게 일을 처리하여 존경을 받았다고 한다.

친상: 부모의 상(喪).

환거: 부인과 사별하여 홀아비 생활을 함.

출계: 다른 집안에 양자로 들어감.

규룡: 이규룡. 1887~1955. 이회영의 첫째 아들. 이회영의 맏형 이건영(李健榮, 1853~1940) 집으로 출계한다.

생가존고 조석시봉: 자신을 낳아 준 친부모를 아침저녁으로 모시다.

소기: 사람이 죽은 지 1년 만에 지내는 제사.

철궤연: 신주를 사당에 모시고 빈소를 거두어 치움.

규학: 이규학. 1896~1973. 이회영의 둘째 아들. 형 규룡의 출계로 장자가 되었음. 이규학의 3남이 김대중 전 대통령 시절 국정원장을 역임한 이종찬.

규원: 이규원. 이회영의 첫째 딸.

하배: 하인배의 준말.

셋째 댁: 이회영의 셋째 형인 이철영(李哲榮, 1863~1925).

우당장: 우당 어른. '우당'은 이회영의 호이고 '장'은 존칭.

해삼위: 블라디보스토크.

이상설: 1870~1917. 자는 순오(舜五), 보재. 1894년 전시(殿試)에 급제했으며 신학문을 접하여 《산술신서(算術新書)》를 편찬하고 《만국공법(萬國公法)》 등을 번역함. 1907년 헤이그의 만국평화회의에 이준과 함께 참석. 블라디보스토크에서 1911년 권업회 창설 주도. 1914년 대한광복군정부 수립을 주관하고 정통령에 선임.

속하겠기에: 빠르겠기에.

않으니 한탄이로다.

❀

한산 이씨가 여러 대를 서대문 평동에서 살아서 옛 노인들은 '평동(平洞) 이씨'라고 하였다. 우리 증조 시대에 임오군란이 일어나 충남 공주군 정안면 사현(沙峴)으로 낙향하여서, 나의 고향은 공주이다. 우리 부친 함자는 덕규(悳珪)요, 호는 화남(華南)이시고, 자친(慈親)은 남양 홍씨이며 방조는 해봉(海峰)이시다.

❀

이회영 씨는 병오년(1906) 3월 초순에 친상(親喪)을 당하시고 정미년(1907) 정월 중순에 환거(鰥居)하게 되어, 백부에게 출계(出系)한 규룡(圭龍) 내외가 생가존고(生家尊姑) 조석시봉(朝夕侍奉)을 하며 소기(小朞)까지 맡고 철궤연(撤几筵)하였다.

그 후 규학(圭鶴)·규원(圭媛)과 하배(下輩) 금옥까지 셋째 댁에 부탁하시고, 우당장(友堂丈)은 해삼위(海蔘威)의 보재 이상설(溥齋 李相卨) 씨가 친족이라 단신으로 그곳에 가서 운동을 의논 중이셨다. 외국이라 자유는 있지마는 조국에서 결사해야 속(速)하겠기에 무

상동교회

대기: 사람이 죽은 지 2년 만에 지내는 제사.

참례: 예식, 제사 등에 참여함.

규봉: 이규봉. 1889~1963. 이회영의 아우 이시영의 큰아들.

규면: 이규면. 1893~1930. 이회영의 맏형 이건영의 둘째 아들.

규훈: 이규훈. 1896~1950. 이회영의 맏형 이건영의 셋째 아들. 만주에서 독립운동. 귀국 후 국군 공군 대위로 복무하다가 6·25 때 실종.

다섯 종형제: 종형제는 사촌. 여기서는 다섯 사람이 서로 사촌 형제가 된다는 의미.

둘째 영감: 이회영의 둘째 형인 이석영(李石榮, 1855~1934)을 가리킴. 호는 영석(穎石). 형제들과 만주로 망명하였으며, 고종 때 영의정을 지낸 이유원(李裕元, 1814~1888)의 양자로 들어가 상속받은 막대한 재산을 경학사와 신흥무관학교의 창설 운영자금으로 헌신. 독립운동 자금 등으로 재산을 다 쓴 이후 중국 각지를 홀로 떠돌다가 1934년 상해에서 사망.

신년(1908) 3월 초순에 고국으로 오셔서 선친 대기(大朞)에 참례도 하셨다.

무신년은 지금으로부터 60여 년 전이 되니 얼마나 완고하리오. 학교도 희소하고, 남자 아동은 한문이나 가르치고, 재력이 넉넉한 가정은 선생이나 두고 글을 가르치는 시대라. 우당장이 규룡, 규학, 규봉(圭鳳), 규면(圭冕), 규훈(圭勛) 다섯 종형제를 삭발해 입학을 시켰더니 둘째 영감께서 아우님을 꾸짖으셨다. 우당장은 웃으시면서 "형님, 시대가 시시로 변천하니 규준(圭駿)도 입학시켜서 바삐 가르쳐서 우리나라도 남의 나라처럼 부강해야지요." 영감께서는 아우님 말씀을 신용을 잘 하시는지라 모든 친구들에게도 권하여 자녀들을 입학시키는 사람이 다수이더라.

우당장은 남대문 상동(尙洞)청년학원 학감으로 근무하시니, 그 학교 선생은 전덕기(全德基)·김진호(金鎭浩)·이용태(李容泰)·이동녕(李東寧) 씨 등 다섯 분이다. 이들은 비밀 독립 운동 최초의 발기인이시니, 팔도의 운동자들에겐 상동학교가 기관소(機關所)가 되었다고 해도 과언이 아닐지라.

종조(從祖) 해관장(海關丈)이 상동교회학교 안에 애국자들이 모여 결사를 운동한다는 소문을 은근히 듣고 학교로 찾아와, 우당

우당 이회영(1867~1932)

규준: 이규준. 1896~1928. 우당의 둘째 형 이석영의 첫째 아들. 사촌 이규학 등과 함께 신흥학우단을 중심으로 행동조직 다물단을 만들고 일제의 밀정인 김달하를 암살. 중국 한구(漢口)를 중심으로 항일운동을 하다가 병사.

상동청년학원: 상동교회가 1904년 설립한 민족교육기관.

전덕기: 1875~1914. 독립협회에 가입하여 활동. 상동교회 목사 역임. 1904년 상동청년학원을 설립하고 신민회 조직에 참여했다. 1911년 105인 사건으로 투옥되었다가 고문 후유증으로 사망.

장을 면회 후 시시로 방문하여 주의(主義)가 합하여 친밀하여 공사간 의논했다.

우당장이 환거 중 마땅한 가모(家母)를 정(定)치 못하여 걱정이라 하시거늘, 종조가 이 사람을 말씀하였다. 우당장 마음에 가합(可合)하여 그 시로 확정, 무신년(1908) 10월 20일에 상동예배당에서 결혼 거행을 하였다.

❀

가군(家君)의 함자는 이회영이고 호는 우당이며, 존당(尊堂)께서는 하세(下世)하셨다. 동기(同氣)는 6형제분에 시누이가 4형제고 가군이 넷째시다. 전 소생 3남매에, 장자 규룡은 백부 출계고, 차자 규학이가 장자이다. 딸은 연령 16세, 미혼이며 가군의 전지(傳旨)를 받든다.

이분은 본래 애국지사로 동지와 마음만 맞으면 악수한다. 월요일이면 밤을 새며 3년을 하루같이 빠짐없이 비밀 결사를 하는데, 경찰은 매달이면 4, 5차씩 요시찰(要視察)이니 송구(悚懼)하고 두렵던 말 어찌 다 적으리오. 가군의 온후(溫厚)하신 덕을 어찌 다 기록하리오.

김진호: 1873~1960. 목사, 독립운동가. 전덕기의 영향을 받아 목사가 됐고 신민회원으로서 비밀서약을 함.

이동녕: 1869~1940. 자는 봉소(鳳所), 호는 석오(石吾), 암산(巖山). 독립협회에 가입하여 활동하다가 옥고를 치른 후 상동교회에서 활동. 만주로 망명하여 이상설과 서전의숙 설립. 이회영 등과 경학사를 설립하여 신흥무관학교 초대 교장으로 취임. 임시의정원 초대의장, 임시정부 국무총리, 내무총장, 주석 역임.

비밀독립운동: 신민회(新民會)를 가리킨다.

종조: 할아버지의 남자 형제.

해관장: 이관직.

상동교회: 1888년 한국 감리교 최초의 의료선교사 스크랜턴(W. B. Scranton) 목사가 서울 남대문로에 세운 교회. 중등교육기관으로 상동청년학원을 설립하여 민족교육에 노력을 기울였다.

가모: 집안 살림을 맡은 아내.

이 사람: 저자 이은숙.

가합: 웬만하여 합당함.

그 시로: 즉시.

가군: 자기의 남편을 남에게 이르는 말.

존당: 다른 사람의 어머니를 높여 이르는 말. 여기서는 이회영의 어머니이자 이은숙의 시어머니를 가리킨다.

하세: 별세.

6**형제**: 원래는 7형제이나 둘째 석영이 출계하였고 막내 이소영(李韶榮, 1885~1903)은 일찍 사망함.

전 소생 3남매: 이회영은 첫 부인 달성 서씨와의 사이에 아들 규룡과 규학, 딸 규원을 두었음.

차자: 둘째 아들.

전지를 받든다: 여기서는 지시를 받아 심부름을 한다는 의미.

요시찰: 사상이나 보안 문제 따위와 관련하여 행정 당국이나 경찰이 감시함.

나는 가군을 대할 제 하늘같이 앙망(仰望)하고 스승같이 모셨는지라. 가군께서 "번창한 대소가(大小家)를 혹시나 잘못할까, 전소생 3남매에게 잘하고 친애하며 말없이 화목을 주장하라" 하고 이르시던 말씀 지금도 어제 같도다.

❀

우당장께서는 척숙(戚叔) 윤복영(尹福榮) 씨가 연령은 이십 전이나 언어 행동이 특출함을 기특히 여겨 사랑하는 제자라. 윤의 언어 동작을 일일이 살피시니 장취(將就)가 초월(超月)한지라. "더욱이 사랑하는 제자라. 행동이 여러 학생과는 특별하므로……" 안념(顔念)에 환희만만(歡喜滿滿)이시더라. 그 후로는 윤에게 스스로 공경심이 나서 혼자 생각에 '누구 집 자손인지 인걸이 출생했구나' 하시더니, 우리 종조 해관을 만나 내력을 들으니 해관 생질이요 우리 대고모 자제라 하니, 안념에 정하시기를, '내 항상 참다운 동지가 없어 한탄 중이더니 윤을 만났으니 나의 심복 동지로 정하자' 하시고, 나더러 말씀하시기를, "내가 너무 기뻐서 좋은 보물을 얻은 것만 같소" 하시던 말씀 어제 같은데, 훌훌(倏忽)한 광음(光陰)이 사정없이 육십 성상(星霜)이 지나고 두 분은 천국으로 가

송구: 두려움에 떨다.

앙망: 우러러보다.

대소가: 집안의 큰집과 작은집을 아울러 이르는 말.

척숙: 성이 다른 일가 가운데 아저씨뻘 되는 사람.

윤복영: 1895~1956. 호는 일농(一儂). 이은숙의 척숙으로 이은숙의 대고모의 아들. 협성학교(현재 경일관광경영고등학교의 전신) 창립 및 교장 역임. 훗날 표준말 사정위원 문교부 국어교과서 편찬위원과 서울특별시교육회 이사 등을 역임하면서 청소년 교육에 헌신함. 본문 89쪽을 보면 '사직동에 있는 나의 친정 대고모 댁'이라는 구절이 있다. 1910년 12월 만주로 망명했던 이회영은 1913년 독립운동 자금 마련을 위해 국내에 잠입하여 윤복영의 집에 몇 달 숨어서 지냈으며, 신세진 것에 감사하는 뜻으로 훗날 부채에 난을 친 뒤 '蘭以證交(이 난초를 사귐의 증표로 삼는다)'라는 글씨를 남겼다. 윤복영은 이후 통인동 128번지로 이사한다.

장취: 앞으로 진보하여 나아감.

초월: 달마다 진보하다.

안념: 얼굴 표정이.

환희만만: 매우 기뻐하다.

생질: 누이의 아들.

대고모: 아버지의 고모. 즉 할아버지의 누이.

안념에 정하시기: 안심하기를.

홀홀한: 매우 빠른.

광음: 시간.

성상: 세월.

억색통분: 가슴이 막히고 원통하다.

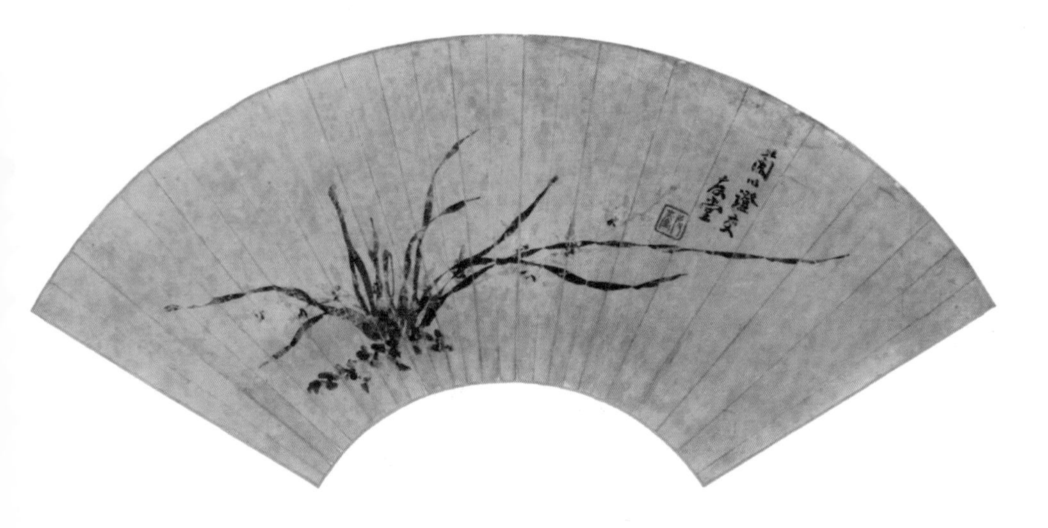

이회영이 윤복영에게 준 부채

신 지 여러 십 년이 되니, 억색통분(臆塞痛憤)한 심사를 어찌 기록하리요. 만사가 몽환이로다.

해관 이관직(부위로 근무하던 시절)

* 서간도(1910~1917), 서울(1917~1919)

윤 씨: 이은숙의 척숙 윤복영.

장유순: 1877~1952. 독립운동가. 자는 호문(浩文), 호는 야은(野隱).

이관직: 1882~1972. 독립운동가. 충남 공주 출신. 자는 치용(穉用), 호는 해관(海瓘). 1900년 육군무관학교 보병과 입학, 1903년 졸업. 육군 보병부위(副尉)로 근무. 군대 해산 이후 낭인이 되었고 신흥무관학교에서 교관으로 재직. 현재 우당기념관 관장이자 이회영의 손자인 이종찬을 비롯한 형제들은 이관직을 '부위 할아버지'라고 불렀다 함.

안동현: 요령성 단동(丹東)시.

제1장

서간도 그리고 서울

1910~1919*

윤 씨가 종종 다니며 선생의 비밀 운동에 간섭도 하더라. 이때는 경술년(1910) 7월 보름께, 우당장과 이동녕, 장유순(張裕淳), 이관직 씨 등 네 분이 마치 백지(白紙) 장수같이 백지 몇 권씩 지고 남만주 시찰을 떠나셨다. 그때는 신의주가 기차 종점이다. 압록강을 배로 건너 안동현(安東縣)을 지나 남만주 여러 곳을 다니며 지리를 구경하려던 중이라.

배일자: 일본을 배척하는 자.

횡도촌: 현재 요령성 본계(本溪)시 환인만주족자치현에 해당하는 환인현(桓人縣) 횡도천(橫道川)을 이름. 항도천(恒道川) 또는 홍도천(興道川)이라고도 함.

솔권: 집안 식구를 거느리고 가거나 옴.

양미: 양식으로 쓰는 쌀.

회초간: 그믐께부터 다음 달 초승까지의 사이.

회한: 돌아오다.

방매: 팔려고 내놓다.

극난: 극히 어렵다.

범절: 질서나 절차.

남종, 여비: 사내종과 계집종을 일컬으나, 당시는 노비제가 폐지된 후이므로 집에 매여 일하던 하인을 말함.

군신좌석이 분명한: 상하의 구별이 분명한.

하속: 아래 사람들.

이때 조선은 한일합방 당시라, 공기가 흉흉하여 친일파는 기세가 등등 살기(殺氣)가 험악하고, 배일자(排日者)는 한심 처량하지마는 어찌하리오. 친일파의 기세가 등등하고 살기가 날카로워 공기가 험악한데 이 같은 모험 행동을 하시니. 안동현서 5백 리 되는 횡도촌(橫道村)으로 가셔서 임시로 자리를 잡고, 석오 이동녕 씨 친족 이병삼(李炳三) 씨를 그곳으로 먼저 솔권(率眷)을 하여 안정을 시키고, 앞으로 오는 동지의 편리함에 대한 책임을 부탁하며 양미(糧米)와 김장까지 여러 십 독을 준비하라고 부탁하셨다.

❀

8월 회초간(晦初間)에 회환(回還)하여 여러 형제분이 일시에 합력하여 만주로 갈 준비를 하였다. 비밀리에 전답과 가옥, 부동산을 방매(放賣)하는데, 여러 집이 일시에 방매를 하느라 이 얼마나 극난(極難)하리오. 그때만 해도 여러 형제 집이 예전 대가의 범절(凡節)로 남종, 여비가 무수하고 군신좌석(君臣座席)이 분명한 시대였다. 한 집안 부동산 가옥을 방매해도 소문이 자자하고 하속(下屬)의 입을 막을 수 없는 데다 한편 조사는 심했다. 우당장 한 분이 옛 범절과 상하 구별을 돌파하고, 상하존비들이라도 주의(主義)만

만주로 이주할 계획을 짜는 우당 6형제

차차로: 서서히. 조금씩.

강빙: 얼어붙은 강.

시숙: 남편의 형님을 부르는 존칭.

영석장: 이회영의 둘째 형인 이석영.

종씨: 흔히 사촌형제를 이르지만 여기서는 둘째 형을 이름.

백부 이유원: 실제로 이유원과 이회영 6형제의 부친 이유승은 친형제가 아니라 12촌 간이었으므로, 여기서는 일가 어른에 대한 존칭.

양가: 양자로 들어간 가문.

생가: 자신이 태어난 가문.

아이: 이회영과 이은숙 사이의 딸인 규숙(1910년 출생).

같으면 악수하여 동지로 대접을 하였다. 팔도에 있는 동지들께 연락하여 1차로 가는 분들을 차차로 보냈다. 신의주에 연락 기관을 정하여, 타인 보기에는 주막으로 행인에게 밥도 팔고 술도 팔았다. 우리 동지는 서울서 오전 8시에 떠나서 오후 9시에 신의주에 도착, 그 집에 몇 시간 머물다가 압록강을 건넜다.

국경이라 경찰의 경비 철통같이 엄숙하지만, 새벽 3시쯤은 안심하는 때다. 중국 노동자가 강빙(江氷)에서 사람을 태워 가는 썰매를 타면 약 두 시간 만에 안동현에 도착한다. 그러면 이동녕 씨 매부 이선구(李宣九) 씨가 마중 나와 처소로 간다. 안동현에는 우당장이 방을 여러 군데, 여러 동지들 유숙할 곳을 정하여 놓고, 국경만 넘어가면 준비한 집으로 가 있게 하였다.

우리 시숙(媤叔) 영석장(潁石丈)은 우당 둘째 종씨(從氏)인데, 백부 이유원 댁으로 양자(養子) 가셨다. 양가(養家) 재산을 가지고 생가(生家) 아우들과 뜻이 합하셔서 만여 석 재산과 가옥을 모두 방매해 가지고 경술년 12월 30일에 대소가가 압록강을 넘어 떠났다. 우리 집은 나중에 떠나는데, 우당장은 며칠 후에 오신다고 하여 내가 아이를 데리고 떠났다. 신의주에 도착하여 몇 시간 머물다가 새벽에 안동현에 도착하니, 영석장께서 마중 나오셔서 반기시

일농: 윤복영의 호.

동하지: 움직이지.

편친: 홀로된 부친이나 모친.

훤당: 남의 모친에 대한 존칭. 여기서는 윤복영의 모친을 가리킨다.

시봉: (어른을) 모심.

발행: 길을 떠나게 하다.

대화: 큰 재앙.

아연히: 급작스럽게.

과세: 설을 쇰.

흥분: 흥겨워할 이유.

차호라: 안타까움에 발하는 감탄사.

며 "무사히 넘어 다행이라" 하시던 말씀 지금도 상상이 되도다.

이때에 윤복영 씨가 선생께 자기도 함께 간다고 말씀하니 선생 말씀이,

"일농(一儂)은 아직 동(動)하지 못할 게다. 편친(偏親) 훤당(萱堂)이 계신데, 아우나 있으면 훤당 시봉(侍奉)과 가사를 부탁하지만 도리가 없으니 어찌 가겠나? 만주 길은 그만두고 조국서 운동하는 게 속(速)하지만 자유가 없으니 악전고투를 무릅쓰고 가는 게 아닌가. 일농은 여기서 비밀 운동을 진보시켜 나의 앞을 돕고, 해외로 오는 동지가 있거든 계속 발행(發行)하도록 하게. 비밀이 누설되면 대화(大禍)가 발생할 것이니 부디 주의하고, 훤당을 모시고 조심하게."

만 번 부탁하시고 아연(俄然)히 작별하셨다.

27일에 국경을 무사히 넘어 도착하시니 상하 없이 반갑게 만나 과세(過歲)도 경사롭게 지냈으나, 부모지국을 버린 망명객들이 무슨 흥분(興分) 있으리오. 그러나 상하 없이 애국심이 맹렬하고, 왜놈의 학대에서 벗어난 것만 상쾌하고, 장차 앞길을 희망하고 환희만만으로 지내 가니 차호(嗟乎)라.

일망: 보름.

송구영신: 묵은해를 보내고 새해를 맞음.

둘째 댁: 이회영의 둘째 형인 이석영 일가. 이석영은 출계를 했기 때문에 일부러 따로 언급한 것으로 보인다.

출가여식의 서랑: 시집간 딸의 남편, 즉 사위. 여기서는 규원의 남편인 박창서를 가리킨다. 규원은 서간도를 따라가지 않았다.

대소한: 대한(大寒)과 소한(小寒).

비치도: 비교하지도.

차주: 수레의 주인.

살같이: 쏜살같이.

자견: 스스로 이끌다.

사색: 말과 얼굴빛을 아울러 이르는 말.

쾌전: 여관.

귀가부인: 존귀한 가문의 부인들.

여필종부: 아내는 반드시 남편의 뜻을 좇아야 한다는 말.

조국을 이별한 지 일망(一望)이 되는데 무정한 광음은 송구영신(送舊迎新)의 신해년(1911)이 되었다. 정월 초아흐렛날에 임시로 정한 횡도촌으로 향하였다. 6형제 식구와 둘째 댁, 출가여식(出嫁女息)의 서랑(壻郎)까지 데리고 와 마차 십여 대를 얻어 일시에 떠났다.

안동현서 횡도촌은 5백 리가 넘는지라. 입춘이 지났어도 만주 추위는 조선 대소한(大小寒) 추위 비(比)치도 못하는 추위이다. 노소 없이 추위를 참고, 새벽 4시만 되면 각각 정한 차주(車主)는 길을 재촉해 떠난다. 채찍을 들고 "어허!" 소리 하면 여러 말들이 고개를 치켜들고 "으흥!" 소리를 하며 살같이 뛴다.

우당장은 말을 자견(自牽)하여 타고 차와 같이 강판에서 속력을 놓아 풍우같이 달리신다. 나는 차 안에서 혹 얼음판에서 실수하실까 조심되었고, 6, 7일 지독한 추위를 좁은 차 속에서 고생하던 말을 어찌 다 적으리오. 그러나 괴로운 사색(辭色)은 조금도 나타내지 않았다. 종일 백여 리를 행해도 큰 쾌전(快廛) 아니면 백여 필이 넘는 말을 어찌 두리오. 밤중이라도 큰 쾌전을 못 만나면 밤을 새며 가는 때도 있었다. 우리나라에서는 귀가부인(貴家婦人)들이 이 같은 고생은 듣지도 못했을 것이어늘, 그러나 여필종부(女必從夫)의 본의를 지키는 것이다.

천봉만학: 수많은 산봉우리와 산골짜기.

기암괴석: 모양이 독특하고 이상한 바위와 돌.

봉봉: 수많은 봉우리.

시량: 땔나무와 먹을 양식을 아울러 이르는 말.

방자: 집, 건물.

권속: 그 집안에 딸린 식구.

수란: 걱정이 많고 혼란스러움.

유하현: 길림성 통화시의 행정구역.

삼원보: 현재 삼원포(三源浦)에 해당함.

장구히: 매우 길고 오래.

성재장: 이시영(李始榮). 1869~1953. 자는 성흡(城翕), 성옹(聖翁). 호는 성재, 시림산인(始林山人). 이회영 형제 중 다섯째. 고종 때 총리대신을 지낸 김홍집의 사위. 1891년 증광문과에 급제. 우승지, 한성재판소 소장 등을 역임하다가 독립운동에 투신. 임시정부의 재무총장 등을 역임하고 대한민국 초대 부통령을 지냄.

두태: 콩과 팥을 아울러 이르는 말.

갈수록 첩첩산중에 천봉만학(千峯萬壑)은 하늘에 닿을 것 같고, 기암괴석(奇巖怪石) 봉봉(峯峯)의 칼날 같은 사이에 쌓이고 쌓인 백설이 은세계를 이루었다. 험준한 준령이 아니면 강판 얼음이 바위같이 깔린 데를 마차가 어찌나 기차같이 빠른지, 그중에 채찍을 치면 더욱 화살같이 간다.

7, 8일 만에 횡도촌에 도착하여 시량(柴糧)은 넉넉하나, 5칸(間) 방자(房子)에 60명 권속(眷屬)이 한데 모여 날마다 큰 잔칫집같이 수런수런 수란(愁亂)하게 며칠을 지냈다. 둘째 댁 식구와 우당장 식구가 먼저 유하현(柳河縣) 삼원보(三源堡)라는 곳으로 가서, "장구(長久)히 유지도 하고 우리 목적지를 정하여 무관학교를 세워 군사 양성이 더욱 급하다" 하시고 신해년 정월 28일에 떠나게 되었다. 성재장(省齋丈)도 단신으로 "두 분 형님을 모시고 가서 자리를 정한다"고 같이 가셨다.

유하현은 5, 6백 리나 되는데, 2월 초순에 도착하였다. 추가가(鄒家街)라는 데는 추가성(鄒哥姓)이 여러 대(代)를 살아서 그곳 지명이 추가가라 하는 곳으로, 가서 3칸 방을 얻어 두 집 권속이 머물렀다. 이곳은 첩첩산중에, 농사는 강냉이와 좁쌀, 두태(豆太)고, 쌀은 2, 3백 리 나가 사오는데 제사에나 진미를 짓는다. 어찌 쌀

라오예: 중국어로 할아범 또는 어르신.

이왕에는: 이전에는.

남부여대: 남자는 짐을 등에 지고 여자는 머리에 인다는 뜻으로, 가난한 사람들이 살 곳을 찾아 이리저리 떠돌아다니는 모습.

산전박토: 산을 일궈 만든 밭.

군기: 군대에서 사용하는 각종 도구를 일컫는 말. 일반적으로는 무기를 가리키나, 각종 깃발과 군대에서 사용하는 악기 등도 군기라 하였음.

꺼우리: 중국인들이 (때로는 낮추어) 조선 사람을 부르던 말.

장하리요: 크고 성대하리요.

싱리: 중국어로 짐, 행장.

필담: 글로 써서 의사소통을 함.

이 귀한지 아이들이 저희들이 이름 짓기를 '좋다밥'이라고 하더라. 우리 안목에 그곳 사람은 인간 같지 않고 무섭기만 하게 보이는데, 그 사람들은 우리가 일본과 합하여 저희 나라를 치러 왔다고 저희들끼리 모여 수군거린다. 그곳에도 순경은 있는데, 그곳에서는 순경 위 지서장을 라오예(老爺)라 한다. 추가네 어른인 순경 라오예가 유하현에 고발하기를,

"이왕에는 조선인이 왔어도 남부여대(男負女戴)로 산전박토(山田薄土)나 일궈 감자나 심어 연명하며 근근이 부지하였다. 그런데 이번에 오는 조선인은 살림차가 수십 대씩 짐차로 군기(軍器)를 얼마씩 실어 오니, 필경 일본과 합하여 우리 중국을 치려고 온 게 분명하니, 빨리 꺼우리(高麗人)를 몰아내 주시오."

하였다.

이 해는 신해년(1911) 3월 초순이다. 하루는 대문 밖이 요란하고 말소리가 나더니 난데없는 중국 군인과 순경 수삼 백 명이 들어와서 우리 세간을 조사하니, 망명객의 세간이 무엇이 장(壯)하리요. 싱리(行李) 몇 개씩을 일일이 조사한다. 그중에 대장 5, 6명이 같이 와서 말을 하나 피차 불통이라. 피차 필담(筆談)으로 서로 통

불원천리: 천 리를 멀다고 여기지 않다.

이상룡: 1858~1932. 경상북도 안동 출신. 자는 만초(萬初), 호는 석주(石洲). 석주는 중국식 이름으로 계원(啓元)인데, 이회영이 만주에서 활동 시 석주의 동생 봉희(鳳羲), 즉 이계동(李啓東)과 같이 원세개를 찾아감.

1911년 서간도로 망명하여 이회영과 함께 경학사 설립. 1919년 만주 한인사회의 민정기관 한족회 조직. 서로군정서의 독판으로 활동하다가 각지의 독립군단과 항일단체를 통합하여 대한통의부 설립. 1925년 상해 임시정부 초대 국무령에 추대. 건국훈장 독립장.

봉천(펑톈): 오늘날 중국 선양(瀋陽). 요령성의 성도이고 중국 동북 3성에서 제일 큰 도시로서 경제, 문화, 교통, 군사의 중심. 만주족이 묵던(Mukden)이라 불렀던 이곳은 청나라에 의해 봉천이라 개명되었다가 장학량이 1929년 선양으로 개명했다. 만주 사변(1931~1932) 후 일본이 다시 봉천으로 개명했다가 1945년 다시 선양으로 바뀠다.

독군: 신해혁명 이후 중국 각 성(省)에 둔 지방관. 본래는 군사 장관이었으나, 대개 성장(省長)을 겸하여 문무의 권한을 장악함으로써 독립 군벌을 형성. 후에 독판(督辦)이라 고쳤다가 1928년 국민혁명 때 없어짐.

하니, 우리 보고 "너의 나라로 도로 나가라" 하는 걸 우리가, "우리는 왜놈의 노예 노릇하기 과연 어려워서 마치 아우가 형의 집 찾아오듯 하였거늘, 조선과 중국은 형제지국으로 생명을 의지하려고 불원천리(不遠千里)하고 왔는데 도로 가라 하니 어느 곳으로 가리오" 하며 필담이 처량하거늘, 그제야 대장들이 악수를 하며 "쾌히 유지하라" 하고 허락을 하고 간 후부터는, 동정은 하나 가옥과 전답은 매(賣)치 아니하니 어찌하리오.

❀

그냥 몇 달 지냈다. 신해년 7월 초순에 우당장과, 이상룡(李相龍) 씨는 경상도 혁명 대표로 오신 분으로 공사간 의논하는 분이라, 두 분이 봉천(奉天) 독군(督軍)을 면회하려고 가셨다. 독군은 3성(省)을 맡은 관원인데, 이분은 3성을 자기 임의로 처리하는 분이다. 3성은 길림성, 봉천성, 흑룡강성이다. 3성을 자기 임의로 처리하는 독군은 마치 우리나라에서 감사(監司)가 그 도에 있는 수령에게 마음대로 처리하듯 하는 것인지라. 그래 망명객으로 어찌 남의 나라 독군을 면회하리오. 그러나 일을 하자면 자연으로 그런 일이 생기는 법이다.

等炎黃種族也今日新政府諸公斷當一倍憐恤矣
時勢之變何關於已經入籍之民乎若曰人物至可
信也則入籍之前當百般查覈而既許入籍則其合
格可知也何必更使困難於生活上耶噫滿洲幾千
里地方太半爲外寇之侵占許與無等之權利而允
我中國之人以此痛心者鄙等未見其人而獨惜吾儕
歸化僑民之數畝種地耶借使鄙等甘心爲寇敵之
奴隸則有國矣有土矣有財矣而乃不此之爲必欲
作中國之民則其心可默揣而困難至此呼可慨也
事勢急迫茲敢千里裹足更此仰籲伏願我
賢明大師察此情況電飭該縣早使歸正使入籍之民
共享權利安插而奠住千萬祈懇之至

中華民國元年三月　日

이회영과 이계동이 토지 사용허가에 대해 중국관리로부터 받은 서신(1912)

청천백일기: 붉은 바탕의 기폭 위에 청천백일을 그린 중화민국의 국기. 청천백일은 기폭 왼쪽 위에 푸른 바탕의 직사각형을 만들고 그 안에 12개의 빛살이 있는 흰 태양을 그린 것으로, 태양은 끊임없는 전진을, 청색·백색·적색의 세 가지 색은 손문(孫文)이 주장한 삼민주의를 상징함.

대총통: 1911년 신해혁명 발발 이후 1912년 1월 손문이 중화민국의 임시대통령에 취임한 것을 시작으로 1924년 11월 정치가이자 군인인 단기서(段祺瑞)가 임시집정으로 취임할 때까지 썼던 국가원수 호칭. 실제로 원세개가 임시대총통에 취임한 건 1912년 2월로, 1913년 10월 정식으로 초대 대총통에 취임하면서 손문이 이끌던 국민당을 탄압하고 독재체제를 확립한다.

通化縣居民李會榮 李啓東等謹
稟 元年三月 日
東三省總督兼三省將軍奉天巡撫事
鈞下伏以鄙等去年冬伏蒙僑民入籍後即是吾民本
大臣本無歧視之批各地僑民多請願該縣已經入
籍矣流離困苦之餘始欲安住資生而刻下柳河通
化僑民之無家屋無種地者不下五六千戶每戶隨
力辦若干金合買山庄於通化縣哈密河地方爲團
聚謀生之道而請官契於該縣則縣尊云現今時勢轇
轕雖入籍之民土地賣買不可認許契劵所以該地
人民知官吏舉動反生携貳允係土地住家一併不
許當此農時已迫苟無所備前頭溝壑在所難免允
爲僑民者皆疾首蹙頞棲遑道路是可忍也孰不可
忍也夫教育實業爲國民事實上最要件而土地家
屋賣買又實業中最要件也苟不爲此烏可曰國民
乎該縣自潘侯莅政庶務更新頌聲洋洋而獨於吾
僑民之事不欲廣施其惠者何也借使該縣實有歧
視之心則

신해년 10월에 중국은 민주 나라가 되어 청천백일기가 휘날리고, 중화민국 대총통(大總統)에 원세개(袁世凱)가 되었다. 우리나라 고종 황제 국권 시(國權時)에, 그때는 왕권하(王權下)로 계실 때고 연수로는 임진·계사년(1892~1893)이다. 원(袁) 대인이 조선 와 있을 때 우리 시댁에 내왕하며 존구(尊舅)와 대단히 친절히 지내시고 여러

원세개(위안스카이): 1859~1916. 청나라 말기의 군인이며 중화민국 초기의 정치가이자 중화제국의 황제. 1882년 임오군란이 일어나자 병력을 이끌고 왔고, 갑신정변 때 신속하고 과감한 행동으로 북양대신 이홍장(李鴻章)의 신임을 얻고 10년 넘게 서울에 머무르면서 권력을 휘두름. 1894년 청일 전쟁 발발 직전에 본국으로 도주했으며, 1911년 신해혁명 발발로 다시 군사의 전권을 장악하면서 그해 11월 내각 총리대신에 취임. 이때 청나라 조정의 실권을 잡으면서 황제 부의를 퇴위시키고 임시 대총통으로 추대되었던 손문을 사임시킨 뒤 초대 대총통에 취임. 1915년 황제가 되려는 야심을 품고 같은 해 5월 일본의 21개조 요구를 받아들이는 등 황제추대운동을 전개시켜 1916년 1월 스스로 황제라 칭하고 연호를 홍헌(洪憲)으로 한다고 선언하였으나, 주변의 반대와 백성들의 봉기로 두 달 뒤 황제제를 취소함.

고종 황제 국권 시: 고종 황제가 주권과 통치권을 갖고 있을 때.

왕권하로 계실 때고: 원세개가 조선의 왕권 아래에 있을 때고.

존구: 부인들이 시아버지를 높여 부르는 말. 여기서는 이회영의 부친인 이유승을 가리킴.

자부: 중국 지방관직의 명칭.

압송: 원래는 죄인을 다른 곳으로 호송한다는 뜻이나, 여기서는 공적 문서를 송달함.

현수: 현의 수령들.

결의형제: 의형제.

안돈: 잘 정돈함.

경영소의: 경영하고자 하는 평소의 뜻.

통화현: 길림성 통화시의 행정구역.

형제분도 안면이 있었다. 우당장은 그때부터 혁명에 소질이 있어 비밀 활동을 하며 지내셨던 것이다.

우당장이 독군을 면회하려고 봉천으로 갔다가 북경까지 가서 원 대총통을 만나 공사간 의논도 있었던 듯하다. 원 대총통 비서 호명신(胡明臣)이라는 분을 원 대총통이 우당장과 같이 봉천으로 보냈다. 우당장과 호 씨가 독군 면회를 하고, 우리 동포가 만주로 온 사정을 자세히 말하니, 독군 역시 배일(排日)이라, 환희만만하여 그 시(時)로 3성 지부(知府)에게 훈령을 서리같이 지어 압송(押送)하니, 3성 현수(縣守)들이 눈이 휘둥그레져서 이후로는 한국인을 두려워하여 잘 바라보지도 못하였다. 저희들이 하는 말이, "우리 독군은 쌀로도 못 보는데 꺼우리가 만나 보니 참 이제 꺼우리는 높은 양반이라" 한다는 풍문도 있었다.

그 후에 우당장과 호 씨가 같이 유하현까지 와서 여러 형제분을 면회하고, 우당장과 호 씨는 결의형제(結義兄弟)까지 맺어 나도 면회하였다. 호 씨 말이 "형이 토지를 사서 안돈(安頓)하여서 경영소의(經營素意)를 성취하지 않겠소? 그러나 기왕 돈 주고 토지를 살 것 같으면, 하필 추가는 여러 십 대를 누리고 사는 걸 팔기를 아까워하니, 다른 데 가서 정합시다" 하여, 통화현(通化縣)서 백여 리

합니하: 합니강(江).

지단: 토지.

농군 방청 / 외방청 / 내방청

방청: 마루가 깔린 방. 경제사학자 이영훈에 의하면 방청은 본디 관부 내 이예(吏隸, 아전과 하인)들의 집무실을 가리키는 용어이지만, 살림살이의 규모가 큰 사가(私家)에서는 가정경제를 정부조직이나 공적기구에 빗대어 말하는 경우가 많았다고 한다. **농군 방청**이란 농사를 짓는 방식으로서 사학자 황민호에 의하면 당시 한인 소작인들 사이에서 '청방살이'로 알려졌던 제도로 외방청과 내방청으로 나뉜다. **외방청**은 지주가 토지와 가옥만 제공하고 기타 생산수단과 생활필수품은 소작인 스스로가 해결하는 소작방식이고, **내방청**은 지주가 토지와 가옥은 물론이고 농업경영상에 필요한 농구, 종자, 비료 등의 생산수단과 일용품, 의복, 식료품 등 생활필수품까지 소작인에게 대여하고 소작인은 노동력만 제공하는 방식을 의미한다.

도조: 농부가 남의 논밭을 빌려서 부치고 그 세로 해마다 내는 벼.

금세: 오늘날.

간역: 사역(使役).

신흥무관학교: 1910년 서간도로 이주한 이회영 6형제와 이상룡 등이 1911년에 자치기관인 경학사(耕學社)를 조직했고, 이후 통화현 합니하로 이주하여 교사를 짓고 1912년에 정식으로 학교를 설립하여 1913년 신흥중학교로 개칭했다. 군사훈련에 주력하다가 1919년 3·1운동 이후 학생 수가 급증하면서 같은 해 5월 유하현의 고산자(孤山子)로 옮겨 신흥무관학교로 개칭했다. 1920년까지 약 2천 명의 졸업생을 배출하였으나 봉오동 전투 승리 후 일본군의 보복을 피하기 위해 폐교되었다.

되는 합니하(哈泥河)라 하는 곳으로 우당장, 이동녕 씨, 호 씨 세 분이 가서 토지를 본 후 계약하고 돌아왔다. 수일 후 호 씨와 같이 봉천으로 가서 북경으로 가시고, 나는 둘째 댁 이사하는 곳으로 따라갔다.

둘째 영감께서는 항상 청년들의 학교가 없어 염려하시다가 토지를 사신 후에 급한 게 학교라, 춘분 후에는 학교 건설을 착수하게 선언을 하시고, 지단(地團) 여러 천 평을 내놓으시고 시량(柴糧)까지 부담하시고 아우님 오시기를 기다리셨다. 3월 초순에 우당장이 오시니, 여러 형제분은 자리를 못 잡은 모모 동지들께도 5칸 방자에 1년 지낼 땅과 1년 농사지을 시량까지도 주어 안전케 하셨다. 그 외의 농군 방청으로 조선서 땅 사서 소작 주면 가을에 도조(賭租) 가져오듯 하는 건 외방청(外房廳)이고, 내방청(內房廳)은 일꾼 두고 자농(自農)하면 일꾼 식구는 다 먹이고 가을에 3분의 1은 일꾼의 삯용으로 주는 게니, 우리 동포 구하는 것이다. 세상에 우리 시숙 같으신 분은 금세에 없으신 분이지만 어느 누가 알리오. 생각 곧 하면 원통한 걸 어찌 적으리오.

우당장은 학교 간역(幹役)도 하시며 학교 이름을 '신흥무관학교(新興武官學校)'라 하였다. 발기인은 우당 이회영 씨, 석오 이동

事例十九世紀之希臘由土耳其而自立彼何力量
志有心鬼神可質英雄袖手上帝所嗔向山河而悲
歌且歎且泣臨長江而發誓不清不還言語備殊同
族亦莫我救事情難悉同病或不相憐希望爲糧自
飽不食之食困難爲礎美籌無家之家乃於南滿洲
思養堡融合衆人熱心組織一部團体名之曰耕學
社耕不但保活人命所以開發民智工商雖殊統爲
實業界属体德兼備自有教部科條勿憂程途之杳
遐頃步達而萬里勿歎規模之草創一簣積而泰山
嗚呼可愛哉韓國可哀哉韓民此時何時此地何地
決死生於河上釜共舟沉保喘息於會稽薪隨膽
若身既献矣各思責任之不輕夢果醒乎當知肉體
之爲幻長熱力養忍性不妨障碍之多生鍊膽氣濟
精神何惧危險之當着勿恃客氣要當事而盡忠勿
望他人先自我而着手或如巴律西不惜鉅萬之産
或如維廉氏期殉七尺之軀成則涸腦精而買歷史
之光榮敗則迸鮮血而贖國民之沉蘇況今支那現狀
老大莫振吾人義務負擔惟均須混中外畦畛亘竭彼
此智力時機一到事業兩全可愛哉韓國可哀哉韓
民沸鼎之魚尚喁喁而何望燎堂之燕能响响之多
時來哉來哉保我群乃是保我民愛我社乃是愛我
國來哉來哉客雁群度西風日催金鷄一呼東天將
曙

경학사 취지서(1911)

윤기섭: 1887~1959. 조선 명문가 해평 윤씨 집안의 유학자 기영(耆榮)과 합천 이씨 사이에서 출생. 보성학교를 졸업하고 오산학교(五山學校) 교사로 근무. 신민회에 가입하여 청년학우회에서 활동하다가 1911년 서간도로 망명. 신흥무관학교의 학감 및 교장을 역임. 1950년 서대문에서 2대 국회의원으로 당선되었으나 6·25 때 납북.

교주: 학교의 설립 및 경영자.

이장녕: 1881~1932. 일명 장영(長榮). 호는 백우(白于). 대한제국 육군무관학교 3기. 1907년 군대가 해산되자 가족과 함께 서간도로 망명. 신흥강습소 창설. 군정부(대한군정서, 후에 북로군정서)의 참모장 역임.

김창환: 1872~1937. 독립운동가. 호는 추당(秋堂). 대한제국 육군 부위, 신흥무관학교 훈련감, 대한독립군단 대대장, 한국독립군 총사령 대리. 건국훈장 독립장.

耕學社趣旨書 ○ 辛亥

嗚呼、可愛哉韓國、可哀哉韓民、血歷史四千年禮義
制度之全備、膏腴地三千里動植礦產之充饒、吾父
吾祖之腦血所流、吾子吾孫之命脉攸繫、念關係之
密切、敢守衛之忽疎、粉骨糜身、吾所不讓、摩頂放踵、
子亦甘心、夫何百年醉眠之濃、適值五洋風潮之漲、砲
雷瓦雨、日溢屋角、而我則無聞、鐵艦電車交馳門外、
而我則無見、畢竟倉卒之間、猛虎張牙於後、飢鷹舞
爪於前、易傲者文明、寥寘虛名、政府難進者時勢、倡
設無魂學堂、假使一種奸類、不作倀鬼、其奈無數頑
黨、動輒戲魔、野婦之被綺羅、徒增其醜、貉壤之起瑤
闕、只促其傾、乎等自由、反做殺人之毒藥、商務工藝、
還爲破家之先鋒、於是內血潛消、客火猶盛、自主之
號、如夢暫來、外交之權、隨風倏去、脅定約勤主權、如
弄小兒、軍部壞、但餘空殼、末乃坐拱、攫手斷送金甌、
嗚呼、可哀哉韓民、可愛哉韓國、無土何食、無國曷生、
吾身且亡、何山可葬、吾兒且長、何屋可居、不見埃及
民乎、槐口中之食、而不足以償債、不讀越南史乎、賣
頭上之天、而不足以資生、毋曰我不知、我忘我公產、
彼安得不奪、毋曰我無罪、我棄我天職、彼安得不竊、
寧引刀而自裁、還嫌戮身快敵、欲絶粒而餓死、不忍
賣國賣名、其將飮淚而受窮天之恥辱歟、蓋亦蓄力
而看終局之結果也、遂於萬事無奈之地、更勵百折

녕 씨, 해관 이관직 씨, 이상룡 씨, 윤기섭(尹琦燮) 씨, 교주(校主)는 영석 이석영 씨, 교장은 이상룡 씨였다. 이분은 경상도 유림단 대표로 오신 분이고, 이장녕(李章寧) 씨, 이관직 씨, 김창환(金昌煥) 씨 세 분은 고종 황제 당시에 무관학교의 특별 우등생으로 승급을 최고로 하던 분이다. 만주 와서 체조 선생으로 근무하는데, 대소한 추위에도 새벽 3시만 되면 훈령을 내려 만주서 제일 큰 산을 한 시간에 돌고 오는지라, 세 분 선생을 '범 같은 선생'이

여준: 1862~1932. 독립운동가. 경기도 용인 출신. 본명은 여조현(呂祖鉉). 호는 시당. 오산학교에서 교편을 잡다가 북간도로 건너가 이동녕·이상설과 함께 서전서숙(瑞甸書塾)을 세워 후진 교육에 힘썼다. 몽양 여운형의 족숙.

백씨 봉함장: '형님 봉함 어르신'이라는 뜻으로 여준의 형을 가리킴.

설산: 살림을 차림.

신사 같은 분: 한용운(韓龍雲). 1879~1944. 독립운동가, 시인, 승려. 충청남도 홍성군 결성면 성곡리 출신. 자는 정옥(貞玉), 속명은 유천(裕天), 법명은 용운(龍雲), 법호는 만해(萬海). 1913년 모순과 부패가 만연하던 당시 한국불교의 상황을 개탄하며 개혁방안을 제시한 실천적 지침서인 《조선불교유신론》을 발간함으로써 불교계에 일대 혁신 운동을 일으켰고, 1919년 천도교, 기독교, 불교계 등 종교계를 중심으로 추진된 3·1 운동 계획에 주도적으로 참여함.

수삭: 여러 달. 수개월.

라 하더라. 시당 여준(時堂 呂準) 선생은 합방 전에 오산중학교 선생으로 근무 중에 애국지사로 우당장과 연락을 하시더니, 임자년에 합니하로 오셔서 학교 선생으로 지내셨다. 그분 백씨(伯氏) 봉함장은 가족까지 솔권하여 설산(設產)하고 지내셨다. 이상룡 씨가 교장으로 4, 5년 있다가 지방 학교로 가신 후 여준 씨가 교장으로 근무하는 것을 보았다.

우당장은 추가가에 땅 몇백 평을 사서 가옥이라고 그 추운 지방에서 조선집 모양으로 5, 6칸 지어 놓았다. 그나마 집 지으랴 학교 간역하랴 바쁘기는 한이 없었다. 그래서 다 짓지도 못하고 안방 칸 반하고 학생들 있을 방 칸 반을 들여놓았다.

❀

만주를 오고 싶으면 미리 연락을 하고 와야지 생명이 위태치 않은 법인데, 하루는 조선서 신사 같은 분이 와서 여러 분께 인사를 다정히 한다. 수삭(數朔)을 유(留)하며 행동은 과히 수상치는 아니하나, 소개 없이 온 분이라 안심은 못했다. 하루는 그분이 우당장께 자기가 회환(回還)하겠는데 여비가 부족이라고 걱정을 하니, 둘째 영감께 여쭈어 30원을 주며 무사히 회환하라고 작별했

상심: 자세히 살피다.

연전: 몇 해 전.

필역: 일을 마침. 여기서는 학교 세우는 일을 끝냈다는 뜻.

다. 수일 후 그분이 통화현 가는 도중에 굴라제 고개에서 총상을 당했으나 죽지 않고 통화병원에 입원 치료 중이라 하였다. 우당장께서 놀라셔서 혹 학생의 짓이나 아닌지 학생을 불러 꾸짖고, "아무리 연락 없이 왔지만 그의 행동이 침착 단정하거늘, 잘못하다 아까운 인재이면 어찌하나" 하고, 십분 상심(詳審)하라고 당부하시던 것을 내 보았노라.

내가 정사년(1917)에 조선 갔을 때, 무오년(1918)인 듯하나, 하루는 우당장께서 안으로 들어오시며 미소를 띠고 나더러,

"연전(年前)에 합니하서 소개 없이 청년 하나 오지 않았던가? 그분이 지금 왔어. 자기가 통화 가다 총 맞던 말을 하며 '내 생명을 뺏으려 하던 분을 좀 보면 반갑겠다'고 하니, 그분은 영웅이야."

하시며,

"내 그때 학생의 짓이 아닌가 하여 학생을 꾸짖지 않았소? 그러나 그분이 총을 맞고 최후를 마쳤으면 기미 만세(己未萬歲)에 〈독립 선언서〉를 누구하고 같이 짓고, 33인의 한 분이 부족하지 않았을까?"

우당께서는 신흥무관학교를 필역(畢役)하시고 자기 자택은 급

고식: 며느리. 여기서는 윤복영 부인을 가리킴.

여류: 시간이 물 흐름 같음.

이규창: 1913~2005. 이회영의 차남(출계한 규룡까지 계산하면 삼남)이자 이은숙 소생. 초명은 규호(圭虎)였으나 후에 개명함. 1930년대에 상해에서 화랑청년단에 가입. 1933년 2월에는 남화한인청년동맹에 가입하여 정화암과 함께 활동. 1933년 3월에 흑색공포단을 조직하고 아리요시를 암살할 계획을 세움. 1935년 이용로를 사살하는 데 성공. 건국훈장 국민장.

셋째 동서: 이회영의 셋째 형인 이철영의 부인.

이칠: 2주.

큰딸: 규숙.

강보유아: 아직 걷지 못하여 포대기에 싸서 기르는 어린아이.

한 대로 방 세 개만 만들고, 계축년(1913) 정월 초순에 떠나 조선에 무사히 가시었으나 어느 누가 있어 반기리오. 우선 사직동에 있는 나의 친정 대고모 댁으로 가시니 대고모님 모자분이 놀랍게 반기시고, 우선 미안하지만 주객이 비밀을 지키며 4, 5삭을 비밀히 묵으면서 동지들을 만나는데, 주야로 방에서 숨도 크게 못 쉬고 있었으니 오죽이나 미안하고 조심되셨으리오.

비록 윤복영 씨는 우당장이 사랑하시는 제자지만, 만주로 망명했던 위험한 분을 누가 좋다 하리오. 그러나 윤 씨는 백옥 같으신 신사이며, 그중에 효심이 출중하였다. 우리 대고모님 고식(姑媳) 분도 구식 부인이지만 애국지사이다. 그러므로 여러 동지들의 칭송이 자자하였도다. 속담에 '고삐가 길면 밟힌다'고, 아무리 주객이 조심해도 너무 시일이 오램에 염려되셨다. 나중에는 다른 동지 집으로 가셔서 여러 분께 연락하여 고종 황제도 간접으로 모시고 일반 운동을 하시며 시일을 보내셨다.

여류(如流)한 광음이 2, 3삭이라, 이영구는 만주서 시댁 동기만 의지하고 시일을 보내다, 계축년(1913) 3월 28일에 순산 득남(이규창)하였다. 산모와 유아 보호하느라고 셋째 동서가 보아 주시다가 이칠(二七) 후에 가신 후, 큰딸 4세 된 아이와 강보유아(襁褓幼兒)를

생불여사: 사는 것이 죽는 것만 못하다.

일락서산: 해가 서쪽 산으로 기울다.

축수: 기원하다.

삼춘삼하: 3년 세월.

황국단풍: 국화와 단풍.

분분: 여럿이 한데 뒤섞여 어수선하다.

홍안: 기러기.

우량초창: 외롭고 쓸쓸하여 슬픔.

인지상사: 인지상정.

여자유행: 여자가 시집을 감.

일실: 한집.

이친지회: 부모를 떠나 있는 사람의 마음.

음신: 소식.

돈절: 소식이 끊김.

심축: 마음으로 축원함.

데리고 그날그날과 싸우며 가군 오시기만 고대하니, 생불여사(生不如死)라 어찌 살아가리오. 매일같이 고대하다가 일락서산(日落西山)에 그날이 지나면 나의 쓸쓸한 생활을 운명으로 돌리고, 위험한 지방에 가 계신 가군 무사히 지내시다가 오심을 축수(祝手)하며 시일과 싸웠다.

신속한 광음은 삼춘삼하(三春三夏)가 다 지나고, 쓸쓸 냉랭한 추풍과 뜰 앞의 황국단풍(黃菊丹楓)은 추위를 재촉한다. 서릿바람에 낙엽은 분분(紛紛)하고, 쓸쓸한 가을 기운, 북에서 남으로 울고 가는 홍안(鴻雁)의 슬픈 소리, 우량초창(踽凉怊悵)한 심사는 인지상사(人之常事)라, 하물며 망명객이리오.

여자유행(女子有行)으로 가군을 따라와 일실(一室)에 동거한다 해도 이 같은 절기를 당하면 이친지회(離親之懷) 간절하거든, 하물며 가군은 수천 리에 음신(音信)이 돈절(頓絕)하고 어린것 남매를 데리고 지내는 이영구리오. 그러나 가군은 항상 위험을 두려워 아니하시는 분이라, 실로 가군의 신체만 무사하기를 심축(心祝)하고 때를 기다리는 이영구로다.

허배: 신주(神主)를 모셔 두는 자리인 신위(神位)에 절을 함. 여기서는 생신 제사를 지냈음을 뜻함.

셋째 시숙: 이회영의 셋째 형인 이철영.

생혈: 피.

맞구멍: 관통상.

❀

계축년 10월 15일은 존구(尊舅) 생신일이라, 큰댁에 가 허배(虛拜)하고, 16일은 셋째 시숙 생신이라 그날 지내고 곧 둘째 댁을 다녀서 집으로 오려고 하니, 둘째 댁 영감께서, "추운데 어린것 데리고 더 좀 머물렀다 가라" 하시기에 그대로 머물렀다. 10월 20일 오전 4시쯤 되어 마적떼 5, 60명이 총을 들고 들어오는 것을 마침 내가 용변을 보러 갔다가 그 총에 좌편 어깨를 맞아 쓰러지고 둘째 댁 영감은 마적에게 납치당하였으니, 이같이 답답하고 흉한 일이 또 어디 있으리오.

계축 10월 20일, 집 안에 퍼져 있는 거란 도적들뿐이고, 조선 사람이라고는 총 맞은 내가 어린것 둘을 데리고 있을 뿐인데 세 식구 몸에는 유혈이 낭자했다. 그중에서도 내 식구 찾아다니느라 정신이 혼미 중에 생혈(生血)을 많이 쏟아 원기가 탈진하여 정신을 잃어 혼절한 것을 우리 시누님께서 일심으로 간호하여 주셔서 두 시간 만에 회생하였도다.

날은 차차 밝아지고 도적들은 달아났다. 그 후에야 학교 선생들이 와서 나를 치료하는데 그때서야 비로소 총 맞아 맞구멍이

아연: 너무 놀라거나 어이가 없어서, 또는 기가 막혀서 입을 딱 벌리고 말을 못하는 모양.

창구: 상처 구멍.

박돈서: 신흥무관학교 학생. 파리만국평화회의(파리강화회의)에 제출할 유림의 진정서이자 독립청원서인, 소위 〈파리장서(巴里長書)〉를 김창숙 등이 가지고 출발할 때 유진태의 주선으로 중국어 통역으로 동행.

다섯째 댁: 이회영 6형제 중 다섯째인 이시영의 후취 부인인 박승문(朴勝文)의 딸 반남 박씨(1880~1916). 이시영의 첫 번째 부인은 갑오경장 당시 총리대신이었던 김홍집의 딸 경주 김씨(1870~1894)이다.

본집 동기: 여자의 친정집 형제와 자매, 남매를 통틀어 이르는 말. 여기서는 '반남 박씨의 남동생'이라는 뜻.

김필순: 1878~1919. 황해도 장연 출신. 한국 최초의 면허 의사 7인 중의 하나로 졸업 후 모교인 세브란스의학교(제중원의학교) 교수로 후진 양성에 힘씀. 1911년 신민회 주요 인사들이 체포된 105인 사건이 일어나자 만주로 망명하여 이상촌 건설에 노력. 흑룡강성 치치하얼(齊齊哈爾)에 '북쪽의 제중원'이라는 뜻의 북제진료소(北濟診療所)를 개원하는 등 독립을 위해 노력하다가 사망.

성음: 목소리.

난 줄을 알고 아연(啞然)해 하나, 산골에서 무슨 약이 있으리오. 우선 급한 대로 응급 치료로 치약을 창구(瘡口)에 넣고 싸맨 후 이곳 학생 박돈서(朴敦緖)가 통화현에 가서 의사를 데리고 왔다.

이 학생은 바로 다섯째 댁 본집 동기(同氣)가 되며, 의사 김필순(金弼淳) 씨는 우리 동지로서 세브란스병원의 의학 박사로, 적십자 병원을 통화현에 와서 내고, 때를 기다리며 생활을 하는 분이다. 내왕(來往) 2백 40리나 되는 길을 밤을 도와 21일 오후에야 의사와 함께 군대들도 와서, 의사는 나를 치료하고 군대는 영석장 모시러 산으로 갔다. 의사는 치료 후에야 지혈을 하니, 생혈을 이틀 밤 하루를 쏟고도 지금껏 칠십이 넘도록 살았으니 기구한 운명이로다.

한편 영석장 모셔 간 도적놈들이 그때 학생 둘을 함께 데리고 갔는데, 다시 그 학생들이 영석장을 모시고 오니, 오시는 길로 내게 들르셔서 나를 위로하셨다. 나는 그때 시숙을 뵙고 어찌나 슬피 울었던지 우리 시숙께서도 비감하신 심정이라 말씀을 하시지 못하시며, "바삐 입원하여 완치케 하여 주겠으니 너무 마음 상치 말고 계시오"라고 위로하시던 성음(聲音)이 지금도 역력히 들리는 듯하다.

만주인들은 영석장 존경하기를 '만주왕'이라고까지 명칭하였는데, 저의 나라가 문명치 못하여 도적들이 사면으로 횡행하여 영

재생지인: 다시 살아난 사람.

가아: 남에게 자기의 아들을 낮추어 이르는 말.

한하면: 원망하면. 억울해하면.

식보: 좋은 음식을 먹어서 원기를 보충함.

육종: 고기 종류.

석장을 모셔 갔다 하니, 저희 군대에서 이를 미안하게 생각하여 당황히 백여 명 군대가 출동하였다. 대장이 둘째 댁까지 와서 사과하고 나는 그 이튿날 들것으로 통화병원에 입원하여 40일 만에 퇴원하여 돌아오니, 재생지인(再生之人)이라고 기뻐들 하시고, 4세 된 딸은 저의 고모님이 보호하시다가 엄마 온다고 좋아하던 모습 잊을 수가 없다. 내 자신은 육신을 임의로 못쓰고 시숙께서 치료비까지 전담해 주시니 미안한 마음은 이루 말할 수도 없었다.

약은 며칠에 한 번씩 병원에서 가져다가 가아(家兒) 규룡이가 치료를 하여 주어 하루하루를 나아가나, 생혈을 너무 쏟아 원기는 탈진되고 생명만이 겨우 부지되었을 뿐이다. 가군이나 계셨으면 총을 맞지도 않았을 것이고, 총을 맞았어도 이같이 구차히 치료도 아니할 것인지라, 모든 게 나의 운명, 한(恨)하면 무엇하리오.

이같이 큰 고생을 겪은 후에 병원에서는 쌀밥에 육식을 먹고 둘째 댁에서 며칠 만에 사람이 오면 고기를 사다 주시어 식보(食補)도 좀 했다. 그러나 집으로 온 후로는, 둘째 댁에서 쌀도 보내주고 혹 육종(肉種)도 보내지만 어찌 이루 보내리오.

세월이 여류하여 육신 못 쓴지 4, 5삭이 되니 갑갑도 하고 슬프기도 하였다. 더욱이 내 몸이 임의롭지 못하고 생활은 날로 어

경학사 백서 농장

심동: 한겨울.

질아: 조카.

몽혼약: 마취약.

질식이 되어: 숨을 못 쉬게 되어.

려워 둘째 댁에서 강냉이 몇 부대를 보내면 그걸로 지내 가니, 갖가지 답답한 말을 어찌 다 적으리오. 그러구러 갑인년(1914) 2월이 되어, 조선 같으면 입춘이 지났으니 일기가 온화할 것인데, 만주 일기는 2월이라도 조선 심동(深冬)같이 극한이었다.

나는 육신은 작용을 못하고 누워서만 지내는데, 그때 우리 규창이가 첫돌이 3월이라 잘 기어다니며 우뚝우뚝 서서 걸음마를 하려고 하는 때이다. 하루는 일꾼 여자가 바느질한다고 인두를 쓰다가, 화로에 불은 많지 않지만 인두 꽂힌 걸 그냥 두고 강냉이를 타러 간 사이에 우리 규창이가 화로에 엎어졌다. 손도 데고 면상은 인두에 데어 어여쁜 얼굴에 흠을 지은 일 생각사록 원통 애달픈 마음 내 죽기 전 잊으리오. 병원이나 가까우면 면상의 흠은 없을 것을, 엄마는 팔 하나를 못 쓰고 유아까지 데어 놓고 저의 부친을 무슨 면목으로 뵈오리오.

생각다 못해 그냥 두었다가, 을묘년(1915) 7월에 질아(姪兒) 규준이가 통화현으로 쌀 사러 간다 하여 규창이를 업고 120리를 걸어서 늦게 통화에 대었다. 수일 후에 입원하고 손을 먼저 고친다고 몽혼약(矇昏藥) 기운에 질식이 되어 어찌나 놀랐던지. 의사도 여간 놀라지 않아 간신히 숨을 돌린 후에 그냥 데리고 240리를 이틀에 오가

영: 고개.

억색: 몹시 억울하거나 원통하거나 슬퍼서 가슴이 답답한 느낌.

경: 소 한 마리가 하루에 갈 만한 논이나 밭의 면적.

가아 3남매: 규학, 규숙, 규창.

삼동: 겨울 석 달. 음력 10, 11, 12월.

연자: 연자매의 북한어로 매(맷돌)의 하나이다. 일반 맷돌보다 훨씬 크며 사람 대신 소나 말이 돌린다.

합솔: 흩어져 살던 식구나 친척이 한집에서 같이 사는 것.

성재장 부인 되는 동서: 이시영의 아내인 반남 박씨.

천품: 타고난 기품.

삼춘: 봄 석 달. 음력 1, 2, 3월.

삼하: 여름 석 달. 음력 4, 5, 6월.

추절: 가을.

한풍: 찬 바람.

소슬하고: 으스스하고 쓸쓸하고.

옥수수나무: 옥수수.

가일층: 한층 더.

초창: 근심스럽고 슬픔.

느라고, 험준한 영(嶺)이 세 개나 되는 길을 업고 오느라고 고생은 둘째고 어린것 아파하는 것 억색(臆塞)한 마음 어찌 다 형언하리오.

그러나 우리의 생활은 3, 4일경(耕)의 강냉이밭 가지고 농사를 하여 나, 가아(家兒) 3남매, 사위, 일꾼 내외, 학생 6명, 도합 13명 식구가 지내니 삼동 양미(三冬糧米)도 못 된다. 양식이 떨어지면 둘째 댁에서 자루강냉이 두 부대를 보낸다. 강냉이를 따서 3주가 되면 그걸 연자에 갈면 겨 나가고 쌀이 두 말도 못 되니 며칠이나 먹으리요. 할 수 없이 다섯째 댁으로 합솔(合率)하니, 지각없는 어린 것을 데리고 지낼 걸 지내리요. 그렇지마는 성재장 부인 되는 동서는 천품(天稟)이 유순하여서 모든 걸 피차 참고 시일을 보냈다.

❀

가군 오시기만 고대하며 시일과 싸운 것이 갑인년(1914)을 지내고 을묘년(1915)을 당하니 세월은 빠른 물과 같아 을묘년도 삼춘(三春)과 삼하(三夏)가 지나고 쓸쓸한 추절(秋節)이 되었다. 한풍(寒風)은 소슬하고 낙엽은 분분하며, 사면의 옥수수나무 우수풍엽은 사람의 심사를 가일층(加一層) 산란히 하는데, 하루는 둘째 댁 영감께서 오시더니 나더러 당신 댁으로 가자 하시며 기색이 초

이세진: 대한제국 경무관(警務官) 역임. 이른바 '을사오적(乙巳五賊)'을 처단하기 위해 결성되었던 오적암살단의 일원으로 1906년 2월 16일 기산도(奇山度), 구완희(具完喜) 등과 함께 군부대신을 지낸 이근택을 난자해 중상을 입혔음.

우당장이 8월 20일께 봉변을 당했다: 1915년 8월 20일 경에 이회영이 일경에 갑자기 체포된 이유는 아마도 "조선보안법위반사건" 때문일 것으로 추측된다. 조선보안법위반사건이란 이회영이 이상설 등과 함께 고종 황제와 의친왕을 해외로 망명시키려다가 1915년 다수의 관련자가 검거되면서 실패한 것을 가리킨다. 종로서에 피체되었으나 이회영이 평소 익명관리에 철저했던 덕분에 증거불충분으로 방면되었다.

근동: 가까이 있는 마을.

사식: 사사로이 마련하여 먹는 음식. 즉 교도소, 유치장 같은 곳에 갇힌 사람에게 사비로 들여보내는 음식.

치행: 길 떠날 여장을 준비함.

변영태: 1892~1969. 정치가, 영문학자. 호는 일석(逸石). 보성중학교 재학 중 상동교회를 다니면서 이회영의 지도를 받았고, 중학교 졸업 후 만주로 가서 1912년 신흥무관학교를 제1회로 졸업. 1920년부터 중앙고등보통학교에서 영어 교사로 봉직하다가 광복 후 고려대학교 교수로 취임. 1951~1955년 동안 제3대 외무부장관으로 활약. 1953년 국무총리와 외무부장관직을 겸임.

이광: 1879~1966. 충청북도 청주 출신. 호는 성암(星巖). 와세다대학에서 유학했고 1905년 귀국한 뒤 서울 상동의 공옥학교(攻玉學校) 교사로 근무. 1907년 신민회에 가입한 뒤 주권수호운동을 전개했으며, 이후 만주로 망명하여 이시영과 함께 경학사와 신흥무관학교를 설립. 해방 후에는 중국에서 한교선무단의 단장으로 교민 보호에 앞장섰고 1948년 귀국 뒤 충북도지사, 감찰위원장, 체신부장관을 역임.

객회: 객지에서 느끼게 되는 울적하고 쓸쓸한 느낌.

창(悄愴)하게 보이신다. 어른에게 무슨 걱정되시는 일이 있으신가를 여쭈어 볼 수도 없고 눈치만 살피고 모시고 갔더니, 댁에 가셔서 하시는 말씀이, "오늘 봉천에서 온 이세진(李世鎭) 편지를 보니 우당장이 8월 20일께 봉변을 당했다 하니 설마 별일은 없을 것이지만……." 하시며 그 시로 자리에 누우셔서 비감해 하시니, 뵙기 절박하여 집안이 난리였다. 신흥학교에서도 3일간을 휴교하고, 대소댁은 말할 여지도 없고 근동(近洞) 우리 조선인은 누구나 수선수선하니 낸들 무슨 말을 하리오. 그러나 속히 조선으로 나가서 사식(私食)이나 대 드릴까 하고 그날부터 치행(治行) 준비를 하며 걱정으로 지낸 것이 일망(一望)이 되나 조선 소식은 막연하고 주야로 걱정이 되어 잠을 이루지 못하였도다.

우리는 경술년(1910)에 오고, 변영태(卞榮泰) 씨는 신해년(1911)에 와서 우리와 같이 2년간 고생하다가 임자년(1912)에 합니하로 이사하여 신흥무관학교 건설하는 것도 본 후 이광(李光) 씨와 두 분이 남경(南京)으로 유학갔었다. 공부를 성취하고 고국으로 가는 길에 봉천에 들러서 이세진을 만나 우당장 무사히 석방되심을 듣고 변영태 씨가 합니하로 오는 중이라.

만주는 8월만 되면 한풍이 쓸쓸하고 낙엽이 분분하여 타향 객

천사만념: 온갖 생각.

경경: 불빛이 깜박거리듯 마음에서 사라지지 않고 걱정됨.

몽중: 꿈속.

화광: 불빛.

희보: 기쁜 소식.

몽사: 꿈에 나타난 일.

회(客懷)를 금치 못하는 때라 이영구의 심사이리오. 을묘년(1915) 9월 상순쯤 되는데, 밤에 잠인들 편히 자리요마는 모진 건 또한 잠이라. 천사만념(千事萬念)에 경경(耿耿) 사모하다가 잠이 들었는데, 홀연히 몽중(夢中)에 큰 대문이 열리며 그 속은 마치 광 속 같고 목탄이 쌓였는데 그 목탄에 불이 붙어 화광(火光)이 찬란한 걸 보고 놀라 깨어 생각하니, 목탄은 검은 데다 불이 붙은 것을 보고 또 광문이 열린 것을 생각하니 꿈은 필시 대몽인데 혹시 오늘 가군의 희보(喜報)가 있을까 하고 종일 대문만 바라보고 있었으나 해가 서산에 기울어져도 종래 무소식이라. 이 답답하고 애달프고 초초한 심정을 진정할 길 없어 셋째 시숙에게 몽사(夢事)를 여쭙고 규창의 나이 3세라 머리를 어루만지며 나의 운명이 기구함을 한탄할 때 둘째 시숙께서 "규숙아, 너의 어머니 오시라고 하여라" 하시기에 또 무슨 놀라운 소식이나 있나 하고 마음이 급한데 말씀하시기를 "변영태 씨가 지금 막 오셨다" 하시며 우당장이 나오셔서 안녕하시다는 말을 듣고 어찌나 기쁜지 창피한 줄도 모르고 변영태 씨 앞에서 눈물을 흘리던 생각을 하면 지금도 감회가 깊다.

그 일이 있은 후 한동안은 여러 형제분이 환희만만이 지내시던 일이 지금도 삼삼한데, 오호라, 그렇듯 우애도 지중하시더니 지

구천지하: 저승.

소천: 하늘처럼 섬기는 남편.

피착: 체포됨.

삼삼히: 잊히지 않고 눈앞에 보이는 듯 또렷하게.

박창서: 이회영과 대구 서씨와의 사이에서 출생한 이규원의 남편. 수원 출신.

금까지도 구천지하(九泉地下)에서 여러 형제분들 생존 시 같이 다정히 지내시는지, 이 박복 중생 이영구는 지중하신 소천(所天)을 이별하고 지극하신 여러 형제 동기분 중 한 분도 안 계신 이 세상에서 오늘날까지 칠십 평생을 살아왔으니 지나간 모든 일이 꿈만 같고 허무한 생각뿐이로다.

영석장 회갑이 을묘년(1915) 12월 초사흘인데 당신 아우님 피착(被捉) 시에는 생신 말 내지도 못하게 하시더니 아우님 무사히 나온 후에는 "이제는 내 회갑 차려라, 우당도 올 것이니 차려 먹자"고 하시던 말씀 지금도 삼삼히 들리는 듯하다.

영감께서 생신이 임박할 무렵 해서 매일 아우님 기다리시던 정을 어찌 다 받드리오. 나는 규창 남매를 데리고 성재장 댁에 가서 있고, 규학과 사위 박창서(朴昌緖)는 둘째 댁에서 숙식을 하지마는 의복, 신발은 내가 전담이니, 넉넉지 못한 생활에 무엇으로 수발을 하리오. 그저 되나 못되나 근근이 남자 둘과 남매 뒤를 거두며 시일과 싸웠다.

❀

여류한 광음은 을묘년이 지나고 병진년(1916)을 당하매 2, 3월

대치: 기세가 성하다.

큰자제: 이규봉.

낭패를 보고: 사망하다.

큰손녀: 규봉의 딸.

발반: 발진이 돋다.

악질: 고치기 힘든 병.

토혈: 피를 쏟다.

월여: 한 달 남짓.

구미: 입맛.

부터는 대소댁에 홍역이 대치(大熾)하였다. 그중에 다섯째 댁 성재장 큰자제가 신병으로 여러 달 경황없이 지내는데, 아이들은 홍역으로 둘이나 낭패를 보고, 성재장 부인 박씨가 그 아들 병에 놀라고, 큰손녀 7, 8세 된 아이를 홍역으로 낭패를 본 후 여러 가지로 고심 끝에 우연히 편찮더니, 3월 28일에 작고하니 참으로 애통하도다.

그러는 중 나는 둘째 댁에서 규숙 남매를 데리고 홍역을 시키는데 나는 무슨 신수로 27세까지 홍역을 아니 하다가 설상가상이라고 나마저 홍역을 하였다. 아이 남매는 열흘 만에 잘 치렀다. 그런데 나는 어찌나 중한지 발반(發斑)이 아니 되고 중증이었다. 살기가 어렵다는 증세를 겸하여 목은 쉬고, 나로서는 아무리 큰 소리를 질러도 옆에서는 알아듣지 못할 정도였다. 거기에다 갖은 악질(惡疾)에 걸려서 둘째 댁 영감께서는 나 있는 방 밖에서 밤을 새우시며 증세를 보아 가며 약을 쓰시면서 어찌나 염려를 하시었던지 나중에는 토혈(吐血)까지 하시었으니, 어찌 죄송하지 않으리오. 월여(月餘)를 고생하며 시숙께서 염려를 하신 덕택으로 죽지 않고 살았으나, 모든 것이 구미(口味)에 맞지 않아 조밥을 보면 구토가 날 지경이지마는 누구더러 말을 하리오. 한쪽에서는 초상

면사: 죽음을 면하다.

저사: 죽기를 작정하고 저항함.

하회: 윗사람이 회답을 내리다.

이 나서 대소댁에서는 노소(老小) 없이 슬픔을 이기지 못하며, 아이들은 홍역으로 경황없으니 이때는 세월도 무정하다, 간신히 월여를 고생하다가 면사(免死)하나 무엇으로 회복이 되리오. 겨우 사람의 형상만 가지고 있을 뿐이지만, 어쩌는 도리 없이 다만 생불여사요 모진 것은 목숨이라.

그럭저럭 시일과 싸우며 병진년을 보내고 정사년(1917)을 당하여도 가군은 오신다는 소식도 없고 아무리 생각해도 도리가 없는지라 가군에게로 가고 싶은 생각뿐이었다. 사위 박창서도 만주 온 지 4, 5년에 신흥무관학교를 졸업하고 나니 그 역시 객지라 저의 집에서 나오라고 하여 조선으로 간다 하였다. 마침 셋째 동서가 자기 친정에 간다고 하여서 나도 동행하여 규숙 남매를 데리고 정사년 5월 초순에 그곳을 떠나 5, 6일 만에 봉천에 도착하여서 가군에게 '여기까지 왔으니 어찌하오리까?' 하고 기별해 보냈더니 회답에 '저사(抵死)하고 도로 가 있으면 수삭 후에 오신다'고 하였으나 어찌 믿으리오. 할 수 없이 진퇴양난이라, 하회(下回)만을 기다릴 뿐이었다.

사위 박창서와 셋째 동서만이 서울로 가서 동서가 우당장에게 자세한 말씀을 드려 두 달 만에 오라는 허락을 받고 정사년 6월

장단역: 경기도 파주에 소재한 구 경의선 철도역.

반생반사: 거의 죽게 되어 생사를 알 수 없는 지경에 이름.

경상: 좋지 못한 몰골.

일필난기: 붓 하나로 정연하게 기록할 수 없을 만큼 다사다난했음.

방 주사: 방주환.

승안: 부모님을 살아 생전에 뵙다.

근중: 무겁다.

유하다가: 머물다가.

27일에 그리운 고국을 향하여 떠나 장단역(長湍驛)에 당도했다. 삼각산을 바라보니 감개무량하며 산천도 반기는 듯, 그립던 고향 산천 6, 7년 만이라 새로운 회포 처량한데 하물며 우리 부모님께선들 이 무남독녀를 오죽이나 그리워하셨을까. 이 불효여식은 만주에서 반생반사(半生半死)에 갖은 고생을 당하느라고 부모에게 향한 마음 미처 돌아갈 사이도 없었으며 만사를 운명으로 돌리고 6, 7년간 살아온 그 경상(景狀)이란 일필난기(一筆亂記)로다.

서울역 당도하니 규룡이와 규학이가 역에 나와 반기고 바로 소격동(昭格洞)에 있는 가군의 친구 방 주사(方主事) 댁으로 데리고 갔다. 모든 것이 미안한 일이나 하는 수 없이 절에 간 새색시같이 가군 오시기만 기다리고 있었더니, 늦게야 우당장 오셨다고 하면서 안으로 들어오셨다. 딸 규숙은 저의 부친 뵙고 반겨 좋아하고, 규창은 난 지 5세에 부친을 승안(承顔)하나 천생지친이라 천륜이 지중한지 저의 부친께 안기며 좋아하건마는 나는 5년 만에 만나니 처음 시집온 것처럼 부끄럽고 새삼스러이 조심스러워지는데 생각하면 부부지정이 근중(斤重)하지만 남이라 이같이 냉정함을 느낌이로다.

방 씨 집에서 일주일을 유(留)하다가 친정 대고모 댁으로 가니

이회영의 차남 이규학과 부인 조계진의 혼인 사진

대고모님 아저씨 내외분: 윤복영 부부.

의식을 하고: 생활을 의탁하고.

사은: 이규봉의 호. 규봉은 후에 규창(圭昶)으로 개명.

친상: 부모님의 상. 여기서는 규봉의 모친상을 가리킨다.

소찬: 고기나 생선이 섞이지 아니한 반찬.

석반: 저녁식사.

소: 평소의 관습. 여기서는 소찬(素饌)을 가리킴.

상수: 장수.

우리 대고모님 아저씨 내외분 모두 반겨 주시어 그 댁에서 수삭을 유했다. 정사년(1917) 8월 30일 밤에, 우당이 유숙하고 계신 익선동(益善洞) 집으로 가서 5년 만에 식구가 모여 소꿉질 같은 살림을 하며 지냈다. 여기에는 규학 형제, 질아 규준, 규봉네 종형제가 의식(衣食)을 하고, 잠은 단칸방이라 친구 집에서 자고 식전이면 왔다. 사은(沙隱) 규봉은 신병으로 복약 중이고 또 마침 친상(親喪) 3년 안이었다. 옛날 상주집 상(喪)하는 예법을 받드느라고 소찬(素饌)을 먹으니, 복약 중에는 식보(食補)도 같이 해야 속히 병이 쾌차한다고 의원이 말하여, 자기 숙부께서 곰탕을 하라 하시어 국을 만들어서 여러 식구를 데리고 석반(夕飯)을 잡수실 때 사은을 부르셔서, "네 마음은 기특한 효심이지만 네 병을 복약 중에 소홀히 하면 병의 완치가 요원하니 육식을 하라" 하고 말씀하심에도 듣지 아니하였다. 그만 밥상이 밖으로 나가고 걱정을 하셔서, 소(素)를 깨치니 그 후로는 늘 육식과 생선으로 식보까지 하여 병이 점점 쾌차하여 지금까지 상수(上壽)를 하였다. 자기의 원명(元命)이 넉넉했지만, 병이라도 이만저만한 병도 아닌 것을 삼용(蔘茸)으로 장복(長服)하여, 약을 달이는 데도 저울로 일일이 달아서 달이며 밤이라도 꼭 달이고 자며, 이같이 일심정력을 기울여

고종의 장례식을 지켜보는 동대문의 군중들(1919)

원명: 타고난 수명.

삼용: 인삼과 녹용.

장복: 장기간 복용.

완인: 병이 완전히 나은 사람.

훌홀: 재빨리 지나감.

우례: 신부가 처음으로 시집에 들어감.

무오년 12월 19일에 우리 고종 황제께서 승하하시니: 양력 일자로 환산하면 이는 1919년 1월 20일이나 실제 고종이 승하한 날짜는 1919년 1월 21일이다. 따라서 음력으로 정확하게 환산하면 '무오년 12월 20일' 이다.

인산: 왕의 장례.

간호하여 완인(完人)이 되게 하니 그런 숙부가 또 어디 있으리오. 우당장께서 객지의 곤란한 생활임에도 이렇거늘 하물며 모든 일에야……. 나는 가군의 성의를 받들어 괴로운 걸 참으며, 그 조카 하나 완인 만들려고 지금처럼 연탄도 없고 춥기는 한 방에서 쉴 새 없이 대소변을 지린 옷을 숯불에 말려서 입게 하였다. 바지를 갖고 매일 눈치니 이 답답한 말을 어찌 다 하리요, 이게 다 몽환이로다.

훌홀(倏忽)한 광음은 이렇듯 정사년을 보내고 무오년(1918)을 당하니, 그해 11월에 규학 댁이 우례(于禮)하였다.

❀

오호 통재라, 무오년 12월 19일(양력 1919년 1월 21일)에 우리 고종 황제께서 승하하시니, 삼천만민이 어찌 서러워 아니하리오. 가군께서는 33인과 같이 〈독립선언서〉를 지으시고 기미년(1919) 정월 초아흐레(양력 2월 9일)에 가아 규룡만 데리고 북경으로 가시면서 하시는 말씀이 나더러 "인산(因山) 구경 가지 말고 대문을 단단히 걸고 있으라"고 당부하시고 떠나셨다.

하다문: 哈達門. 북경 황성 9문의 하나인 숭문문(崇文門)의 별칭으로 합덕문(哈德門) 또는 해대문(海岱門)으로 불린다.

질부 내외: 이시영의 큰아들 규봉 내외. 봉천에서 홍역으로 아들과 딸을 잃은 규봉은 먼저 북경으로 와서 거처를 정한 상태였다.

제2장

북경

1919~1925

나는 이곳에서 고종 황제 인산 마치는 것과 만세 부르는 소란한 난리를 겪고 기미년 2월 15일(양력 1919년 3월 16일)에 규학 내외, 규창 남매를 데리고 북경으로 갔다. 그때 우당장은 상해에 임시정부를 건설하느라고 가서 유(留)하셨다. 우리집은 북경 하다문 밖의 셋집이었는데, 우리가 오기 전에는 이광 씨가 상해로 가고, 그 부인만이 질부 내외와 같이 있었다. 우리가 가자 질부 내외는

가권: 일가권속.

상북: 지방에서 북경으로 옴.

조성환: 1875~1948. 서울 출신. 일명 욱(煜). 호는 청사(晴簑). 대한제국 육군무관학교 재학 중 군부의 부패 숙청 시도가 발각되어 사형을 선고받았으나 무기징역으로 감형. 1907년 안창호 등과 함께 신민회를 조직. 1907년 연해주로 망명해 북경을 근거지로 한중공동전선을 형성하여 항일투쟁 전개를 주장. 김좌진 등과 군정부(훗날의 북로군정서)를 조직하고 군사부장에 취임, 청산리 전쟁을 승리로 이끄는 원동력이 됨. 건국훈장 대통령장.

박용만: 1881~1928. 강원도 철원 출신. 호는 우성(又醒). 1904년 일제의 황무지 개간권 요구에 반대하는 운동에 가담했다는 이유로 투옥되었을 때 이승만을 옥중에서 만나 의기투합함. 1909년 네브래스카의 커니(Kearney)농장에서 무장독립군 양성을 위해 한인소년병학교를 설립하고 무장투쟁운동을 전개. 재미 한인사회의 초기 지도자 중 한 사람으로 1914년 독립운동 방법의 차이로 이승만과 갈등을 빚으면서 신채호, 이회영 등과 함께 군사통일회의를 결성. 1928년 중국 천진에 체류하던 중 살해되었다고 하나 이은숙과 동아일보 기사(1928년 10월 27일자)에 따르면 북경에서 살해되었다고 한다. 건국훈장 대통령장.

김규식: 1881~1950. 호는 우사(尤史), 죽적(竹笛). 별명은 변갑, 번개비. 1919년 여운형에 의해 파리강화회의에 신한청년당, 대한민국 임시정부 대표로 파견되어 이후 외교무대에서 활약. 해방 후 좌우합작운동에 앞장섰으며 1948년 남한 단독 총선거에 반대하여 김구, 조소앙 등과 함께 북한으로 건너가 남북협상에 참여함. 한국 전쟁 중 납북되어 병으로 사망.

김순칠: 신흥무관학교의 전신인 신흥강습소의 교관.

임정: 임시정부.

집을 정하여 이사하고 나는 그 집에서 아이들만 데리고 있었다.

3월 20일경에 우당장이 오시고 며칠 후 상해에서 임시정부 가권(家眷)들이 상북(上北)하여 석오장 이동녕 씨, 이광 씨, 조성환(曺成煥) 씨, 박용만(朴容萬) 씨, 김규식(金奎植) 씨, 김순칠(金舜七) 씨 등 6, 7명이 오셨다. 그 1년 후에 박찬익(朴贊翊) 씨가 상해에서 오셨는데 그 이유인즉 석오장·우당장·성재장을 모시고 임시정부의 일을 같이 하자고 특사 격(特使格)으로 오셨으나, 세 분이 다 불응하여 1년 이상 동거하면서 설득한 결과 석오·성재 두 분이 임정(臨政)으로 가시고, 우당장은 끝내 가시지 않으셨다. 그것은 우당장이 본시 고종 황제를 사모하여 그분을 중심으로 독립운동할 것을 생각했기 때문에 임정에서 일하는 것에 불응하였다.

집은 협소하고 식구는 많아 있을 수가 없으니 진스방자 얼안증(二眼井)이라는 곳으로 이사하니 망명객의 거처라 아마 1년에 수십여 번 이사한다 해도 과언이 아니리라.

만세(3·1운동) 후에 상해에다 임시정부 건설했다는 소문이 사면에 파다하여 애국지사들이 매일 5, 6명씩, 적을 때는 2, 3명씩 오는 대로(박승봉, 박찬익, 이승복, 이해창, 유진태 제씨) 대접하였다. 집안에 있는 사람이라고는 다 남자고, 며느리는 저의 오라범이 데려가고 여자라

진스방자 얼안증: 정확한 명칭은 '진쉬팡제 얼옌징(錦什坊街 二眼井)'으로, 북경 부성문(阜城門) 서양마영(西養馬營) 내에 있다. 얼안중은 '두 번째 우물'(眼은 우물이나 샘을 세는 단위)이라는 뜻이다. 북경에서는 골목 이름에 우물 정자를 붙이는 게 흔했는데, 북부 지역이 수요에 비해 워낙 물이 귀해서 우물을 하나씩 팔 때마다 기념하여 붙였기 때문이라고 한다. 중국에서 출간된《후통(胡同, 골목)》(北京語言大學出版社)에 따르면 북경에는 얼안중이라는 지명이 붙여진 데가 두 곳이나 더 있는데, 숭문문 내의 마필창(馬匹廠)과 경산(景山) 동송공부협도(東松公府夾道) 숭축사(嵩祝寺)가 그에 해당한다.

박승봉(朴勝鳳): 1871~1933. 자는 중무(仲武), 호는 산농(汕農). 1895년 법무아문에서 관직을 시작하여 견미사절단의 일원으로 미국에 건너갔으며 주미공사관에서 3년간 머물면서 개화사상 수용. 1904년 이상설과 함께 일제의 황무지 개척권 요구에 대한 반대 상소. 개량주의적 구국 계몽 운동을 전개했으며, 일제 강점기 중추원 참의.

박찬익(朴贊翊): 1884~1949. 경기도 포천 출신. 호는 남파(南坡), 아명은 창익(昌益). 상해 임시정부에 참여하여 의정원 의원 역임. 대중국 외교 활동 전개. 김구의 측근으로 한인애국단과 한국독립당 활동에 참여. 광복 이후 김구와 이승만 사이의 갈등을 중재하려 노력하였으나 실패. 건국훈장 독립장.

이승복(李昇馥): 1895~1978. 충청남도 예산 출신. 호는 평주(平洲), 아명은 징복(徵馥). 형 이민복(李敏馥)과 함께 노령(露領, 시베리아 일대)으로 망명하여 이동녕, 이회영, 이상설 등과 교류를 나누면서 독립운동의 기반을 마련하고 방략을 모색. 1919년 대한민국임시정부 연통제의 국내 조직 결성에 기여. 1927년에는 신간회의 발기인으로 참여했고 이때부터 1932년 구속되기 전까지 조선일보 영업국장으로 재직하면서 언론을 통한 민족계몽운동에 노력. 건국포장. 건국훈장 애국장.

유진태(兪鎭泰): 1872~1942. 충청북도 괴산 출신. 호는 백은(白隱). 대한제국 무관학교에서 수학하였고 독립협회의 민족자강운동에 참여. 1919년 3·1운동 후 파리강화회의에 제출할 진정서를 전국 유림들을 중심으로 작성하고 서명할 때 평안도 지역을 맡아 서명활동 전개. 교육 계몽활동을 계획하고 민립대학설립운동 주도. 조선일보 사장과 조선물산장려회 이사회 고문 등을 지냄. 건국훈장 애국장.

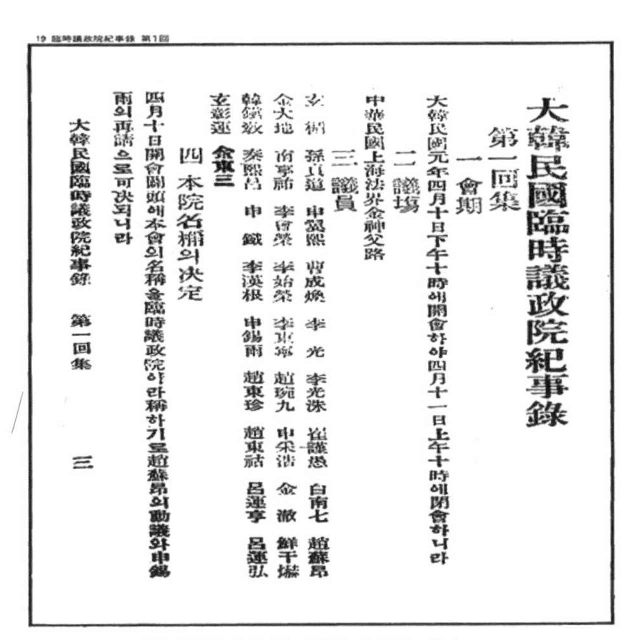

19 臨時議政院紀事錄 第1回

大韓民國臨時議政院紀事錄

第一回集

一 會期

大韓民國元年四月十日下午十時에開會하야四月十一日上午十時에閉會하니라

二 議場

中華民國上海法界金神父路

三 議員

玄楯 孫貞道 申翼熙 曺成煥 李光 李光洙 崔謹愚 白南七 趙素昂
金大地 南亨祐 李會榮 李始榮 李東寧 趙琬九 申采浩 金澈 鮮于爀
韓鎭敎 秦熙昌 申鐵 李漢根 申錫雨 趙東珍 趙東祜 呂運亨 呂運弘
玄彰運 金東三

四 本院名稱의決定

四月十日開會劈頭에本會의名稱을臨時議政院이라稱하기로趙素昂의動議와申錫雨의再請으로可決되니라

大韓民國臨時議政院紀事錄 第一回集 三

대한민국 임시의정원 기사록 제1회집 1회기(1919)

고는 9세 된 딸년과 나뿐인데 임신 8, 9삭에 오죽이나 어려우랴.

북경은 3, 4월 두 달에 기막힌 더위가 시작된다. 거기에다 이 두 달 동안에는 눈에 보이지도 않는 하루살이 같은 것이 무는데, 한번 물리면 옴과 같은 가려움증에 정신없는 고통을 받게 되는데 이 또한 처음 겪는 것이라. 게다가 또 북경 바람이라는 것은, 한

대한민국 임시정부와 임시의정원 신년 축하식(1921)
2번째줄 왼쪽에서 5번째가 이시영

며느리: 규학의 부인 조계진.

오라범: 조남승(趙南升). 고종 망명 준비를 하다가 실패하고 북경에 체류함.

딸년: 규숙.

초우: 들판에 내리는 비. '초우가 들어'는 '빗물에 물들어'라는 뜻.

심력: 마음과 힘.

일호: 한 터럭. 조금.

일장춘몽: 한바탕 꿈.

번 몽고 사막 바람만 불면 눈도 뜰 수 없는 황토비가 4, 5일 계속 되는데 검정 옷을 입으면 초우(草雨)가 들어 황토빛이 된다. 그러다가 그 심한 바람만 지나 놓으면 바람 한 점 없는 더위라 견딜 수 없을 정도이다. 이럴 때 우당장께서는 더위를 못 견디어 하시며 늘 조선 생각을 하시니, "우리나라 더위라야 아무리 삼복(三伏)중이라도 오후 서너 시만 되면 서풍이 불어 얼마나 시원하냐, 그리고 얼마나 좋으면 금수강산이라고까지 일컫느냐 말이다" 하시면서 고국을 그리워하시던 모습 지금인들 어찌 잊으리오. 나의 심력(心力)은 말할 수 없이 괴롭지만 가군의 뜻을 일호(一毫)나 거역하리오. 차호라. 과거를 돌이켜보면 가군을 따라 해외, 국내를 갖은 고통을 겪으며 돌아다니던 생각 모두가 일장춘몽(一場春夢)이로다.

❀

경신, 신유(1920~21) 1, 2년간은 그럭저럭 손님 대접과 만세 소동에 동지들이 사업비와 생활비 겸하여 혹 보내 주더니, 그나마 3, 4년 후에는 단 일 푼 보내 주는 이 없었다. 왜놈들의 세력은 점점 높아 북경까지 뻗치고 우리가 바라는 희망은 날로 사라지니 어느 인간이 이를 알아 알뜰히 보살펴 주리오. 내 지금도 역력히

일중식: 가난해서 아침, 저녁은 안 먹고 낮에 한 번만 먹음.

절화: 가난하여 밥을 짓지 못함.

형용: 사람의 생김새나 모습.

기결: 기개와 결기(곧고 바르며 과감한 성미).

풍도: 풍채와 태도.

일확천금: 큰돈.

적수공권: 맨손과 맨주먹이란 뜻으로, 아무것도 가진 것이 없음.

기한: 굶주림과 추위.

금창: 칼, 창, 화살 따위로 생긴 상처.

임경호: 1888~1945. 호는 성백(聲百), 시인(是人). 이회영과 이시영 형제의 중국 망명을 수행했으며 신흥무관학교, 경학사, 무정부주의연맹에서 활약. 1919년 전국 유림대표 137인이 연명(連名)한 독립청원서(파리장서)를 파리강화회의에 보낼 특사로 임명되어 김창숙과 동행. 1932년부터 동아흥산사의 국내 연락책으로 암약하던 중 1942년 대의원총회 장소에서 박종화, 심훈 등 60명과 함께 일경에 의해 전원 체포 투옥됨. 1945년 대구형무소에서 옥사. 건국훈장 애국장.

이정열(렬): 1900~1962. 충청남도 당진 출신. 3·1운동 당시 만세시위에 참여했다가 옥고를 치름. 1919년 10월 현금과 사유 토지를 매각하여 임시정부에 전달하고, 1921년 5월 사유 토지를 또 매각한 뒤 그해 6월 임경호를 따라가 북경에서 이회영에게 독립운동자금으로 기탁(시기상으로는 본문과 1년 정도 차이가 난다). 이시영에게는 1922년 4월 국내로 잠입한 뒤 2차례에 걸쳐 사유 토지를 매각한 금액을 상해에서 전달하고, 1929년 잔여 토지를 처분한 것을 또 군자금으로 전달. 이시영의 명으로 1932년부터 광복 때까지 자금조달을 위해 평북 귀성과 삭주 등지에서 광산을 경영. 건국훈장 독립장.

생각나느니, 그때는 정말 뵙기 딱하고 가엾으시지, 하루 잘 해야 일중식(日中食)이나 하고 그렇지 않으면 절화(絶火)하기를 한 달이면 반이 넘으니 생불여사로다, 노소 없이 형용(形容)이 초췌한 중에 노인이 어찌 견디리오. 지금도 생각하면 가슴이 아픈 일이다.

불쌍하신 우리 가군, 기결이 씩씩하신 풍도(風度)에 일확천금을 일시에 희롱하시던 분이 적수공권(赤手空拳) 수중에 무일푼이고 슬하 권속이 기한(飢寒)을 못 이겨 하는 걸 보시고는 만사를 참으실 제 얼마나 마음이 아프실까를 생각하고 나로서는 가군에게 조금도 어려운 빛을 안 보이려고 하나, 노인이 기한을 못 이겨 하시는 걸 보면 차마 딱하고 가슴이 아픈지라, 아무리 영웅호걸이라도 적수공권이니 무슨 소용이 있으리오. 금전은 사람에게 활이라, 지금도 생각하면 열렬하신 마음으로 만사를 참고 지내시던 일이 금창(金瘡)이 녹는지라.

경신년(1920) 9월에 서울서 임경호(林敬鎬)가 이정열(李定烈)이란 사람을 데리고 왔다. 이 군은 충무공 자손으로 애국지심이 충만하여 북경과 상해에 임시정부를 건설하고 활동하였다. 임경호는 북경서 우당장이 열사들과 제반 운동을 하신다는 풍문을 듣고 이정열을 소개하여 다소 재산을 가지고 와서 우당장께 드렸다.

불고: 돌보지 아니하다.

지각없는 어린애들: 독립운동가 조성환과 성주식(成周寔), 이천민(李天民)이 임경호가 독립운동자금을 이회영에게 몰아주고 일부 횡령했다는 의심을 품고 일으킨 폭행사건을 가리킨다. 이 사건은 이회영의 아들 이규창의 자전적 회고록《운명의 여진(餘燼)》에 자세히 실렸으며, 임경호는 다음과 같이 이회영에게 자신의 심정을 호소하고 선 다시는 해외로 나오지 않고 국내에서 독립운동을 했다고 한다.

'세상에 이럴 수가 있겠습니까. 아버님, 내가 무슨 죄를 지었다고 그자들이 나를 구타하며 욕을 합니까? 나는 아버님을 존경하고 망한 나라를 찾겠다는 그 마음을 존경하고 또 독립운동을 같이 하신다는 그자들이기에 또한 존경하며 위험을 무릅쓰고 동지와 자금을 조달하여 타국에서 고생하신 아버님을 도우려 하는 나를 어쩌자고 돈을 혼자 먹은 도둑놈이니, 우당을 얼마 주었으며 우당은 그 돈을 어찌하였는가하며 나를 구타 욕을 하니 소위 독립운동한다는 놈들이 돈에 욕심이 나서 이런 못된 짓을 합니까. 나는 참으로 분하고 분합니다.'

기호, 서북: 임시정부 내 기호파(이승만 중심)와 서북파(안창호 중심)의 갈등을 가리킨다.

이분이 다소 금전을 가지고 와서 상해 정부에 몇백 원과 군정서(軍政署)에 얼마, 이승만에게 얼마씩 다 고루 보내고, 북경에 있는 동지들 생활비로 고루 나누어 주고, 이정열의 공부할 비용으로 얼마를 주고, 우리 생활비로 얼마씩 쓰고 그랬다. 그러나 무지한 인간들이 우리 생활비 외에 얼마나 더 있나 하고 소위 동지들이 몰려다니며 망측하게 야단하던 걸 생각하면 불쌍들 하지. 어디서나 돈빛만 보면 체면 불고(不顧)하고 마치 지각없는 어린애들 같이 하던 게 한심하다.

임경호는 상해에 갔다가 성재장을 모시고 오더니 술주정을 하고 울며 '기호, 서북' 하며, 우당장께 조금만 참아 달라고 하니 무얼 참으란 말인가. 서북이니 기호니 한 것도 상해 임시정부에서 나온 말이고 북경서는 듣도 보도 못한 말이로다.

이런 일을 당하셔도 그 어려운 일을 누가 조금이라도 알리오. 슬프다. 이같이 두렵고 어려운 세월을 태연히 지내 가시니 참 장하시지, 그러나 그런 금전은 '새발의 피'로다. 인간 아닌 사람들의 싸움이나 되니 한심하도다.

친당: 부친 이덕규의 부인, 즉 이은숙의 모친.

상고: 상사(喪事). 사람이 죽은 사고.

전편: 어떠한 일을 특히 부탁하여 보내는 인편(人便).

엄항섭: 1898~1962. 경기도 여주 출신. 1919년 상해로 망명하여 임시정부에 참여. 1922년 항주에 있는 지강대학(之江大學) 졸업 후 임시의정원 의원과 임시정부 비서국원 등으로 활동. 1931년 한국교민단의 의경대장(義警隊長)으로 활동하면서 조선혁명당과 애국단 조직에 참여. 6·25 당시 납북. 건국훈장 독립장.

분곡: 달려가서 곡하다.

백의에 불분상: 평상시 옷차림 그대로 하고 따로 상례에 참여하지 않는다.

유한: 잊을 수 없는 한.

자친: 남에게 자기 어머니를 높여 이르는 말.

자부: 조계진. 처음에는 조계진의 친정에서도 자금을 제공하였으나 후에는 여의치 않았다.

❀

신유년(1921) 6월 14일, 우리 친당(親堂) 상고(喪故)를 당한 걸, 이 불효여식이 주소를 말씀드리지 않고 편지는 전편(專便)으로 부치는 고로 친상을 당했어도 주소를 모르시어 부고를 못 부치시었으니, 우리 부친께서 오죽이나 화가 나셨을까.

동지 엄항섭(嚴恒燮) 씨가 상해에서 서울까지 갔다가 나의 척숙 윤복영 씨를 만나 나의 친상 당하신 말을 듣고 전해 주니, 그 말을 듣고도 나로서는 분곡(奔哭)도 못했다. 더욱이 여자는 백의(白衣)에 불분상(不奔喪)이라지만, 나로 말하면 우리 부모의 무남독녀로 수만 리 이 타국에서 어찌 가리오. 나의 이 가슴 아픈 설움과 원통 유한(遺恨)을 어느 곳에다 하소하리오.

신속한 광음은 신유년이 가고 임술년(1922)이 되니, 우리 자친(慈親) 소기(小朞)라, 장자 규학의 처인 자부(子婦)로 하여금 아무것도 없는 가운데 생활을 하라 부탁하고 국내로 가게 되니, 아무리 현숙한 자부이지만 무엇으로 시아버님을 봉양하리오. 답답한 마음만 드나 참례도 하고 생활비라도 도리가 있을까 하여 겸사겸사 가군 대신으로 중요 서류를 비밀히 간수해 가지고 떠났다. 안동

백마역: 신의주에서 30리(11.7킬로미터) 거리에 있는 남신의주의 간선역.

압령: 죄인을 데리고 옴.

네 살 난 여식: 현숙(賢淑). 우당의 4녀이자 이은숙 소생.

초경: 하룻밤을 오경(五更)으로 나눈 첫째 부분. 저녁 7시에서 9시 사이.

현에 당도하여 국경을 넘는데, 신의주 지나서 백마역은 누구든지 형사의 수색을 샅샅이 당하는 법이라. 형사 하나 내게로 오더니 두말없이 내 신은 신을 벗으라더니 안창을 뜯고 조그만한 편지봉투를 내어 가지고 나를 압령(押領)하여 백마역에서 내려 그곳 파출소에다 데려다 놓고 순경더러 감시를 부탁했다. 네 살 난 여식만을 데리고 가 어린것 신까지 다 떼어 보고 서울서 봉천 가는 기차에다 나를 다시 태우더니 신의주에서 내리게 한 후 신의주 경찰서로 데리고 갔다.

그날이 토요일이라 숙직하는 형사가 일일이 조사를 한 후 상부에 보고를 하여 '이회영 씨 부인'이라 하니, 무슨 큰 수나 난 듯이 이미 퇴근했던 형사 여럿이 다시 들어와서 조사를 하며 이것저것 묻는다. 대답은 한결같은데 어느덧 날은 저물어 해가 서산에 졌다. 경찰서에서 밤을 지낼 생각을 하니 기막힌 중에도, 어른은 가군을 만난 탓과 운명으로 이런 고초를 겪지마는 어린것이야 무슨 죄가 있으리오. 엄마를 따라 머나먼 이 흉악한 곳으로 온 일이 차마 잔인 애석하던 게 꿈만 같도다.

밤도 초경(初更)이 되어 서장이 온다고 수선거리더니 조금 후에 모양이 단정한 한 오십쯤 된 서장이라는 사람이 들어왔다. 낮은

정인형: 이은숙의 시외종. 우당과 외종 간으로 우당의 외조부 정순조(鄭順朝) 판서의 아들.

음성으로 나에게 극히 공손한 태도로 입은 옷을 벗으라고 하여 조사하고는 나에게 말하기를, "점잖은 양반 부인이 왜 이런 나쁜 서류를 가지고 다니시오?" 하기에 내가 대답하기를, "당신네들에게는 이것이 나쁘다 하지만 우리 혁명 가족에게는 으레 있는 일이지 나쁜 것이 무엇입니까?" 했다. 서장이 미소 지으며 "오늘은 서울 가는 차 시간이 없으니 여기서 자고 내일 아침 차에 가시오" 하면서 정인형(鄭寅衡) 씨를 아느냐고 묻기에 "그분은 우리 시외삼촌 되시는 정 협판(鄭協辦)이시라"고 하니, 자기가 서울서 정 협판 대감하고 군부에 다니곤 했다는 말을 듣고 보니 내게 대하여 큰일은 없을 듯 하기에 서장 보고, "내가 당신 수중에 걸려 있소. 아무리 경찰의 법이 있다 하지만 서에서는 잘 수 없으니 여관을 정하여 주시오" 했더니 서장 말이, "우리 식모 어머니 방에 가서 같이 주무시오" 하기에 식모가 조선 사람이냐고 했더니, "당신 같은 조선 어머니요" 하였다. 급사를 시켜 현숙을 업고 서장 집으로 가니 서장 부인이 과자에 차를 대접하는데, 나로서 어찌 먹을 마음이 있으리오마는 어린 현숙은 천진난만하게도 과자를 보고 좋아하니, 내 스스로 서글퍼지는 마음이더라.

그 밤을 지내고 아침 첫차에 형사가 나와 인도하는 대로 역에

현아: 賢兒. 현숙.

통동: 서울 종로구 통의동.

당상: 대청(大廳) 위. 비유적으로는 조부모나 부모가 거처하는 곳을 가리킴.

학질: 말라리아.

소기 참례: 소기의 예에 참여하다.

득남: 이규오(李圭梧, 1922~1925) 출산.

가서 차를 타고 오는데 평양에서부터는 형사가 역내 지경을 넘을 때마다 갈아 가며 서울역까지 보호했다. 서울역에 도착하니 우리 노친께서 마중 나오셔서 반겨주신다. 현아를 안고 통동(通洞) 대고모 댁으로 가니 대고모님 70 당상(堂上)에 반기시며 온 식구가 환희로 맞아 준다. 우리 부친께서는 무혈육인 데다 내외분 의지하시다 환거(鰥居)를 당하여 무척 외로워하시는 모습 차마 답답하고 딱한 마음 무엇에다 비하리오.

현아가 부지중에 학질로 성치 않아 놀라서 즉시 치료케 하여 쾌차한 후, 임술년 4월 18일에 공주에 가서 자친 계시던 집을 보니 말할 수 없는 심회라. 우리 자친께서 지금껏 생존하셨더라면 이 불효여식을 얼마나 반겨 주실까를 생각하니 금창이 녹는 듯하도다. 소기 참례(小朞參禮)하고 4, 5일 후에 상경하여 5, 6삭 만에 북경으로 회환하나 백 원 돈도 못 가지고 가니 곤란은 일반이라. 그럭저럭 지내다가 임술년 8월 17일에 순산 득남하였으나 산모 먹을 것이 없으니 이런 답답한 일이 어디 있으리오. 여기에 생불여사란 말은 우리를 두고 한 말인 듯하다.

삼춘같이 지리한데: "삼춘"은 봄의 석 달 동안을 가리킨다. 이 기간은 춘궁기에 해당되므로, 보리를 수확할 때를 기다리느라 지루하게 느껴질 시기이다.

중춘: 봄이 한창인 때라는 뜻으로, 음력 2월을 달리 이르는 말.

남가일몽: 남쪽 가지 밑에서 부귀영화를 누리는 꿈을 꾸었다는 뜻으로, 여기서는 덧없는 꿈을 이르는 말.

오정: 정오. 낮 열두 시.

이을규 씨 형제: 이을규와 이정규.

백정기: 1896~1934. 전라북도 정읍 출생. 호는 구파(鷗波). 1919년 3·1운동을 목도한 뒤 고향에서 동지를 규합하여 일제와의 무장항쟁 전개 시작. 같은 해 8월 인천 소재의 일본군 시설물을 파괴하려다가 사전에 폭로되어 봉천으로 망명. 독립운동의 군자금 조달을 위해 여러 차례 국내에 잠입해 활동했으나, 1920년 서울 중부경찰서에 구속된 이후 북경을 중심으로 이회영·이을규·정화암·신채호 등과 교류하며 독립운동 전개. 이때 이회영과 신채호의 영향으로 무정부주의에 빠지게 됨. 1924년 일본관헌의 탄압을 피해 상해의 철공장에 들어가 폭탄제조기술을 익혔고, 1925년 상해에서 5·30 총파업이 일어나자 중국인 무정부주의자들과 더불어 노동자운동을 전개해 10여만 명 단위의 대노동자조합을 만들어 독립운동의 방편으로 이용할 계획 수립. 1931년 적의 국경기관 및 수송기관의 파괴·요인 사살·친일파 숙청 등을 목표로 'BTP' 라는 흑색공포단(黑色恐怖團)을 조직하고 배일운동 전개. 1933년 일본주중대사인 아리요시(有吉明)가 상해에서 대규모 연회를 연다는 소식을 듣고 동료들과 함께 습격하려다 체포되었고, 옥고를 치르던 중 지병의 악화로 1934년 순국. 건국훈장 독립장.

❀

여류한 광음은 임술년이 지나고 계해년(1923)을 당하니 생활난은 매일반이라. 별 도리가 없고, 다만 하루 살아 나가기가 삼춘(三春)같이 지리한데 때는 중춘(仲春)이라. 하루는 몽사(夢事)를 얻으니 가군께서 사랑에서 들어오시며 희색이 만면하여 말씀하시기를, "내 일생에 지기(知己)를 못 만나 한이더니 이제는 참다운 동지를 만났다" 하시며 기뻐하시기에, 내가 무슨 말을 하려다가 홀연히 깨니 남가일몽(南柯一夢)이라. 곰곰 몽중에 하시던 말씀을 생각하며 또 어떤 사람이 오려나 하였더니, 그날 오정(午正)쯤 해서 이을규(李乙奎) 씨 형제분과 백정기(白貞基) 씨, 정화암(鄭華岩) 씨 네 분이 오셨다.

그날부터 먹으며 굶으며 함께 고생하는데, 짜도미라 하는 쌀은 사람이 먹는 곡식을 모두 한데 섞어 파는 것을 말하는 것으로, 이것은 가장 하층민이 사다 먹는 것으로 되어 있는데 그것도 수가 좋아야 먹게 되는지라, 사기가 힘들며 그도 없으면 강냉이를 사다가 죽을 멀겋게 쑤어 그걸로 연명하니, 내 식구는 오히려 걱정이 안 되나 노인과 사랑에 계신 선생님들에게 너무도 미안하여 죽을 쑤는 때면 상을 가지고 나갈 수가 없게 얼굴이 화끈 달아오

정화암: 1896~1981. 전라북도 김제 출신. 자는 윤옥(允玉), 호는 화암(華岩). 본명은 정현섭(鄭賢燮). 3·1운동에 참가하면서 항일운동에 투신. 1921년 일경의 추격을 피해 북경으로 망명한 뒤, 1924년부터 상해에서 이회영·신채호 등 무정부주의자 독립운동가들과 교류하며 무력투쟁으로 조국의 독립을 쟁취하겠다는 생각을 하게 됨. 조선무정부주의자연맹 설립에 참여하고 1930년 남화한인청년연맹 조직에 중심이 되는 등 무력투쟁을 했으며 광복군의 상해 책임자로 활동. 해방 후에는 정치에 투신. 건국훈장 독립장. 저서로는 《이 조국 어디로 갈 것인가: 나의 회고록》, 《어느 아나키스트의 몸으로 쓴 근세사》 등이 있음.

짜도미: 雜豆米. 여러 가지 콩을 섞은 쌀.

여일하시다: 처음부터 끝까지 한결같으시다.

가아 형제: 우리집 아이들.

절골: 골절.

양차: 인력거.

르는 때가 여러 번이더라.

때로는 선생들이 다소간 변통을 하여 나에게 주면서 "선생님 진지는 쌀을 사다 해 드리고 우리는 짜도미밥도 좋으니 그것을 먹겠소" 하시면서 선생님 모시기를 당신네 부모님같이 시봉을 하며 지내는 것이 우당장 사후까지도 여일하시다. 지금도 그 형제분은 우리 규창 형제를 친숙질같이 사랑하고 나를 동기처럼 생각해 주며, 그 형제분 부인 또한 내 생전 형제같이 서로 내왕하며 다정히 지내는 사이로다. 고로 나는 항상 가아 형제들에게 이르기를, "너희 부친을 지극 정성으로 모신 분들이니 너희들 또한 선생님 형제분을 극진히 모셔라"라고 부탁하고 있다.

❀

세월은 유수 같아 어느덧 갑자년(1924)을 당하나 생활난은 여전했다. 그해 4월에 가아 규창이가 학교에서 동무들과 놀다가 다리가 절골(折骨)이 되어 창백해진 얼굴로 양차(洋車)를 타고 오는데 어찌나 놀랍던지. 더구나 생활도 말할 수 없는 형편이라 입원도 못하고 집에다 가만히 눕혀 놓고 중국 의원이 다니며 치료를 하여 주니, 한 푼 도리 없는 그때의 답답했던 심정을 어찌 기록하

북경에서 가족과 함께 한 이회영(1920년으로 추정)
뒷줄 왼쪽에서부터 규창과 규숙. 앞줄 중앙은 이회영, 품 안의 아기는 현숙(左)과 손녀 학진(右). 맨 오른쪽은 이시영의 둘째 아들인 조카 규홍(훗날 규열로 개명).

천진: 톈진.

중부: 둘째 큰아버지. 여기서는 이석영.

이을규: 1894~1972. 충청남도 논산 출신. 이정규의 형. 3·1운동 직후 독립대동단에 가입하여 활동. 의친왕의 상해 망명 계획에 참여했다가 체포되어 옥고를 치름. 이후 상해로 건너가 의열단에 참가하여 무기 제조 및 무장 훈련에 전념. 한족총연합회에 참여하며 무정부주의 운동을 전개했으나 김좌진 암살 사건을 계기로 공산주의자들과 대립. 해방 이후 반공주의자로 건국초대감찰위원 역임. 크로포트킨의 《근대과학과 아나키즘》 번역.

리오. 다쳐 준 아이 부모가 치료비를 보태 주고 잘 치료한 덕분에 다행히도 5, 6삭 만에 완치는 되었으나 잘 먹이지 못하였던 것이 애석하기만 할 뿐이다.

그때 규창이 나이 열한 살, 지금 아이들 하는 짓에 비하면 우리 규창이는 어른같이 지각이 신통히 났다. 저의 부친 심부름으로 3백 리나 되는 천진(天津) 저의 중부(仲父)의 집주소를 가지고 찾아가서 오라는 날까지 아니 오니 그간에 염려스러웠던 것은 말할 수도 없다. 어린것을 보냈다고 원망을 하였더니 저의 부친께서는 너무 걱정하지 말라고 하시며, "우리 혁명가 자식은 어려서부터 모험 행동을 가르쳐야 마음이 단단해지는 게니 염려 마오. 또 이 애는 10세쯤 된 아이라도 제 마음과 도량이 30세 어른, 부모 덕으로 호강으로 자란 사람보다는 나아서 잘 다녀올 것이오" 하는 말씀과 동시에 들어오는데 "자, 내 말이 맞지?" 하시는지라 어찌나 신통한지. 이렇듯 우리 규창이는 어려서도 그다지 말썽을 부리지 않는 아이였다.

※

이을규 씨(李乙奎) 호는 회관(晦觀), 이정규(李丁奎) 씨 호는 우관

이정규: 1897~1984. 경기도 옹진(현재 인천) 출신. 이을규의 동생. 게이오기주쿠 유학 시절 2·8 독립선언에 참여한 후 상해로 망명하여 임시정부에 참여. 재중국조선무정부주의자연맹을 조직하는 등 독립운동과 무정부주의 운동에 헌신하다가 일경에 체포되어 옥고를 치름. 해방 후 자유사회건설자연맹의 조직선언을 발표하고 조선농촌자치연맹과 노동자자치연맹을 조직. 성균관대 교수, 부총장, 총장 등을 역임.

김창숙: 1879~1962. 경상북도 성주 출신. 자는 문좌(文佐), 호는 심산, 직강(直岡). 성리학을 공부했으며 을사오적의 참형을 요구하는 〈청참오적소(請斬五賊疏)〉를 올렸다가 옥고를 치름. 국채보상운동과 교육운동에 투신하다가 1919년 파리강화회의에 보내는 독립청원서의 작성을 지도하고 중국으로 망명. 해방 후 성균관대학을 재건. 이승만 대통령의 독재에 맞서다가 투옥됨. 건국훈장 대한민국장. 저서로 《자서종요(字書綜要)》와 《벽옹 70년 회상기》 등이 있음.

신채호: 1880~1936. 충청남도 대덕 출신. 호는 단재, 일편단생(一片丹生), 단생(丹生). 성균관에서 유학을 공부하고 한말 애국계몽운동에 힘썼으며, 항일비밀결사인 신민회 조직에 참여. 1923년 의열단의 요청으로 「조선혁명선언」 집필. 1923년 상해 국민대표회의에서 상해 임시정부를 해체하고 새로운 임시정부의 수립을 주장했으나 받아들여지지 않음. 이후 역사연구에 몰두하여 《조선상고(上古)문화사》와 《조선사연구초(艸)》 등 집필. 1936년 여순 감옥에서 옥사.

손영직: 생몰연대 미상. 호 회릉(悔菱). 유림 출신. 김창숙과 함께 상해와 북경에서 5년간 독립운동 전개. 김창숙의 만류에도 불구하고 귀순 형식을 통해 자금을 구해 오겠다며 귀국. 일제와 내통했다는 소문이 파다하다.

이회영 북경 체류 시절(1924)
앞줄 왼쪽에서부터 김창숙, 철도청 소속의 중국 관리, 이회영.
뒷줄 왼쪽에서부터 손영직, 김달하.

(又觀), 백정기 씨 호는 구파(鷗波)이다. 이 세 분이 모두 상해로 가고 우리 식구만 있을 때 심산 김창숙(心山金昌淑), 단재 신채호(丹齋申采浩) 두 분이 날마다 내왕하며 정보를 교환하였다.

김창숙 씨는 경상도 유림단 대표로, 나올 때 같이 온 분은 손영직(孫永稷), 이상재(李商在) 씨, 김활란(金活蘭) 씨, 이렇게 네 분인

김달하: 1867~1925. 평안북도 의주 출신. 호는 소봉(小峰). 동구학원(東丘學院) 이사장을 지낸 김정옥의 아버지이자 김활란의 형부. 중학교 교사 출신으로 서우학회에서도 활동을 했으며 중국으로 건너가 북양군벌 단기서의 부관으로 있었다고 함. 박학다식한 독립투사로 알려졌었으나 사실은 일제의 고등밀정으로서 중국에서 활동하던 김창숙 등에 접근하여 귀국을 종용하는 등 귀순공작을 펼침. 박용만의 귀순공작을 시도한 혐의로 1925년 3월 30일(양력) 다물단에 의해 피살됨.

박용만을 귀화시켜 조선총독에게서 돈을 먹었다는 소문: 박용만의 변절설은 1924년 박용만이 조선총독부의 사이토 마코토(齋藤實) 총독을 만났다는 사실에 기반을 두고 있는데, 자세한 정황은 알려져 있지 않으나 박용만의 정적을 비롯하여 많은 사람들에게 의심과 비난을 받았다.

데 김활란 씨는 김달하(金達河) 씨 부인의 동생이기 때문에 김창숙 씨와 함께 북경에 온 것이다. 손영직 씨의 호는 회릉인데 김창숙 씨와 함께 북경에서 김달하라는 사람과 가까이 상종한 고로 우당장께서도 다니며 김달하를 소개받아 수차 만난 듯하다. 심산·회릉의 소개로 만났지 그렇지 않으면 김달하를 언제 만났으리요.

그러나 김달하는 의주 사람으로 처음엔 애국지사라, 여러 형제가 북경으로 와서 지냈다. 여러 해를 지내니 생활이 곤란한 중에 자연히 애국에 인연이 없는 게라. 곤란은 우리 지사(志士)의 근본인 걸, 그렇다고 마음까지 변한다는 것은 처음부터 철저하지 못한 게 사실이리라. 마음이 탐욕에 동하여 독립군을 귀화(歸化)시켜서 왜놈에게 금전을 받고 하더니 차차 마음이 커진 게라. 어느 때 우리에게 오랫동안 있던 박용만(朴容萬)을 귀화시켜 조선총독에게서 돈을 먹었다는 소문이 있었다.

하루는 을축년(1925) 2월이라. 신문 지상에 "김달하가 암살되다"라고 보도된지라, 그래 이 일도 조선 사람인지라. 또 다물단(多勿團)은 독립군 귀화시키는 스파이를 암살하는 단(團)으로, 그 단은 독립군에게도 맹호같이 무서운 단체라. 그 단에서 박용만을 귀화시켰다고 박용만도 암살, 김달하도 암살했다고. 김달하 씨가

박용만 씨의 잇따른 암살: 본문에서는 김달하가 암살된 1925년 후 1년 만에 박용만이 암살당했다고 하나, 실제로 박용만이 북경에서 암살당한 것은 1928년 10월 16일이다.

여식: 규숙.

숭자여학교: 1870년 미국 기독교장로회의 선교사이자 《만국공법》의 번역자이기도 한 윌리엄 알렉산더 파슨스 마틴(William Alexander Parsons Martin, 중국명 딩웨이량丁韪良, 1827~1916)을 주축으로 세운 학교인 숭자여자중학(崇慈女子中學). 처음 설립되었을 때 이름은 숭자여자소학당(崇慈女子小學堂)으로, 현재 학교 이름은 북경시 제165중학(北京市第一六五中學)이다.

유집대: 이규창의 자전적 회고록 《운명의 여진》에는 이규숙의 추천사가 실려있는데, 김달하 사건으로 본인이 중국 경찰청에 붙들렸다가 심판청(复审厅)으로 넘어간 뒤 근 1년 동안 옥고를 치렀다는 내용이 나온다. 따라서 유집대는 중국 공안국(公安局)을 뜻하는 것으로 보인다.

시동생 경암: 이호영(李護榮). 1875~1933. 이회영 6형제 중 막내. 1918년 중국 통화현 합니하에서 형들이 세운 신흥무관학교 재무로 활동. 1924년 북경에서 북경한교동지회를 조직하였으며, 1925년 다물단 단원으로 친일 조선인 처단의거에 참여하였다는 혐의로 피체. 1926년에는 중국 국민군으로부터 받은 다액의 자금과 폭탄을 다물단에 지원. 건국훈장 애족장.

수란: 수심(愁心)으로 정신이 어지러움.

방주: 집 주인.

손녀: 학진(鶴珍).

낭패를 보니: 여기서는 사망했다는 뜻.

망창: 뜻밖에 큰 일을 당하여 아득함.

암살되고 그 후 1년 만에 북경 시내가 떠들썩한 대사건이 발생했는데 그것이 바로 박용만 씨의 잇따른 암살이었다. 그 역시나 김달하 씨가 중간에서 일제를 통하여 귀화시킨 탓으로 살해되었다고 소문이 분분하였다. 그리하여 우리 집을 중국 관헌이 불시에 수색을 하고 여러 가지로 심문을 당하였으며 그러기를 수일이나 계속되었으니, 그 어려움이 어떠하리오.

❀

우리 여식(女息)이 숭자여학교에 다니는데 그 혐의로 유집대까지가 몇 달 고생하고, 우리 시동생 경암(敬菴)도 서(署)에 가 고생하였다. 우리 집에도 무슨 연락이 있나 하여 주야로 수색을 하니, 사실 수란(愁亂) 송구한 말을 어찌 다 적으리오. 방주(房主)는 집을 내라고 재촉을 하나 이사 갈 도리가 있나. 생각다 못하여 시동생 경암의 집으로 합솔(合率)하나, 조석을 절화하는 판에 동기간이라도 오직 어려울 뿐이다. 설상가상으로 이중에 손녀가, 북경에는 혹 가다가 고약한 유행병이 있는데, 24시간 내에 서둘러 치료를 못하면 그만 절명하는 유행병에 걸려서 서둘 새도 없이 낭패를 보니, 이런 망창한 일이 있으리오.

규학의 부인 조계진이 7살 때 찍은 가족사진(1903)

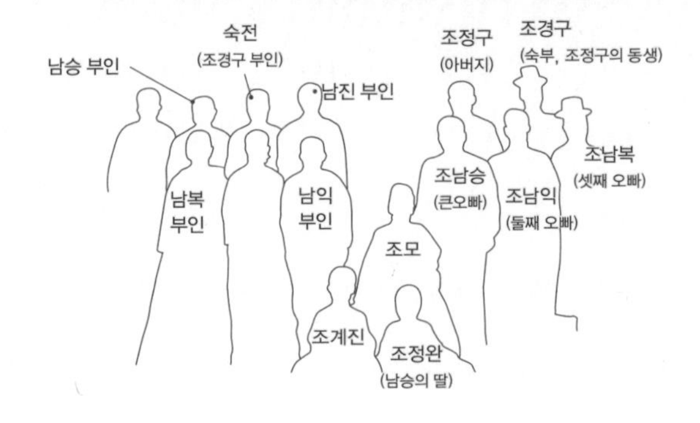

작은손녀: 을진(乙珍).

숙질: 아저씨와 조카. 여기서는 이은숙의 3세 된 아들 규오와 차남 규학의 딸 을진을 가리킴.

간신히 수습하였는데 또 작은손녀마저 그 병에 걸리니 답답하도다. 아는 병원에 입원 치료 중에 내 소생 3세 된 놈마저 앓아 숙질(叔姪)이 한 병원에 입원했다. 고식(姑媳)이 같이 있는데 손녀 외숙 조남승(趙南升)이 와서 온갖 욕을 다 하며 "학진(鶴珍) 죽이고 을진(乙珍)마저 죽이려고 입원시켰느냐"고. 그때 생각만 해도 소름이 나게 분하던 일을 어찌 다 기록하리오.

규학의 처, 자부의 부친은 조정구(趙鼎九) 씨로 북경에 말자(末子) 조남승과 거주하며 우당장하고 종종 왕래하면서 독립운동을 상의하였으며, 조완구(趙琬九) 씨도 자부의 삼촌이라 종종 상의하였다. 조정구 씨로 말하면 일제가 합방한 후 자작(子爵)을 제수(除授)하였지만 거부하고, 자살을 기도하였으나 실패하고 북경으로 망명하여 거주 중이었다.

손녀 외숙은 그같이 큰말을 하며 퇴원시켜 데려가더니, 병에 장사가 있으며 죽을 병을 저희라고 어찌 고치나. 그 이튿날 밝기 전에 제 모(母)가 울며 와서 말하기를, 그 집에서는 "여기는 사람 죽지 못하는 집이니 데려가라"고 하여 송동집(宋東集)을 시켜서 데리고 오는 도중에 죽었다 하니 세상에 이 같은 일이 또 어디 있으리오. 제 모는 본가에서 오지도 않고 양일 간에 손녀 둘을 손수

고식: 시어머니와 며느리.

조남승: 1882~1933. 규학의 처남이자 조계진의 큰오빠. 1898년 이후 혜릉참봉(惠陵參奉)·내부주사(內部主事) 등을 역임하고, 1905년 이후에는 비서감승(秘書監丞)·시종원부경(侍從院副卿)·영선사장(營繕司長) 등 고위관직을 역임하며 고종을 가까이서 보필. 1906년 고종이 내린 만국평화회의에 대한 밀지를 이회영에게 전달. 1926년 순종이 승하하자 국상을 관장하고, 같은 해 10월 중국 북경에서 조직된 독립운동단체인 한국독립유일당북경촉성회의 집행위원으로 활동. 이후 북경에서 독립운동을 하다가 1932년 2월 인천을 통해 입국하던 중, 치안유지법 위반으로 검거된 이후 주 감찰대상으로 지정되어 감시를 받다가 1933년에 사망. 건국훈장 애족장.

조정구: 고종의 비서장이자 궁부대신을 역임.

말자: 막내아들. 그러나 실제로 조남승은 조정구의 장남이다.

자부의 삼촌: 실제로 조완구는 조정구의 사촌형제이기 때문에 조계진에게는 당숙이 된다.

제수: 추천의 절차를 밟지 않고 임금이 직접 벼슬을 내림.

제 모: 조계진.

송동집: 규룡의 소실.

감장: 장사 지내는 것을 보살핌.

한진산: 1885~1967. 의사, 독립운동가. 부산 동래 출신. 본명은 한흥교(韓興教)로 진산은 별칭임. 오카야마(岡山)의학전문학교 졸업 후 1911년 상해로 망명하여 중국혁명군 구호의장으로 전투 참가. 1912년 항주(杭州) 및 북경의학전문학교 교수로 의료 활동 전개. 같은 해 상해에서 신규식(申圭植)·조성환과 함께 독립운동 단체를 조직·후원하기 위해 설립한 상회이자 무역회사인 동제사(同濟社) 조직에 참여하고 독립운동자들의 의료를 전담. 이후 독립운동 관련 기관지인《앞잡이》를 발행하고 중국인들과 연합하여 항일전선을 구축하기 위한 운동 전개. 건국훈장 애국장.

감장(監葬)하여 내어가니 얼마나 마음인들 아프셨으리오. 그 이튿날 내 소생 3세 된 놈이 또 없어지니 그 참혹함은 목불인견이라, 말하기도 끔찍하도다. 7세 된 현숙이가 뇌막염에 걸려 당장 구하기 어려운 증세로 위독하여 답답하던 차, 선생님에게 늘 정성껏 찾아오는 학생들이 마침 왔다가 밤중에 한진산(韓震山)병원으로 데리고 가서 응급치료를 하고 주사를 맞히어 데리고 왔다. 그 이튿날 친딸 같은 학생 장봉순(張鳳順)과 청년 한기악(韓基岳)이 서양자선병원의 원장을 잘 알아서 소개하여 입원시키니, 의사 말이 "이 병이 대단히 위독하니 밤이라도 급하면 전화하겠소" 하여, 중국인 쌀가게에다 "전화가 오면 알려 달라"고 부탁을 해 놓고 그 밤을 새웠다.

날이 새어 내가 찾아가는데, 그곳은 우리가 사는 데서 15리 떨어져 있는 곳으로 길도 잘 모르는지라, 말도 잘 통하지 못하는 데를 간신히 찾아 만 가지 염려로 초조로이 병원에 당도했다. 공포심이 앞서 문을 열고 들어갈 용기가 안 나는 것을 진정시켜 증세나 알고자 들어가는데, 그곳 간호원들은 모두 중국 여자라, 나를 보고 "꾸냥 하오" 하며 나를 병실로 인도한다. 인도하는 병실에 가 보니 현숙은 그중에서도 엄마를 보고 좋아하며, "밤에 두 번

한기악: 1898~1941. 강원도 원성 출신. 자는 명오(明五), 호는 월봉(月峰). 메이지대학에서 유학하던 중 2·8 독립선언에 참여하고 귀국한 뒤 독립선언서의 유인과 배포 활동을 하는 등 3·1운동 참여. 상해 망명 뒤 임시정부 수립에 참여하면서 의정원 의원, 법무위원 등으로 활동하다가 1920년 귀국하여 중앙학교에 근무. 이후 동아일보 창간에 참여하였으며 시대일보와 조선일보 편집국장 역임. 심훈, 김종진 등과 북경 시절의 우당을 자주 찾음. 중앙학교에서 후진을 양성하다가 숙환으로 별세. 1975년 차남 한만년 일조각 사장에 의해 월봉저작상이 제정되었으며, 이은숙의 《서간도 시종기》가 초대 수상작으로 선정됨. 2015년 손자 한경구 서울대 자유전공학부장의 주도로 〈우당 이회영 강좌〉가 서울대 자유전공학부에 설치됨.

꾸냥 하오: 姑娘好. 중국어로 '아가씨 안녕하세요'라는 뜻으로, 여기서는 이은숙을 가리킨다.

하오 꾸냥: 好姑娘. 중국어로 '착한 아가씨'라는 뜻이다.

심산: 김창숙.

초종: 초종장례(初終葬禮)의 준말로서 상례 전체를 가리키는 말. 좁은 의미로는 숨을 거두기 직전부터 죽은 뒤 부고를 내기까지의 절차만을 뜻함.

혈성: 의협심과 혈기가 왕성한 성질.

이나 의사가 와서 허리에 주사를 놓았어"라고 말하면서, 잠도 잘 자고 간호원이 줄곧 앉아서 간호를 해 주었으며 약도 여러 번 먹고 식전에는 우유를 주어서 먹고 밥은 안 준다고 하며, 여러 가지 말을 자세히 한다. 얼마 후에 간호원이 우유를 갖다 먹이고 죽은 며칠 더 있다가 먹인다 하면서, 인제 차차 나아가니 안심하라 하기에 고맙다고 대답했다. 집에서 궁금해하실 일이 생각되나 어린 것을 혼자 두고 올 수 없어 하니, 현아가 "아버지 궁금해하실 테니 가 보라" 한다. 또 간호원과 의사가 안심하라고 하면서, "꾸냥이 말도 잘 듣고 약도 잘 먹어, 하오 꾸냥" 이라고 칭찬을 해 주어 퍽 다행으로 생각하고 집에 돌아와 저의 부친께 자세히 알려드렸다. 그 후로는 날마다 병원에서 살다시피 하였다.

❀

하루는 우체부가 편지를 전하는 것이 심산의 편지라. 그 편지에 '우당장 내외가 김달하 초종(初終)에 조상(弔喪)을 갔었으니, 앞으로는 절교하겠다'는 내용이 있었다.

김달하는 스파이라 암살한 걸 중국 일판이 떠든 걸, 동지라며 근 십 년간에 쏜살같은 우당장의 혈성(血性)을 알면서도 이런 모략

북경에서 결성한 동방무정부주의자연맹(1928)
뒷줄 왼쪽에서 3번째가 이을규, 앞줄 오른쪽에서 2번째가 이정규

단재: 신채호.

육혈포: 탄알을 재는 구멍이 여섯 개 있는 권총.

규창: 1913년생으로 당시 13세.

을 하니, 심산과 단재를 인간이라 칭하리오.

그 시(時)의 북경은 우리 독립군의 행동이 대단히 험할 때라. 다물단 한 사람은 육혈포(六血砲)를 차고 우리 집에 무슨 눈치가 있나 하고 종종 다니니 살얼음판 같은지라.

내가 무심히 있다가는 가군의 신분이 위험한지라, 하루는 아침 일찍 규창을 데리고 집안 식구들 모르게 칼을 간수하여 단재, 심산이 있는 집에 찾아가니 아침 식사 중이라. 그분들이 머물고 있는 집은 독립운동에 참가하신 한세량(韓世良) 씨의 댁으로 그분과 함께 있는 이는 최태연(崔泰然) 씨였다.

"너희 눈으로 우리 영감이 김달하 집에 조상간 걸 보았느냐? 잘못 보는 눈 두었다가는 우리 동포 다 죽이겠다. 우리 집안이 어떤 집안인 줄 알며, 말이면 다 하는가? 우리 영감의 굳세고 송죽(松竹) 같은 애국지심을 망해 놓으려고 하는 놈들, 김달하와 처음부터 상종한 놈들이 저희가 마음이 졸여서 누구를 물고 들어가려고 하는가? 정말 바로 말 아니 하면 이 칼로 너희 두 놈을 죽이고 가겠다!"

하고, 어찌나 분한지 죽을 것같이 몸부림을 치며 두 사람을 휘어

요원: 멀다.

내 가슴에 불을 지르고 가 버리니: 현숙은 해방 후 1946년 28세에 폐렴으로 사망한다.

잡았다. 두 사람은 나중에 “잘못했소. 우리들이 잘못 알고 그랬소” 하며 사죄를 했다.

이런 중에 가아(家兒)가 와서 한진산병원에 가 내 몸의 상처를 치료하고 집으로 돌아왔다. 가군께 좀 걱정을 들었지만, 그 뒤부터는 일절 우리에게 대하여 부정한 말이 없었다.

현아 입원한 지 두 달 만에 다 나았다고 퇴원하라 하는데, 아무리 자선병원이라 하지만 어려운 병을 고쳤으니 치료비만은 내야 하겠는데 무엇으로 내리오. 미안한 마음으로 의사에게 인사를 하고 현아를 데리고 나왔다. 당장 차비도 없어 그 요원(遙遠)한 데를 아이를 업고 오다 천천히 걸리다 하면서 종일 걸려 집에 당도하니 저의 부친 무척 반가워서 좋아하시던 모습 어제 같다. 그 고치기 어려운 병을 고쳐 완쾌되었기에 오래오래 수복(壽福)을 누리고 잘 살리라 믿었더니 내 가슴에 불을 지르고 가 버리니, 우리 모녀 인연이 짧은 탓인지 혹은 나의 운명이 박복한 탓인지, 생각사록 아깝고 원통함을 내 생전에 잊으리오.

❀

을축년(1925) 반 년은 이렇듯 심고(心苦)를 겪고 나날을 굶으며

생불: 살아 있는 부처.

해관 선생: 이관직.

천고영결: 영원한 이별.

생사간: 죽거나 살거나.

일세는 저물었다: 해는 저물었다.

먹으며 지내가는데, 생불(生佛)이 아니고서야 어찌 부지하리오. 생각다 못해 고국에 다시 돌아가서 생활비라도 마련해 볼까 하고 내외 의논하던 차에 상해 가셨던 해관 선생이 북경 소문이 하도 요란해 오셨다 하며 오시니 오죽이나 반가우리오. 해관 선생과 같이 의논하고 을축년 7월 하순에 떠나서 왔다. 그때 차를 문 밖에 놓고 작별하고 나올 때 가군께서 내가 떠나는 걸 보지 않으려고 그러셨던지, 현아가 7세라 엄마를 따라 나서는 걸 저의 부친께서 데리고 들어가며 달래시기를, "네 어머니 속히 다녀올 제 과자 사고 네 비단옷 해 가져올 거다" 하며 달래시던 말씀 지금도 역력하도다. 슬프다, 이 날이 우리 부부 천고영결(千古永訣)이 될 줄 알았으면 생사간(生死間) 같이 있지 이 길을 왜 택했으리오.

아들 규창을 데리고 역에 나와 차를 타고, 규창이 보고, "공부 잘 하고, 현숙이 잘 데리고 놀아라" 하고, 국경을 무사히 넘어 장단역에 내리니 일세(日勢)는 저물었다.

제3장

서울

1925~1932

장단은 말만 들었지 한 번도 가 본 일이 없어 어디로 가야 할지 답답하나, 마침 남자 셋이 나와 같이 역에서 나와 오거늘, 그래 내가 묻기를, “선생들은 어느 곳으로 가시오?” 하고 물었다. 그 사람 말이 “오목리로 간다” 하거늘, 내 어찌나 반가운지, “나도 오목리로 가는데 길을 몰라 걱정이에요. 동행해 주세요” 하고 그분들을 따라갔다.

큰댁: 1914년 귀국하여 장단에서 거주하고 있던 이회영의 만형 이건영 댁.

혼솔: 온 집안의 가솔.

해포: 한 해가 조금 넘는 동안.

이득년: 1883~1950. 경기도 고양 출신. 호는 의당(毅堂). 1910년 국권침탈을 반대하는 장서를 동경 유학생 연명으로 작성하여 본국정부에 제출. 1918년 이회영이 고종의 중국 망명을 추진하자 북경 연락책으로 활동. 1922년 박영효·이상재 등과 함께 한국의 단결과 자각을 통해 생존권 보장을 목표로 삼은 민우회(民友會) 조직. 1925년 독립군 기지건설을 위한 김창숙의 군자금 모집운동을 배후에서 지원. 건국훈장 애국장.

산삭: 해산달.

밤은 늦어 야심한 후 큰댁에 들어가니 동서님 내외분이 반기시고 혼솔(渾率)이 다 반기며 무사히 온 걸 다행으로 여기시더라.

그곳에서 여러 날 머물렀다가 여러 해포 만에 서울 우리 대고모 댁으로 가니 모두들 반갑게 맞아 주심은 물론, 동지들을 만나 우리의 사정을 설파하시니 모두들 듣고는 답답해하나 별 도리가 없었다. 멀리 가군께서 나를 보내시고 무슨 좋은 소식이 있을까 하고 기다리실 일과, 집에서는 어찌 지내시는지 생각을 하면 답답한 마음 진정할 길 없어 하는 수 없이 우리 종조 해관장을 보고 사정을 하고 이득년(李得季) 씨, 유진태 씨, 또 다른 동지들도 만나서 북경에서 지내는 형편을 말하나 누가 그리 간곡히 생각해 주리오. 그래도 그중에서 박돈서 씨가 다소간 주선하여 주고 이득년 씨, 유진태 씨 그 두 분이 가장 걱정을 하면서 다소간 주선을 해 주어 감사히 받아 우선 급한 대로 부쳤다. 우당장과 의형제를 맺은 이 진사(進士)께서는 백 원을 주어 그 돈을 부친 후로는 백 원이란 다시 생각할 수도 없게 되었으니, 그때의 답답했던 심정은 말할 수도 없도다.

나는 임신 4삭에 와서 어느덧 신속한 광음은 덧없이 송구영신으로 을축년이 다 가고 병인년(1926)이 되니 산삭(産朔)이 정월이

가아 규룡: 이건영 댁으로 출계한 이회영의 장남.

산실: 해산하는 방.

중춘: 음력 2월의 다른 이름.

민적: 예전에 호적을 달리 이르던 말. 조선 시대의 호적은 1896년에 폐지되고 광무 호적이 새로 시행되다가 1909년 민적법에 의거하여 일본식의 민적부가 작성되었고, 1921년 조선호적령을 통해 일본식 호적제도가 전면적으로 도입되었는데 이회영 가족은 만주로 떠났으므로 민적이 없었다.

우리 동서님 내외분: 이건영과 그 부인.

우리 노친: 친정아버지.

라. 보름 후 장단 큰댁으로 가서 2월 초 이틀 오전 7시에 순산 막내 규동(圭東)을 득남했다. 가아 규룡이가 저의 생부(生父)에게 편지를 부치고, 저의 부친 육순이 3월 17일이기 때문에 그 안에 북경을 가려고 몇몇 분에게 부탁도 하고, 또 먼젓번에 장단에 와서 편지를 가군에게 하였으나 소식이 없어 어찌 되었는지 궁금하기 한량없었다. 비록 몸은 산실(産室)에 누웠어도 마음은 북경에 가 있으니, 어느 누가 이 사정을 알아 주리오.

산후 1삭이 겨우 지나 3월 초순에 상경해 보니 어느 인간이 일 푼이나 주선해 주리오. 내 마음만 갑갑하고 초조로울 뿐이로다. 또한 3월 13일은 대고모 생신이라, 중춘(仲春) 일기가 추워 방에 불을 많이 때고 유아가 외기(外氣) 쐰다고 병풍으로 가리고 뉘였지마는 문틈으로 자연히 외기가 들어와 유아가 대단히 성치 않았다. 한약국과 병원을 모두 다녀도 조금도 차도가 없으니, 생후 1 삭이 된 유아에게 약을 먹일 수도 없고 병은 점점 악화되었다. 또 우리가 한일합방 후 민적(民籍)이 누락되어 민적도 없는 아이인 데다, 여러 가지 사정으로 남의 집에 있을 수가 없어 큰댁으로 갔다.

우리 동서님 내외분과 식구들이 아이 모양을 보고 놀라시며, 우리 노친께서는 앓는 유아 데리고 혼자 가는 게 차마 딱해서 같

친형: 이회영의 장남 규룡.

백부 내외분: 이건영 부부.

두 형들: 이규룡과 사촌형 이규봉(당시 동아일보 근무).

안신: 기러기가 전해 주는 편지란 뜻으로, 지금은 단순히 편지라는 뜻으로 사용됨. 소식, 안서(雁書), 안백(雁帛)이라고도 함.

참봉 규룡 군: 실제로 규룡이 1887년 참봉(參奉) 직책을 얻었다고 함.

시외가: 남편 이회영의 외가 동래 정씨(東來貞氏) 집안으로 정순조 판서가 외조부이다.

이 가셨는지라. 그날은 늦어서 그대로 밤을 새우고 그 이튿날 데리고 일찍 읍내 배선명 씨 병원으로 데리고 갔다. 의사가 아이 모양을 보고는 누가 보증을 서야 진찰을 한다 하여, 저의 친형이 보증을 서고 진찰 후 주사를 놓는데 감각을 모르는지 아무 반응이 없다. 다시 30분 후에 주사를 또 놓으니 그제서야 아픈 줄을 알고 우는지라. 그때부터는 의사가 착수하겠다고 하며, 자기 병원엔 입원실이 없으니 댁의 방 한 칸을 정결히 하고 치료를 하겠다 하였다.

의사가 수증기 기운으로 호흡하는 약제구(藥劑具)를 다 주어서 가지고 와 방을 치우고 그날부터 집에서 수증기 호흡기를 사용하여 30분간 호흡을 시키고 30분 후에는 약을 먹이고 이같이 주야로 정성을 다하여 치료했다. 일주일 후에 쏙 빠진 아이 얼굴에 생기가 돌기 시작하며 점점 쾌차해 갔다. 거의 2주일을 병원에도 다니며 치료를 받아 완치가 되니, 저의 백부 내외분, 저의 두 형들이 얼마나 기뻐하시는지 모르겠더라.

그럭저럭 큰댁에서 여름을 났다. 북경 안신(雁信)은 큰집으로 편지가 내왕하였다. 참봉 규룡 군이 저의 집에서 좀 변통을 하여 돈 30원을 보내 드리고 나는 병인년(1926) 7월에 상경하여 시외가

승안: 웃어른을 만나 뵘.

어언간: 어느덧. 어느새.

정준모: 이회영의 외사촌. 변호사로 판서 정순조의 손자이자 협판 정인형의 아들.

(媤外家) 댁과 친정 대고모님 댁 두 군데를 다니면서 신세를 졌다. 유아는 쑥쑥 자라 건전하건만 저의 부친 승안(承顔)도 못하여 주야로 마음이 걸리고 애처로운데, 원수의 금전을 마련할 길이 없으니 어찌하리오.

❀

세월은 유수같이 빨라 북경서 서울 온 지도 어언간 2년이 흘렀다. 북경서는 가끔 편지가 오는데, 지금은 천진을 떠나 계시다는 급한 편지가 오니 내 마음 썩고 애타는 줄 누가 있어 이해해 주리오. 정묘년(1927)은 가군의 회갑이시나 가지도 못하고, 우리 부친께서 20원을 변통하여 주시어 생신날 진지라도 해 드리라고 부치고, 나는 마침 시외사촌 정준모(鄭浚謨) 씨 딸의 혼인이 10월 상순이라 그 댁에서 일을 하고 있었다.

경찰에서는 요시찰을 다니며 한 달에 3, 4차씩 오는데, 형사가 혼자 올 때는 그냥 조사만 하고 가고, 둘이 올 때는 나를 경찰서까지 데리고 가서 묻지 않을 것까지 이것저것 묻고는 가라 하기가 일쑤다.

한 번은 을축년(1925)에 처음 서울 와서 가군과 결의형제 하신

북경에 있던 시절의 조계진

활인지부: 사람을 살려 준 은인.

모계: 계책, 꾀.

경경불면: 근심 걱정으로 잠을 못 이루다.

이 진사께서 금화 백 원을 주시어 그해 양력 12월에 부친 것을 병인년 10월 결산 중에 안 모양이다. 내가 시외가에서 혼인 일을 하고 있을 때 나의 시외사촌 되는 변호사 정준모(鄭浚謨) 씨가 오시어서는, 형사가 자기 변호사 사무소로 와서, "이회영 씨 부인이 북경으로 돈 백 원 부친 일이 있느냐?" 하고 묻더라고 말씀하신다. 백 원 부친 것이라곤 이 진사께서 주신 돈밖에는 없고 그게 탄로난 것이 분명하다. 이분이 주셨다고 하면 고마우신 활인지부(活人之父)를 경찰에 욕뵈는 일밖엔 되지 않고, 또 그분에게 미칠 화를 생각하니 다시금 놀랍고도 답답한 마음이다. 아무리 생각해도 좋은 모계(謀計)가 없어 밤을 당하여도 잠인들 오나, 경경불면(耿耿不眠)하다가 어렴풋이 잠이 들었는데, 몽중(夢中)에 부처님의 가르치심인지 문득 생각이 떠올랐다.

그것은 기미년(1919)에 가군이 먼저 북경으로 가신 후 인편에 기별하시기를 "며느리 옷이 여기서는 적당하지 않으니 가지고 오지 말라"고 하시어서 며느리더러, "너의 존구께서 네 조선 의복이 그곳에서는 적당하지 않다고 하시며 가지고 오지 말라고 하셨으니 너의 본가로 가져가게 하라" 하고 이르니 며느리가, 저의 본가엔 아니 갔다 두겠다 하며 다른 데다 두는 것이 좋겠다 하여, 그럼

발기: 사람이나 물건의 이름을 죽 적어 놓은 글.

조남익: 규학의 처남이자 조계진의 둘째 오빠. 고종의 시종을 역임하였으며 헤이그 밀사 사건에서는 이회영과 이상설, 조정구, 내시 안호형(安鎬瀅)과 함께 주요한 역할을 맡음.

공사: 취조.

우리 대고모 댁에다 두기로 하고 옷 수효를 일일이 적어서 발기(勃記) 둘을 하여 하나는 제가 갖고 하나는 대고모님에게 드리고 왔었다. 그 이듬해 경신년(1920)에 며느리 작은오빠 조남익(趙南益) 씨가 와서, 누이가 자기 옷 맡긴 것을 찾아가라 했다 하여 모두 찾아가고 대고모님은 발기 적은 것만 가지고 계시라 했다. 나는 이 물건을 본인이 팔아서 돈을 길러 달라 한 것이 백 원이라, 그것을 부쳤다고 말을 하기로 미리 준비를 하고, 대고모 보고도 조사가 오거든 이같이 말을 하시라고 부탁드려 놓았다.

그 이튿날 오전 8시에 형사 둘이 와서 같이 동대문서로 가자 하여 데리고 가서는, 첫 공사(供辭)에 백 원이란 돈을 누가 주더냐 하기에,

"주기는 누가 주겠어요. 우리 며느리 의복이 중국에서는 적당하지 않아 우리 대고모에게 맡기고 간 것을 며느리가 옷을 팔아서 돈을 길러 달라 하기에, 내가 가군에게 주시기로 하고 부쳤죠."

하니, 정말이냐고 묻기에 "내 말을 못 믿겠거든 조사해 보면 알 일이 아니냐"고 했다. 그 시로 우리 대고모 댁에 가서 조사를 해

암죽: 곡식이나 밤의 가루로 묽게 쑨 죽. 어린아이에게 젖 대신 먹인다.

수이: 쉬이.

보아도 내 말과 같은지라 별 의심을 사지 않고 무사히 치르고 오후에 돌아와 보니, 우리 규동을 시외숙모께서 암죽을 만들어 먹이시며 내가 속히 못 나올까 걱정하시는 중이라 모든 것이 미안한 마음이었도다.

❀

그러던 중 세월은 가는 줄도 모르게 우리 규동이가 3세. 내가 볼일이 있어 외출할 때나 저의 부친에게서 편지가 와서 동봉하여 온 편지를 전하려고 할 때에는 남의 집에 규동이를 두고 가려고 해도 엄마 찾아 울 때 주인이 괴로워서 구박이나 할까 두려워, 추우나 더우나 아이를 업고 가는데 전차를 어찌 이루 타리오. 업고 가다 어려우면 제 손을 잡고 걸리며 하는데, 혹 기차가 지나가면 "저것이 무어냐"고 일일이 물어, "저것은 사람이 타고 멀리 가는 기차라는 것이다" 했더니 우리도 타자고 조르기에 "너하고 엄마는 너의 아버지한테 갈 때 저것 타고 가자. 말을 잘 들어야 수이 간다" 했더니, 좋아라 하며 '칙칙폭폭' 기차 소리를 흉내 내면서, "나는 우리 아버지께 칙칙폭폭 하는 것 타고 간다" 하고 자랑을 하는 걸 보고 웃었더니 슬프다. 되지도 않는 걸 믿고 '이 달, 다음

규동 가족과 함께한 이은숙(1970)
앞줄 왼쪽부터 손주 주원, 이은숙, 종현, 종걸
뒷줄 왼쪽부터 3남 규동, 며느리 변봉섭

나이 40: 이규동은 1926년생으로 《서간도 시종기》를 집필하던 1966년에는 40세였음.

여일: 한결같다. 변화가 없다.

한고: 추위로 인한 고통.

달' 하며 속고 지내기를 2, 3년, 긴 세월을 허송하며 내 육신의 고통과 우리 규동의 천륜지정(天倫之情)으로 승안치 못하고 유한을 품게 한 일, 생각하면 가슴이 미어지는 듯하도다.

이러구러 세월이 신속하여 우리 규동이가 나이 40이건마는, 지금도 3세 때에 엄마가 저를 데리고 다닐 때 기차 보고 "칙칙폭폭 타고 우리 아버지께 가자" 하던 때같이 어린이로 생각나면 내 가슴이 서늘하다. 어미 잘못으로 지극한 천륜을 펴지 못한 걸 못 잊고 애달파 불현듯 보고 싶어 하는 걸 어느 누가 이해하리오.

시비도 있고 질투도 있건마는 내 생전은 여일(如一)할 것이라, 생각하면 애달프도다. 우리 규창이는 19세까지 저의 부친을 모시고, 효심이 기특하여 저의 부친 춥지 않으시게 불을 방에 넣어 한고(寒苦)를 면케 해 드리고, 시장하실 때는 어찌 하든지 빵이라도 사드린다고, 유중한(兪仲漢) 씨가 상해에서 와 "선생님 자제는 규창이가 제일 효자다" 칭찬하니 기특하다.

규동도 부모에게 효심이 지극하여 부산으로 피란 갈 때도 엄마에게 칭찬을 받았으니 저의 부친에게도 효심 지극할 것을, 복(福)들이 없어 못 뵈었으니 유한이로다.

큰딸: 이규숙.

소복: 회복.

며느리 하나: 규룡의 소실 송동댁.

시봉: 모시어 받듦.

❀

한편 천진에서는 큰딸이 몹시 앓는다는 소식이 오니 답답했다. 제 부친께서 혼자 걱정으로 달포를 고생하시다가 쾌차했다 하나 소복(蘇復)을 어찌하리요.

생불여사란 말은 우리에게 한 말인 듯하도다. 그럭저럭 그해를 다 보내고 무진년(1928)이 되니 북경서 온 지가 만 3년이라. 유수 같은 세월은 속절없어, 수천 리 밖에 식구를 두고, 또 며느리 하나가 저의 존당 시봉을 지극히 하다 애처롭게 세상을 떠나고, 큰딸과 규창, 현아 3남매를 데리시고 나날을 보내시니 오죽이나 갑갑하실까.

그런데 현숙이가 홍역을 중히 한다고 기별이 오니, 들려오는 말마다 답답하매 여비만 있으면 곧 가고 싶은 마음이나 한편 다시 생각하고, 이왕 온 지 3, 4년에 한 푼 없이 가는 것보다 다소간이라도 마련하여 간다는 것이 못 가고 말았도다.

북경에서 나온 지가 어언간 4년이 되어 가니 혹 그간에 무슨 변통이나 해 가지고 오는가를 기다리실 분의 마음이나, 못 가고 있는 이 마음이나 오죽인들 궁금하고 갑갑하리오. 그래도 천진서

범절: 법도에 맞는 모든 질서나 절차. 여기서는 집안일 등 일상사를 가리키는 것으로 보인다.

하절: 여름 절기.

혼절: 정신이 아찔하여 까무라침.

시외질 서운부: 이회영의 첫부인 대구 서씨 집안의 조카로 추정.

지내시는 범절(凡節)이 안전만 해도 안심이 되겠거늘…….

이 해는 무진년 하절(夏節), 하루는 가군에게서 온 편지를 보니, 급한 사정으로 규숙, 현숙을 천진 부녀구제원(婦女救濟院)으로 보내어 성명은 홍숙경과 작은아이는 홍숙현으로 고쳤으니 편지할 때엔 '구제원 홍숙경'이라고만 하면 받아 본다 하시고, 당신은 규창이를 데리고 무전여행으로 상해를 가니 혹 다소간 되거든 현아에게로 부치라고 하시고는 지금 떠나면서 부친다고 하셨으니, 세상에 이런 망창(茫蒼)한 일이 또 어디 있으리오.

그 편지를 보고 나는 혼절(昏絕)을 다하고 정신을 차리지 못하였다. 시외질 서운부가 나를 위로해 주어 정신을 차리고 다시 생각하는데,

'가군은 항상 위험한 행동을 잘 하시는 분이긴 하지만, 동지들이 무슨 위험한 행동을 하여 급하게 피하신 것이거나, 그렇지 않으면 상해에서 무슨 일이 있어 급히 가시느라고 아이 형제를 그런 데다 보내신 것일 게다. 하나 하룻길이라도 무전여행이란 용이한 일이 아니거든 하물며 가깝지도 않은 먼 천 리 길이 넘는 상해를 어찌 무전으로 가실 것인가.'

의당장: 이득년.

백은: 유진태.

중추원: 조선총독부 중추원은 일제 강점기 조선총독부의 자문기관으로 1910년에 설치되었으며 정무총감이 의장을 겸임했다. 대한제국 중추원은 1894년 근대적 형태의 입법 기관을 모방하여 설치된 황제의 자문기관.

생각하면 미칠 듯하나 나 역시 무일푼이니 어찌하리오. 마음만 상하는 중에 며칠을 두고 의당장(毅堂丈)과 백은(白隱) 두 분에게 가서 간곡히 말하니, 그분들도 비감하여하며 "아무튼 변통하여 곧 가시도록 하자" 하나 어찌 곧 되기를 바라리오.

편지 뵈온 지 십여 일이 못 되어 우체부가 편지를 던지고 가는데, 나가 보니 가군의 필적이라. 깜짝 놀라서 급히 떼어 보니,

'상해를 3분의 1쯤 가다가 도적을 만나 그나마 행장을 다 잃고 할 수 없이 천진으로 돌아가 현아에게 가 보니, 저의 형제는 잘 있으나 그곳 편지는 없어 몇 자 적는다.'

하셨거늘, 도적 만났다는 말에 놀라웠지만 생각하면 위험을 안 당하신 것만 불행 중 다행이라 여겼다. 만일에 입으신 의복을 가져갔으면 당장 어찌하셨나 싶은 생각에 답답하던 중 우리 노친께서 들으시고, 당신이 중추원에 근무 중이시라 월급 20원을 먼저 갖다 주시어 우선 부치고 나니 안심이 좀 되긴 하지만, 천진서는 점점 형편없이 지내실 것을 생각하니 참으로 기가 막히더라.

이같이 4, 5년을 허송세월을 하고 대체 내가 무엇을 바라고 두 집을 다니면서 미안한 걸 갚느라고 일이나 해 주며 이 야단을 하

우리 남아: 이규동.

는가, 그 집에서는 고맙다고들 하나, 참 우스운 세월을 보냈도다.

❀

사실 그동안은 우리 남아(男兒)가 너무 어려서 어떻게 할 도리가 없었지만, 이제는 3, 4세가 되었으니 지금부터라도 내가 나서서 한 5년 더 고생을 할 각오는 서 있지만 당장 어찌해야 할지, 가군이 항상 남양 군도(南洋群島)로 가서 고무나무 농사를 하면 생활 안전이 된다고 하신 말씀이 귀에 익었는지라, 그리고는 고무 농사는 자본이 3백 원이면 넉넉하다고 하시었으니, 그 돈이라도 어떻게 마련해 보리라는 결심을 하고 이득년 씨에게 가서 공장이라도 다니겠다고 하였다. "어린아이를 데리고 어떻게 다니시려고 그러시죠?"

"천진서는 아이 형제를 부녀구제원에다 갖다 두시고 규창이만을 데리고 무전여행으로 상해를 가시다가, 길에서 도적을 만나 할 수 없이 도로 천진으로 오셨대요. 당장 계실 방도 없고, 거리를 다니시다 여관에 드셨다는 형편인데, 갈 수도 없는 처지이거니와 또한 간다 해도 수삼 백 원은 가지고 가야 얼마간 안전이 되겠

김연수: 1896~1979. 인촌 김성수의 동생으로 아호는 수당(秀堂). 주식회사 삼양사를 설립. 1923년에 별표 고무신을 판매하기 시작하면서 '강철은 부서질지언정 별표고무신은 찢어지지 아니한다'라는 등 내구성을 강조하여 대성공을 거두었다.

서사헌정: 현재 서울 중구 장충동을 가리키며, 이는 일제강점기 당시 명칭이다.

으나 그럴 형편도 못되고……. 지금까지 4, 5년을 두고 내일 내달 하던 것이 어언간 이렇듯 오랜 세월이 경과되었음에도 단돈 백 원도 마련 못했으니 그렇다고 또 누구를 바라겠어요. 그보다도 노인의 연세가 자꾸 높아가시는데 누가 있어 생활비를 대면서 시봉을 하겠어요. 고생하던 끝이라 몇 해 더 고생하여서 노인의 시봉을 받들까 합니다."

하고 말하니 이득년 씨께서 눈물을 흘리시며 하시는 말씀이, "부인의 말씀이 기특하십니다. 우리 동지들 성의 부족함을 탄식할 뿐이오" 하시고는 즉시 별표 고무 공장을 경영하고 있는 김연수(金季洙) 씨에게 이득년 씨가 직접 찾아가 나의 사정 말을 하여 공장에 갈 수는 있게 되었다.

그러나 당장 어디서 다니리오. 그렇다고 그대로 대고모나 시외가에서 다니기란 너무나 미안한 일이고, 하여튼 방을 얻어야 다니겠기에 답답한 마음으로 우리 노친에게 말씀을 드렸다. 당신도 중추원에 근무 중이시라 평동서 이루 다니기가 미안하다 하시며 "방 둘을 얻어 같이 지내자" 하시면서 방 얻을 돈을 주셨다. 서사헌정(西四軒町)에다 방을 얻고 우리 노친께서는 식량을 대실 생각

시누님: 이회영의 누님인 홍(洪)씨댁으로 추정. 1925년 당시엔 이미 70세 정도인 것으로 보인다. 참고로 우당의 누이는 총 4명으로, 각 남편 이름은 홍승학(洪承學), 조병홍(趙秉弘), 신재희(申宰熙)이다(나머지 누이 한 명의 남편 이름은 성씨가 유(柳) 씨인 것을 제외하곤 불명).

남매: 현숙과 규동.

안돈: 사물이나 주변 따위가 잘 정돈되다. 또는 그렇게 되게 하다.

삭: 개월, 달.

백계무책: 아무리 계획을 세워도 대책이 없다.

유곽: 여러 명의 창기를 두고 매음 영업을 하는 집.

침선: 바느질.

을 하시고는 이사를 하고 보니 규동이가 3세 때라 어린것을 혼자 두고 다닐 수가 없었다.

우리 시누님을 모시고 남매가 있으나 방 하나는 우리 노친이 쓰시게 하고 안돈(安頓)을 한 후에 공장에 나가기 시작하였다. 다니기란 과히 어려운 일이 아니나, 우리 노친께서 혼자 계신 터에 근무 중이시니 조석지절과 의복이 걱정이 되어 다닐 수가 없어서, 그나마 수삼 삭(朔) 다니다가 우리 노친 받드는 도리가 아니어서 그만두니, 이 답답한 마음을 누구에게 호소하리오.

아무리 생각해도 백계무책(百計無策)이더니, 이왕 이 서사헌정은 유곽(遊廓)들이 많아서 바느질감을 받아들이는 집이 많이 있어, 그곳에 사는 여자들은 대부분 큰 벌이를 하고 지내는 터라, 하루는 바느질감을 구하려고 종일 유곽 근처를 여러 군데 다니고 있었더니 나이 한 45세쯤 된 여자가 나를 보더니 자기 집으로 가서 쉬었다 가라 했다. 들어가 보았더니 그 집에도 노는 아이가 5, 6명 되는데, 마침 그 여자가 포주인데 일할 집을 정하지 못하여 다니던 중 나를 만났다며 하는 말이, "당신이 침선(針線)을 잘 하거든 우리 주객(主客)의 일을 맡아서 해 주시오" 하면서, 자기는 평양서 처음으로 이사 와서 아직껏 일집을 정하지 못했다 하며, 자기

입양: 수입.

지성껏: 온갖 정성을 다하여.

절화: 아궁이에 불이 끊어진다는 뜻으로, 몹시 가난하여 밥을 짓지 못한다는 것을 이르는 말이다.

집은 영업자가 5, 6명이고 자기 식구가 5명이니 모두 맡아서 옷을 해 달라 하기에, 나 역시 일감을 얻으려고 다니던 참이라 잘 됐다 생각하였다.

그날부터 일감을 얻어 빨래를 해서 잘 만져 옷을 지어 주면 여자 저고리 하나에 30전, 치마는 10전씩 하고, 두루마기 하나에는 양단이나 합비단은 3, 4원 하니, 두루마기나 많이 있으면 입양이 넉넉하겠지만 두루마기가 어찌 그리 있으리오. 매일 빨래하고 만져서 주야로 옷을 지어도 한 달 수입이란 겨우 20원 가량 되니, 그도 받으면 그 시로 부쳤다. 매달 한 번씩은 무슨 돈이라는 건 말 아니 하고 보내 드리는데, 우당장께서는 무슨 돈인 줄도 모르시면서 받아 쓰시니, 우리 시누님하고 웃으며 지냈으나 이렇게 해서라도 보내 드리게 되는 것만 나로서는 다행일 뿐이다.

한편 우리 시누님께서는 이렇듯 내가 당신 동생에게 지성껏 보내 드리기 위하여 주야로 침선하는 걸 보시고 너무 딱하게 생각하시어 일을 도와주시나, 칠십 노인이 무슨 일을 하시리오. 시누올케 간에 의지하고 수년간을 지내는 동안에 천진서는 절화(絕火)를 아니 하시는 것만 다행으로 안심이 되나, 나의 갈 준비가 막연하여 답답한 마음이나 걱정해야 별 도리 없다. 다만 한 가지 위

유씨 댁 고모와 아들 유석범(柳錫範) 내외, 손주

심축: 진심으로 기원하다.

감바지: 값바느질. 삯바느질.

홍증식: 1895~?. 이회영의 생질. 사회주의 운동가. 1921년 사회주의 단체인 서울청년회와 신사상연구회 등을 결성하여 활동. 1925년 고려공산청년회 창립 대회 때 중앙집행위원으로 선출되었고 월북한 뒤 조국통일민주주의전선 서기국장을 지냈다.

작은 시누님: 이회영에게는 4명의 누이가 있는데 그중 셋째 누이로, 청상과부가 되자 이회영은 족보상으로는 죽었다고 기록하고 유(柳) 씨 성을 가진 남성에게 재혼시켰다.

치가: 가업을 이루다.

침모: 남의 집에 매여 바느질을 맡아 하고 일정한 품삯을 받는 여자.

고이하고: 괴이하고.

로는, 부자분 절화 아니 하는 것만 큰 다행으로 생각하고 시일을 되풀이하니 참으로 한심하도다.

신속한 광음은 훌훌하여 우리 규동이가 5세가 되니 신통하고 못 잊히도다. 심축(心祝)으로 날을 보내며 감바지 하느라고 쉴 새 없이 지내는데, 그나마 경찰에서 유곽을 못하게 하여 영업자들이 폐지하니 일이 있으리오. 할 수 없이 그것도 못하고, 또 우리 노친께서 마나님을 얻으셔 살림을 하시니, 우리 노친께는 안심이 되지마는 나는 모든 것이 괴로워서 우리 시누님께로 가 있었다.

우리 생질(甥姪)은 홍증식(洪增植)이라, 생질이 와서 "같이 지내자" 하면 가 있기도 하며 작은 시누님께도 가 있었다. 우리 규동은 저의 고모님 댁에 갔다.

아는 사람이 치가(致家)를 하고 침모(針母)를 구한다 하며 나에게 "그 집에 가 있어도 주인이 인사성 있는 사람이라 대접도 잘 할 것이다" 하여 그 집으로 갔다. 마음이 고이하고 어찌나 한심한지 심중이 산란하더라.

안주인이 내가 홍 씨의 외삼촌 댁인 걸 아는 고로 안주인은 나를, "저의 어머니로 대접하겠다" 하며, 식모더러도 내가 "동관서 왔으니 동관마님이라 하라"고 했다. 남자 주인은 내가 1년이나 있

회관: 이을규.

근중: 무게.

완정: 완전히 결정하다.

할림: 현재 흑룡강성 모란강(牡丹江)시의 행정구역인 해림(海林, 하이린)시.

선창국민학교: 1927년 10월 김좌진이 세운 민족교육학교로, 현재 명칭은 조선족실험소학(朝鮮族實驗小學). 장기준은 1929년 이름을 남용무(南容武)로 고치고 부인 규숙과 함께 해림 한인제1소학교(海林韓人第一小學校)로 건너가 교사생활을 했다고 하니 이곳이 그 학교일 것으로 추정된다.

어도 얼굴도 모르고 지냈다.

그때만 해도 '내가 양반인데 곤란해서 여기 와 있다'는 마음이 가득한 중에, 우리 규동이가 보고 싶어서 밤에 가면, "엄마 왔다!" 하고 좋아했다. 떼치고 올 수도 없어 데리고 자고 오면 주인이 좋아하지 않았다. 그렇지만 '내 할 일 다 한 후에야 무슨 구속인고' 하고, 보고 싶으면 매달 3, 4차씩은 다니었다.

❀

하루는 천진서 편지가 왔는데, 내용은 이러했다.

'규숙에게 마땅한 혼처가 생겼소. 그는 회관의 동지요 사람이 근중(斤重)이 있어 보이고 믿을 만하여 완정(完定)하고, 예식은 천진국도관에서 할 예정이오. 예식 후에 나는 규창이를 데리고 상해로 갈 작정이오. 할림에다 조선 사람이 '선창국민학교'를 세우고 우리 조선인 아동을 가르치는데, 규숙 내외가 선생으로 갈 것이며, 현숙은 규숙 내외에게 맡기기로 했소…….'

우리 망명객의 일은 이루 말할 수 없는 수수께끼 같은지라. 한

정리: 인정과 도리.

침식: 잠자는 일과 먹는 일.

백부: 이건영.

편 생각은 20이 되어 가는 여식 출가시켜 제 임자 정한 게 다행이나, 어미 정리(情理)에 여식 혼사에 간섭도 못하고 저의 부친이 혼자 동지들과 의논하여 인륜대사(人倫大事)를 거행한 게 섭섭한 심사를 어찌 다 기록하리오. 편지할 마음 없어 며칠 후에 답장을 부쳤다.

그 후, 가군이 상해로 가시면 자질들이 여러 집 살고 있으니 천진 계실 때 같이 조석 걱정은 아니 하실 게고, 나는 침선도 못하여 아직은 다소간이라도 못 보내니 한편 다행으로 생각했다. 또 규숙 형제도 부녀구제원에서 있을 때는 침식(寢食)이 불안하더니 이제는 제 임자를 정했으니 안심이 되나, 현숙이로 인해 못 잊혔다.

그곳이 능히 안전지대가 되는지 경경(耿耿)되나 저의 식구 무사히 지내기만 축수하였다. 우리 모자(母子) 상해 갈 준비를 바라고 있었다.

우리 규동이가 차차 자라면서 지각이 드는데, 이같이 남의 집에서만 데리고 있으니 자식까지 버리겠다는 생각에 정신이 아득하였다. 저의 백부께로 가서, 천자(千字)라도 가르쳐 주시라고 장단 큰댁으로 경오년(1930) 12월에 데리고 갔다.

그날부터 저의 백부에게 글을 배우며 지냈다. 규동을 데리고

과세: 설을 쇰.

언니: 서울 사투리로 형을 뜻함.

낙루: 눈물 흘리다.

결연한: 무언가 없어서 서운하다.

일성: 이준(李儁)의 호 중 하나. 1859~1907. 함경남도 북청 출신. 자는 순칠(舜七), 호는 해사(海史), 청하(青霞), 해옥(海玉). 1898년 독립협회와 1902년 비밀결사 개혁당에 가입하고 일본인의 황무지 개척권 요구와 을사조약에 반대하는 운동을 전개. 1907년 헤이그 만국평화회의에 밀사로 파견되어 조약의 무효를 선언하고 한국 독립에 대한 지원을 요청하였으며 현지에서 순국.

봉익동: 서울 종로구 소재. 북으로 권농동, 동으로는 훈정동, 남으로는 종로 3가, 서쪽은 묘동으로 둘러싸인 긴 사다리꼴 모양의 지형을 이루고 있다. 일제가 여러 동들을 합치면서 이 지역에 조선 초기부터 환관이 많이 살았음에 착안해(환관은 왕을 상징하는 봉鳳의 날개翼에 붙어서 산다) 붙인 이름이다.

과세(過歲)하고, 나는 과세 후 서울로 떠났다. 배 타는 데 식구가 다 와 작별하는데, 규동이가 지각 난 아이같이 조금도 엄마 떨어지는 슬픔을 안 보이고 천연히,

"엄마, 제 걱정 말고 안녕히 가셔요. 이다음 오실 때 과자나 많이 사다 주셔요. 나는 큰아버지와 언니 말 잘 듣고 글도 잘 배우며 잘 있을 테니, 걱정 마시고 안녕히 가셔요."

하는 걸 보고 서 있던 저의 형수가 낙루(落淚)를 하며 업고 돌쳐 집으로 들어가는 걸 보는 내 가슴이야 오죽했으리오.

나는 종일 찻간에서 규동을 못 잊어하고 결연(缺然)한 심사 산란하건만, 큰댁에 있자니 넉넉지도 못한데 일 없이 있기도 갑갑하여 서울로 왔다. 서울 와 시외가 댁과 대고모님 댁을 다니며 며칠을 보냈다.

❀

가군 지기(知己)로 막역하신 일성 이준(一醒 李儁) 열사의 부인 이일정(李一貞) 씨는 봉익동(鳳翼洞)에 사는데 가끔 갔다. 피차 혁명 가족이라 사정은 일반인지라, 그 부인이 항상 사람을 연락하여

해아: 헤이그.

자품: 타고난 바탕과 성품.

오활: 사리에 어둡고 세상 물정을 잘 모르다.

능활: 능력 있고 교활하다.

층생첩출: 일이 여러 가지로 겹쳐서 자꾸 생겨남.

청하면 가서 침선도 같이 하고 다정히 지냈다.

이준 열사는 해아(海牙)에서 열린 여러 나라의 '만국평화회의(萬國平和會議)'에 보재 이상설 씨는 상사(上使)로, 이준 씨는 부사(副使)로, 고종 황제께서 두 분께 밀서를 주어서 해아로 보내셨다. 고종 황제께 우당장과 이상설 씨와는 친족이라, 두 분이 비밀히 하며 주선하신 게 분명하다.

이러므로 두 분이 해아 갈 때 공기가 산란, 우리에게도 조사가 심하고 그때 무섭던 게 어제 같은데 70년이 가깝도다.

시인(是人) 임경호는 우당장 제자라, 자품(資稟)이 오활(迂闊)하고 친구의 교제가 능활(能猾)하여 수단이 층생첩출(層生疊出)한 사람이다. 임경호 말이, "사모님 가시는 것은 제가 책임지겠습니다" 하여 그 말을 믿고 5, 6년을 허송하였는데, 시인 역시 일이 잘 안 되니 어찌하리오. 40년 전만 해도 4, 5백 원이란 돈은 큰 재산으로 알고 있었지만 눈 밝은 왜놈과 형사의 요시찰을 벗어나기란 용이한 일이 아니니 왜놈이 우리에게는 대천지원수(戴天之怨讐)로다.

여류한 광음은 경오년(1930)이 다 가고 송구영신에 신미년(1931)이 되었다. 그간 이영구는 여러 해를 속고 지낸 바 있으나 설마 금년은 가게 되겠지 하는 희망에 그날그날을 싸우며 지냈다.

만보산 사건: 1931년 7월 2일에 중국 만주 길림성 장춘현 삼성보(三姓堡)에 있는 만보산 지역에서 일본의 술책으로 한국인 농민과 중국인 농민 사이에 수로(水路) 문제로 일어난 충돌 및 유혈사태. 이는 만주 사변을 촉발하였으며 반(反)화교 폭동을 일으키는 원인으로도 작용했음.

재만 동포: 만주에 거주하던 동포.

서정희: 1877~?. 농민운동가, 정치가. 경기도 포천 출신. 자는 성전(聖傳), 호는 농천(農泉), 묵재(默齋). 어려서 한학을 배우고 관립영어학교에서 수학. 1896년 독립협회에 가입하고 1906년 나철 등과 대한신민회 조직. 1919년 3월 광주에서 시위운동을 주도하고 조선노농총동맹 중앙상무집행위원 역임. 1931년 11월 만주동포문제협의회의 위문사로 만주에 파견. 해방 후 한국민주당의 핵심 간부로 제헌국회의원 당선. 6·25 때 납북.

월여: 한 달이 조금 넘는 기간.

신미년 10월부터 만주 사변이 일어나고 만주 만보산(萬寶山) 사건이 터졌다. 재만(在滿) 동포 피란민들에게 대하여 조선일보사에서는 서정희(徐廷禧) 씨, 한기악 씨, 남상엽(南商燁) 씨, 이승복(李承福) 씨 여러분이 주장하여 구제금을 동포들에게서 모아 재만 피란민에게 보내었다.

이영구는 여식 형제와 사위 세 식구가 만주 할림 지방에 가 있는지라 만주 사변 소문을 들은 후로는 주야로 걱정이 되었다. 하루는 척숙 윤복영 씨가 와서

"지금 만주 사변으로 인한 재만 동포 구제금을 조선일보사에서 거두어 보내는 분들이 선생님 동지들이니, 혼자 걱정만 하지 마시고 조카님이 친히 가서 한기악 씨를 찾아가 사정을 하시면, 한 군은 또 선생님 제자인 데다 구제금을 처리하고 있으니 한 군이 말만 잘하면 세 식구 구제할 도리가 생길 듯합니다."

하기에 그 이튿날로 신문사에 가서 한 씨를 찾아 사정을 하였다. 한 씨가 여러 분에게 말을 하여 15원을 주어 여식 규숙에게 그것을 부친 후 하회(下回)만을 기다리고 있으나 월여(月餘)가 되어도 소식이 막연하니, 주야로 초조로운 마음으로 시일을 보내는데, 신

속한 광음이 임신년(1932) 정월 하순이 되도록 소식이 없는지라.

답답하여 하루는 조선일보사로 문의해 보고자 일찌감치 나서려고 하는데 시외가에 있는 학생이 와서, "할머니를 찾아 처녀들이 왔다" 하거늘, 급히 문에 나가니 규숙 형제가 들어왔다. 우리 모녀 작별한 지 5, 6년 만에 피차 허다한 파란을 겪으며 난리 중에 무사히 왔으니 반가운 마음 어찌 다 형언하리오.

그때만 해도 저의 부친 생존하신 때라, 다만 생활난으로 모녀가 수천 리를 격하고 그립게 지냈을 뿐이라. 금전만 용서되면 만사가 해결될 것으로 생각하고 주야로 가군의 신체 건강하시기만 축수하고 지냈던 터라, 사변통에 그립던 여식들이 난리를 무사히 피신하여 온 것만이 기쁘나 사위가 못 나와서 주야로 염려되었다. 즉시로 저의 형제 무사히 온 것을 알리고자 몇 자 써서 부쳤더니 회답에 자기도 무사하다 하여 안심을 했다.

한편 상해에 가 계신 저의 부친에게도, 재만 동포 구제금을 한기악 씨와 서정희 씨에게 말하여 두 분이 특별히 생각해서 세 사람 여비로 15원을 주어, 그 돈으로서 여식 형제가 무사히 피신하여 서울로 잘들 왔다고 알려 드렸더니, 며칠 후에 상해에서도 안녕하시다는 회답과, 그러지 않아도 난리 중 현숙 형제가 여러 가

신경: 현재 길림성 성도인 장춘(長春, 창춘). 만주 사변을 일으킨 일본이 1932년 만주국을 건국하고 장춘을 수도로 선포한 다음에 신경으로 개칭했으나, 1945년 만주국이 해체되고 소련군이 점령한 다음 다시 장춘으로 개칭.

시외육촌 오라비: 시외사촌인 정준모의 사촌.

지로 걱정이 되었더니 무사히 서울로 피신하여 갔다니 안심이 된다고 하시면서, 그 돈을 얻어 보내느라고 얼마나 고생을 했겠으며 또한 한 군의 의리가 감사하다고 하셨더라.

규숙은 저의 부친 문안까지 듣고 저의 시누이 집에 가서 일주일을 유하다가 신경(新京)으로 갔다. 현숙은 나와 함께 지내면서 상해로 갈 준비만 되면 곧 갈 예정을 하고 있으니 마음은 한결 태연해지나, 거처가 편하지 못하여 어린 현숙이가 불편해하는 것이 여실히 보이나, 천품이 온순하여 누구에게든지 사랑을 받는데, 그중에서도 시외육촌 오라비가 유난히도 사랑해 주어 그 댁에만 가 있더라.

진하고: 다하고. '삼철이 진하고'는 봄, 여름, 가을 세 계절이 지났다는 뜻.
신지: 새로운 지역.

제4장

우당의 서거

1932

어느덧 신속한 광음은 삼철이 진(盡)하고 초동(初冬)인데, 하루는 상해에서 가군의 편지가 왔는데 별 말씀 없으시고 다만 몇 자뿐으로 "지금 신지(新地)로 가서 안정이 되면 편지한다" 하시고는 "지금 떠나니 답장 말라"고 하셨다. 어찌된 일인지 놀랍고도 궁금하여 우관 선생께 가서 편지를 보이고는 어떻게 된 영문이냐고 물었더니 그분 역시 생각하시면서, "아마 만주는 못 오실 것이고, 남경으로 가시는 모양이오" 하며 궁금해하신다. 수만 리 이역에

침식: 먹고 자는 일.

경경불매: 걱정이 되어 잠을 못 이루다.

신경 여식: 규숙.

대련(다롄): 요령성 요동(遼東) 반도 남단부에 있는 도시. 청일 전쟁 후 러시아가 부근의 해안을 조차하여 항만을 건설. 러일 전쟁 후 일본이 조차하여 남만주철도 본사를 이곳에 두고 만주 경략의 거점으로 삼았다.

북만: 북만주.

서 마음만 답답하지 무슨 도리가 있으리오. 이 편지는 10월 상순에 왔는데 회답도 할 수 없고, 마음이 산란하기가 한량없어 그날부터 침식(寢食)이 불안하였다. 현숙을 데리고 통동(通洞)서 경경불매(耿耿不寐)하고 있는 지가 7, 8일이 되는 10월 19일, 신경 여식한테서 편지가 오기를,

'오늘 영사관에서 저에게 조사를 하러 왔는데, 아마 아버님께서 저에게로 오시다가 대련(大連)수상경찰(水上警察)에 피착(被捉)된 것 같으니, 어머님께 조사가 오거든 다른 말씀마시고 딸이 신경서 산다고만 하세요.'

하는 내용이었다. 하도 놀랍고 마음이 초조로워 즉시 편지를 가지고 가서 우관께 여식 편지를 뵈니, 우관께서도 놀라며, "선생님께서 어쩌자고 만주를 오셨단 말인가?" 하시고는 걱정스러워하더니,

"어쩌면 그놈들이 우당장께서 상해를 떠나셨다는 소문을 듣고 우리네 뒤를 떠보는지도 모르니 며칠 더 기다려 봅시다. 아무리 생각해 봐도 북만(北滿)은 왜놈의 기세가 잔뜩 차서 오실 수가 없

大連警察署에取調中

李會榮氏永眠

◇享年은六十六歲

상해(上海)에 망명중인 리시영(李始榮)씨의 친형리회영(李會榮)(六六)씨는 얼마전상해를떠나 모방면으로려행하다가 대련경찰서(大連警察署)에인치되어 취조중별세하얏다는부고가 장춘(長春)에잇는 씨의친녀 리경숙(李卿淑)씨에게 속달되엇다 씨는 일한합방당시에 만주방면으로 솔가망명한후 이래 十년동안 민족운동에 몰두하든이라한다

리회영씨의부고를접한 장춘의 리경숙씨는 十八일밤장춘발렬차로 대련(大連)에 향하얏다한다 (사진은 리회영씨)

이회영 서거 내용이 실린 기사. 내용 중 '친녀 리(이)경숙'으로 언급된 인물은 실제로는 규숙으로, 경숙은 규숙이 썼던 이름 중 하나라고 한다(동아일보, 1932. 11. 22.)

었을 것이니, 너무 걱정 말고 기다려 봅시다."

하거늘, 우관 말씀을 듣고 일분 안심이 되나 어찌 마음 놓을 수가 있으리요.

❀

10월 21일은 의당장 큰손자 첫돌이라. 몇 달 전부터 의당장 내외분과 그 집 며느리가 희목 돌에 오셔서 떡이나 보아 달라고 하던 건데 내가 무슨 경황으로 떡 만들러 가리요마는, 여식 편지가 너무 의심스러워 그 편지를 가지고 의당 선생께 보이니 그분 역시 우관 말과 같은지라. 그리고는 의당 선생 말이 "선생님께서 천품이 모험성이 많으신 분이라 해도 이같이 경솔한 행동은 안 하실 것이며, 위험한 곳은 피하며 다니시니 너무 걱정 마시고 상해 규창에게 편지나 보내 보시오" 하기에 그럴듯도 하여 좀 안심을 했다.

그래도 마음은 초조로운데 남보기가 좋지 않을까 하여 안정을 한 후에, 이왕 왔으니 떡이나 만들어 볼까 하고 송편을 만들고 있노라니까 밖에서 "현숙아!" 부르시는 음성이 시외숙모시라. 급히 나가 보니 시외숙모께서 전보를 주시면서, "신경에서 통동으로 전

오늘 오전 5시에 돌아가셨다: 이은숙이 전보를 받은 것은 음력 10월 20일로, 실제로 이회영이 사망한 날은 10월 19일(양력 11월 17일)로 알려져 있다.

호천망조: 어찌할 줄 모르며 하늘에 호소하다.

붕성지통: 성(城)이 무너질 만큼 큰 슬픔이라는 뜻으로, 남편이 죽은 슬픔을 이르는 말.

한 식경: 밥 먹을 동안만큼의 시간으로, 한참 동안.

보가 왔다고 가져왔기에 내가 왔다" 하시면서 전보를 주고 가신다. 어떤 전보인가 하고 의당 선생을 주었더니 선생이 보시더니

"이게 웬일인가? 내가 전보를 잘못 보았나? 이 전보에는 '선생님께서 오늘 오전 5시에 돌아가셨다'고 했는데 내가 일어 말을 잘 모르니 어디 내가 우편국에 가서 자세히 알아보고 오겠다."

하시고 황망히 나가셨다. 좀 있다가 들어오시면서 말을 못 하시고는 낙루하시며, "정말 돌아가신 전보다" 하니, 슬프도다, 6, 7년을 고심열성(苦心熱誠)으로 수만 리 이역에서 상봉할 날만 고대하였더니 이런 흉보를 받게 될 줄이야. 하늘이 무너지는 듯 호천망조(呼天罔措)하며 붕성지통(崩城之痛)을 당한 이내 박명 무슨 낯을 들고 다니리오.

마치 정신 나간 인간같이 전보를 들고 어안이 벙벙하여 있다가, 행촌동(杏村洞) 뒷산으로 천방지축 미친 사람같이 낭떠러지 구렁텅이에 빠져 가며 간신히 몸을 이끌고 사직동으로 나와서, 효자동 우관 선생 집을 찾아가서 전보를 보였다. 우관이 받아 보고 아연실색하여 한동안 말을 못하다가, "이런 변이 또 어디 있으리요" 하고 한 식경이나 말없이 앉아 계시는데, 의당 선생이 현숙을 데

유체낙루: 눈물을 흘리다.

체읍: 눈물을 흘리며 울다.

김현국: 1905~1946. 아나키스트. 경기도 이천 출신. 1928년부터 아나키즘을 표방한 항일독립운동을 전개. 1929년 무정부계열 항일비밀결사인 문예운동사(文藝運動社) 조직. 일본의 군국주의와 식민지 통치를 반대하는 활동을 전개하던 중 일경에 체포되어 옥고를 치름. 1931년 비밀결사 언론기관인 자유연합사를 조직하고 활동하던 중 다시 체포되어 옥고를 치르고 석방됨. 건국훈장 애족장. 해방 후 보왕장(寶王藏)이라는 귀금속점을 운영하였고 이후 규동이 취직.

소완규: 1902~?. 일제 강점기와 대한민국 건국 초기의 법조인. 전라북도 익산 출신. 일본식 이름은 고바야시 에이지(小林英司). 니혼대학과 메이지대학 유학. 일제강점기 말기에는 친일단체에서 활동. 국민동원총진회 중앙지도위원과 조선임전보국단 평의원 역임. 해방 후 서울에서 변호사로 활동하면서 미군정하에서 사법부 차장 역임. 6·25 때 실종. 납북된 것으로 추정.

유창환: 1870~1935. 자는 주백(周伯), 호는 우당(愚堂). 의병을 조직하려다 일경에 체포되었고 향리에 학교를 설립함. 이상재·유진태·남궁훈 등과 조선교육협회를 창립하여 인재 양성에 힘씀. 문장에 능통하고 금석(金石)에도 조예가 있었던 서예가이기도 함. 도록으로는《우당절필(愚堂絶筆)》등이 있음.

신석우: 1895~1953. 서울 출신. 와세다대학 졸업 후 중국으로 건너가 1919년 3월 상하이에서 고려교민친목회(高麗僑民親睦會)를 조직하고 회장으로 선임. 귀국 후 1924년에는 연정회(研政會) 조직을 계획하고 조선일보를 인수하여 민족언론 창달을 위해 헌신. 1927년 신간회에 참여하여 총무간사 및 경성지회(京城支會) 대표로 선임. 광복 후 초대 주중대사 역임. 건국훈장 독립장.

서승효: 1882~1964. 충청남도 청양 출신. 언론인. 1908년 일본 유학을 갔다가 1910년 국권침탈 후 신흥무관학교에서 교관 역임. 최남선의 소개로 매일신문의 이상협을 만나 기자가 됨. 이상협과는 1920년 동아일보 창간에 함께 참여했고 1924년 조선일보로 같이 이직함. 기자 월급을 모아 독립자금에 보탬. 광복 후 조선일보 지방부장과 동아일보 편집 고문, 자유신문 객원사원 등 역임.

리고 우관 선생 집으로 오셔서 장단 큰댁으로 전화를 했다. 나는 현아를 데리고 통동으로 갔더니 할머님 모자분이 나를 잡고 유체낙루(流涕落淚)하고 우리 대고모님 슬피 체읍(涕泣)하신다. 시외가로 가니 아주버님이 우시며 말을 못 하시고 일시에 울음으로 날을 새웠다.

그날은 임신년(1932) 10월 20일에 전보를 받고, 21일은 당주동(唐珠洞) 시외가에서 신체도 없는 초종(初終)을 치르게 되었다. 그날부터 여러 동지, 이득년 씨, 유진태 씨, 이정규 씨, 김현국(金顯國) 씨, 곽종무 씨, 소완규(蘇完奎) 씨, 이기환 씨, 홍증식 씨, 박돈서 씨, 유창환(俞昌煥) 씨, 신석우(申錫雨) 씨, 서승효(徐勝孝) 씨, 여운형(呂運亨) 씨, 여운일(呂運一) 씨 등 여러 동지와 옛날 죽마고우로 같이 예궐(詣闕)하시던 친구들도 여러 분이 날마다 오셔서 종일 의논들을 하시고는 낙루(落淚)도 하였다.

그 원수의 왜놈도 왜놈이려니와, 우리 동포 형사들은 어찌 그리 동정도 없고 미운지, 날마다 종로서며 각 경찰서에서 나와 있으니, 생전사후(生前死後)까지 원수로다. 당시 신설된 지 수삭밖에 안 된 중앙일보사에는 우당장의 동지들이 많은 고로 중앙일보사에서 전담하다시피 하였다.

여운형: 1885~1947. 호는 몽양(夢陽). 1918년 신한청년당을 조직하고 2·8 독립선언과 3·1운동 추진. 임시정부에서 외무부 차장 등 역임. 1933년 조선중앙일보사 사장에 취임하여 언론을 통한 항일투쟁을 전개하다가 손기정 선수의 '일장기 말소사건'으로 조선중앙일보 폐간. 1944년 비밀리에 건국동맹을 조직하여 광복을 준비. 해방 후 건국준비위원회와 조선인민공화국을 결성하고 1946년부터는 좌우합작운동을 전개했으나 이를 반대하는 세력으로부터 수차례 테러를 당하던 끝에 1947년 암살됨. 건국훈장 대한민국장.

여운일: 생몰연대 미상. 여운형의 사촌 동생. 일본 유학. 월북한 화학공학자 여경구(1913~1977)의 부친. 1900년경 강릉 선교장의 주인 이근우가 동네 유지들과 더불어 설립했던 근대식 학교 동진학교(東震學校, 1911년 폐교)에서 교사로 근무.

예궐: 궁궐에 들어감.

생전사후: 살아 생전과 죽은 후에.

중앙일보: 과거 중외일보를 계승해서 1931년 11월에 창간. 1933년 여운형이 사장에 취임하면서 제호를 조선중앙일보로 고쳤으며 동아일보·조선일보와 함께 조선의 3대 일간지.

10월 21일엔 장단서 가아 규룡이 오고, 신경서는 여식 규숙이 대련을 21일에 떠난다고 전보가 오니 슬프도다, 첩첩이 쌓인 유한을 어느 곳에 가 호소하리오.

여식 규숙이가 대련에 도착하여 바로 수상경찰서를 찾아가 저의 부친 함자를 대니, 형사들이 영접은 하나 꼼짝을 못하게 지키고는, 여러 신문 지국장들이 여식을 면회하고자 청하나 형사들이 허락을 안 해 주니 어찌하리오.

당시 여식 연령이 22세로 저의 부친께서 고문에 못 이겨 최후를 마치셨다는 의심을 가지고, 저로서는 지국장(支局長)들이 면회나 하여 주었으면 저의 부친 신체를 다른 곳으로 모시고 수의(壽衣)라도 만들어 과히 유감없이 화장이라도 하려고 한 게 원수의 왜놈들이 면회도 못하게 하여 혼자 어찌할 바를 모르다가, 형사가 시키는 대로 시체실에 가서 저의 부친 신체를 뵈었다. 옷은 입으신 채로 이불에 싸서 관에 모셨으나 눈은 차마 감지를 못하시고 뜨신 걸 뵙고 너무나 슬픔이 벅차 기가 막힌데, 형사들은 재촉을 하고 저 혼자는 도리가 없는지라, 하는 수 없이 시키는 대로 화장장에 가서 화장을 하고 유해를 모시고 신경으로 왔으니 슬프도다. 영웅 열사의 마음 천지를 뒤집어 보고자 한 것인데 그 원수

여순에 있는 이회영의 시신 화장장

배설: 연회나 의식에 쓰는 물건을 차려 놓음.

질아 사은 내외: 규봉 내외.

풍세: 바람의 기세.

같은 왜놈의 손에서 최후를 마치시다니 오호, 통재라.

임신년 10월 25일에 여식 규숙이가 저의 부친 유해를 모시고 신경으로 왔다는 전보를 받았다. 그 이튿날 26일 오후 열 시, 급행차로 가아 규룡이가 신경으로 가서 저희 남매 실성통곡 후에, 유해를 모시고 임신년 11월 초하루 오전 5시 5분에 장단역에 도착한다는 전보를 받았다. 서울에서는 10월 29일에 이득년 씨, 유진태 씨 두 분이 장단역에 내려가서 유해가 도착되는 대로 임시 모실 곳을 정하려고 하는데, 악질 같은 왜놈들도 그때는 동정심이 났던지 넓은 역전 창고를 빌려 주어 그곳에다 영결식장을 배설(排設)했다.

그렇듯 춘일(春日)같이 따뜻하던 일기가 가군 돌아가신 전보가 있으면서부터 춥기 시작했다. 29일 오후에 서울서는 우리 모녀, 질아 사은 내외, 딸 셋, 생질, 시외사촌 부자분, 손녀 내외와 가군 동지들과 옛날 친구 오륙십 명 선생들이 장단역으로 내려갔다. 그날 오후부터 눈발이 날리면서 밤 초경(初更)이 되자 풍세(風勢)가 심하여 어찌나 추운지 영결식장에 배설해 놓은 병풍과 차일(遮日)이 다 날아가 혼잡을 이루니, 오호라, 가군의 영혼이 원통하여 이같이 하신다고 여러 분들이 더욱 슬퍼들 하시더라.

장덕수: 1895~1947. 황해도 재령 출신. 호는 설산(雪山). 상해에서 여운형 등을 만나 독립운동의 방략을 논의하고 1918년 여운형과 함께 신한청년당 결성. 1920년《동아일보》창간과 더불어 초대 주필과 부사장 역임. 해방 후 한국민주당의 창당을 주도하고 우파 세력의 정당과 주요 정치단체에 참여하여 대표적인 이론가로서 활동. 1947년 자택에서 암살됨.

김철중: 1883~1962. 전라북도 옥구 출신. 동아일보 발행인 겸 편집인으로 1926년 3월과 8월에 항일기사를 게재하였다가 체포되어 옥고를 치름. 건국포장.

흉격: 심장과 비장 사이의 가슴 부분.

목불인견: 차마 보지 못함.

목석: 나무와 돌 등 생명 없는 것들.

조전: 발인 전에 영결을 고하는 제사 의식.

큰며느리: 규룡 처.

한편 변영태 씨, 장덕수(張德秀) 씨, 여운형 씨, 당시 동아일보사 편집국장 김철중(金鐵中) 씨, 조선일보사에서는 서승효 씨와 여러 분이 각각 사진 기자를 데리고 내려왔다. 박돈서 씨, 홍증식 씨, 신석우 씨 세 분이 평양까지 마중 가셔서 유해를 모시고 임신년 11월 1일 오전 5시 5분에 기차로 역전에 도착하니 슬프도다, 가군의 유해를 아들 규룡이가 모시고 오는 걸 보고 있는 이영구의 심사이리오.

6, 7년을 서로 가난 고초를 겪으며 열성으로 기다리던 마음이 이제 춘설같이 사라진 일 생각하면 흉격(胸膈)이 막혀 혼절할 지경이로다. 뼈간장이 녹게 불쌍한 우리 규동이, 7세가 되도록 부친을 승안하지 못하고, 저의 부친 유해를 만지며 슬피 우는 정경 목불인견(目不忍見)이고, 사람은 말할 것도 없고 목석(木石)까지 슬퍼하는 듯하니, 인간의 인정으로야 말할 여지가 있으리오.

박돈서와 서운부가 나를 부축하여 여관에 눕히니 나는 다시는 유해 계신 곳에 갈 수도 없고 규동이만 안고 정신을 놓고 있었다. 날이 밝으면서 사처내라는 강변 모래사장에 조전(祖奠)을 진설하고, 제물은 큰며느리가 큰댁에서 차려 가지고 와서 조전을 모시는데, 유가족, 여러 친척들, 여러 동지들 슬피 통곡하는 소리 산

목석금수: 나무, 돌 등의 사물과 짐승.

무광: 빛이 없다.

반우: 장례를 지낸 후 신주(神主)를 집으로 모셔 오는 것.

일구월심: 날이 오래고 달이 깊어 간다는 뜻으로, 무언가 바라는 마음이 세월이 갈수록 더해짐을 이르는 말.

동가숙서가식: 떠돌아다니며 얻어먹고 지냄.

구천지하: 땅속 깊은 밑바닥이란 뜻으로, 죽은 뒤에 넋이 돌아가는 곳을 이르는 말.

여취여광: 너무 기쁘거나 감격하여 미친 듯도 하고 취한 듯도 하다는 뜻으로, 이성을 잃은 상태를 비유적으로 이르는 말.

악이 무너지는 듯, 목석금수(木石禽獸)까지 슬퍼하는 듯, 일월(日月)이 무광(無光)하고 산천초목이 다 슬퍼하는 듯하는 미망인은 말을 어찌 형언하리오.

한편 시간이 바쁘신 분은 조전 참례만 하고 상경하시고 시간의 여유가 계신 분은 장지까지 가서 참례를 마치고 늦게들 반우(返虞)와 같이 큰댁으로 오시니, 슬프도다, 가군의 자취는 임신년 11월 1일에 이로써 마지막을 고하셨도다.

우리 규동이는 그때 7세라. 언어 통할 때부터 아버지에게 가자고 일구월심(日久月深) 바라던 것인데, 그렇다고 누가 있어 못 가게 말린 것도 아니고 다만 생활 문제로 이달 내달 한 게 6, 7년을 못 가고 차일피일하며 동가숙서가식(東家宿西家食) 하던 것이, 어린것에게 일생을 두고 유한(遺恨)되게 하였으니, 어미된 이영구의 골수에 맺힌 여한은 구천지하(九泉地下)에 가서나 가군에게 사과할까? 어느 누가 우리 모자의 첩첩이 쌓인 유한을 이해하리오.

이같이 되는 줄 알았더라면, 여비만이라도 주선하여 갔더라면, 우리 규동이 저의 부친 승안하고 모시고 지냈으면 이런 유한은 없었을 것이고, 또 이런 변은 말리고 못하시게 했을지도 모를 일이거늘, 지금도 생각하면 여취여광(如醉如狂)이로다.

큰댁: 이건영 댁.

상청: 죽은 이의 영위(靈位)를 두는 영궤(靈几)와 그에 딸린 물건을 차려 놓은 곳.

조석상식: 상가에서 아침저녁으로 궤연에 올리는 음식.

초토: 거적자리와 흙베개란 뜻으로, 거상(居喪) 중임을 가리키는 말.

엄친: 가친(家親). 남에게 자기 아버지를 높여 이르는 말.

반우가 큰댁으로 들어오시니 큰아들 내외가 섭섭하다고 상청(喪廳)을 모셔 조석상식(朝夕上食)을 정성껏 지극 효심으로 받드나, 내가 객지(客地)고 더욱이 큰아들 규룡은 가군의 장자로 백부에게 출계한 후니 생가 부모 3년 초토(草土)는 예절에도 없는 법이라, 소기 후에 철거하기로 정했으니 세월이 갈수록 첩첩한 이 유한지통(遺恨之痛)을 어찌 다 형언하리오.

가군의 부고 듣고 동지 김현국, 곽종무 등 몇몇 분은 우당장 부고를 여러 곳에다 전했다고 3주일을 동대문 경찰서에 구속을 당한 일까지 있었다. 한편 여식 남매 현숙과 규동은 큰댁에 두고 그곳 장단국민학교에 남매를 입학시켜 다니게 하고, 이영구는 서울에 와 있다가 규동 남매를 보고 싶으면 장단으로 가기로 하였다.

한편 가아 규창이는 13세 때 내가 조선으로 나온 후 7, 8년이라는 긴 세월을 저의 엄친을 모시고 극진히 시봉하여, 보고 오는 동지들이 모두 지극한 효자라 일컬었다. 그 추운 일기에도 저의 부친께서 기한(飢寒)을 못 견뎌 하시면 어린것이 어떻게 주선을 하는지 화로에 불도 해 놓고 빵이라도 사다가 시장을 면하시게 해드린다고, 과거에 우당장께서 자제들에게 어떠한 효를 받으셨는지는 모르겠지만 지금 효도 받으시는 자제는 규창이라고 칭찬들

革命烈士证明书

李会荣 同志于[illegible]壮烈牺牲，经批准为革命烈士，特发此证，以资褒扬。

中华人民共和国民政部

二〇〇〇年 月十二日

중국정부에서 이회영에게 수여한 혁명열사증명서(2000)

문부: 부고.

졸곡: 삼우(三虞)가 지난 뒤에 지내는 제사로, 사람이 죽은 지 석달 만에 오는 첫 정일(丁日)이나 해일(亥日)을 가려서 지낸다.

을 했다. 가끔 가군의 편지에도 규창이 자랑을 하시기를 '내 일생에 참다운 동지가 없어 자식이라도 참다운 동지가 있기를 소원하였더니, 우리 규창이가 동지요, 효자라'고 기뻐하시며 칭찬하시던 편지가 지금도 있을 것이로다.

이렇듯 규창이가 저의 부친을 20년 동안 모시고 시봉하다가 떠나신 지 20일쯤 되어 놀라운 문부(聞訃)를 듣고 오직 슬퍼하고 의지(依支) 없어 하였으리오. 그 일 다시금 못 잊히고 잔인, 애처롭지.

세월 여류하여 졸곡(卒哭)이더니, 날이 갈수록 만사가 더욱 밝아진다.

고고촉처: 닿는 곳마다 고통이다.

실인: 아내를 일컫는 말.

궤연: 죽은 이의 혼령을 위하여 차려 놓은 영궤(靈几)와 그에 딸린 모든 물건.

유한극통: 가슴에 남은 한과 극한의 고통.

천정연분: 천생연분.

언어동정: 일상의 행동거지.

심절: 깊고 간절하다.

정화: 정다운 이야기.

동기지친: 형제를 일컫는 말.

만당: 집에 가득하다.

분거: 따로 살다.

미망인 이영구는 고고촉처(苦苦觸處)에 쌓인 유한을 가군 영전에 고하오니 영혼이 계시면 자세히 들으시옵소서.

유세차(維歲次) 임신(1932) 12월 초엿새 정묘(丁卯)에 실인(室人) 이영구는 가군 우당 이회영 궤연(几筵)에 첩첩이 쌓인 유한극통(遺恨極痛)을 대강 고하나이다.

오호 통재라. 천정연분(天定緣分)이 지중하던지 우리 종조 해관장의 중매던지, 무신(1908) 10월 20일에 가군과 결혼하여 천지에 맹세하고 백년언약을 태산반석같이 굳게 맺고 지내고자 할 제 처의 방년 20세라. 우리 부모의 무남독녀로 매사가 우매하여 가군의 온후하신 미덕으로 처의 언어동정(言語動靜)을 일일이 교훈하여 번창한 동기 간에 큰 과실이 없게 화목을 지키고 지냈으며, 자녀에게도 혹시나 틈이 있을까 하여 염려하던 심절(深切)한 경계(警戒)의 정화(情話)와 지극한 인애(仁愛)의 의향 어찌 다 받드리오.

처는 다만 가군을 대하기를 하늘같이 우러러보고 스승같이 섬기고 지냈던 것입니다. 처가 시댁에 오니 동기지친(同氣之親)이 만당(滿堂)하나 다 각각 분거(分居)하시니 연소한 처 마음에 의뢰함은 가군뿐이라.

송구산란: 두렵고 거북하며 어수선하고 뒤숭숭하다.

시시: 수시로.

설유: 깨우쳐 주다.

암매무지: 어둡고 무지하다.

권구: 식구.

단취: 한데 모이다.

완악: 성질이 억세고 고집스럽다.

만족총굴: 만주족 소굴.

회초일: 회일은 한 달의 마지막 날, 즉 그믐날. 정월 회초일은 정월 말일과 2월 1일.

대인난: 사람 기다리기가 퍽 힘이 듦.

되놈: 예전에 (만주 지방에 살던) 여진족을 낮잡아 이르는 말.

성상: 해.

설산: 살림을 차림.

기미운동: 3·1운동.

잠시만 가군이 아니 계셔도 어디다 의탁할 줄 몰랐지요. 시운이 불길하여 경술년(1910) 한일합방된 뒤에 만주로 이사하여 여러 동기가 일실(一室)에 모여 지내며 6, 70명 권솔이 송구산란(悚懼散亂) 하건마는, 가군이 시시(時時)로 설유(說諭)하시되 "역경을 당할 때에는 만사를 잘 참고 지내라"고 말씀하신 것이 지금 와서 다 몽중사(夢中事)가 되고 말았으니 어찌 비감치 아니하리오.

암매무지(暗昧無知)한 처 생각에는 만주만 가서 생활하면 권구(眷口)가 단취(團聚)하여 지낼 줄 알았더니, 가군께서는 노령으로 조선 계실 때보다 10배나 더 분주하게 봉천으로 왕래하시니, 처의 몸을 완악(頑惡)한 만족총굴(滿足叢掘)에 던져두시고 1일 1시도 가정에 계시지 않으셨죠.

계축(1913) 정월 회초일(晦初日)에 가군이 홀연히 조선으로 가시면서 "내가 속히 돌아올 테니 그리 알라" 하시더니 다섯 해가 되어도 오시지 아니하셨지요. 옛말에 대인난(待人難)이라더니 처와 같은 대인난이 다시 어디 있으리오. 만주 되놈들과 이웃하여 젊은 여자가 고적히 5년 성상(星霜)을 지내니 얼마나 쓸쓸하며 얼마나 답답하였겠습니까?

처가 참고 참다 못하여 정사(1917) 5월에 유아 남매를 대동하고 가군을 조선으로 찾아와서 여관 살림 같이 설산(設產)하고 지내다가 기미운

오동추월: 11월의 달, 가을 달.

옥류금풍: 신선하게 부는 가을바람과 구슬과 같은 이슬.

미량: 조금 서늘함.

염량세태: 뜨거웠다가 차가워지는 세태라는 뜻으로, 권세가 있을 때에는 아첨하여 좇고 권세가 떨어지면 푸대접하는 세속의 형편.

기아남루: 배를 곯고 옷차림은 남루하다.

동(己未運動)에 미쳐서 가군은 북경으로 먼저 가시며 처더러 말씀하시기를 "추후 오라" 하셨지요. 3월경에 박돈서와 동반해서 북경에 도착하니 가군은 상해로 가시고 아니 계시기에 처가 여관 살림을 하면서 상해만 멀리 바라보고 고독히 또 지내더니, 오동추월(梧桐秋月)은 명랑하고 옥류금풍(玉流金風)은 미량(微凉)한데 기쁜 소식이 들렸지요.

가군이 북경으로 돌아와서 3천 리 타향에서 부부 상봉하고 인해서 살림을 시작하게 되니 든든하고 반갑기가 세상에 저 한 사람인 듯하였지요. 연약한 체질에 피로도 돌아보지 않고 사랑에 계시는 가군 동지 수삼십 명의 조석 식사를 날마다 접대하는데, 혹시나 결례나 있어서 빈객들의 마음이 불안할까, 가군에게 불명예를 불러올까 조심하고 지낸 것이 가군만 위할 뿐 아니라 가군의 동지들도 위한 것이올시다.

슬프다, 시운이 못 됐던지 생활이 곤란하여 조석을 절화(絶火)하니, 조석으로 상대하던 동지들이 차차로 희소(稀少)하니 인간을 못 만나면 만사 손해로다. 기개가 걸걸하시고 자선심이 만만하신 가군은 염량세태(炎凉世態)를 오직이나 홀로 개탄하셨으리오. 소위 동지 일로 공사간 허다 풍파와 허다 곤란을 당하신 것을 대강이라도 진술코자 하나 흉격이 막혀 붓을 들 수 없습니다.

오호 통재라. 당시 기아남루(飢餓襤褸) 곤궁환란(困窮患亂)의 생활고

만고영결: 영원한 이별.

삼삼: 잊히지 않고 눈앞에 보이는 듯 또렷하다.

쟁쟁: 전에 들었던 말이나 소리가 귀에 울리는 듯하다.

포태: 임신.

규석: 이규동의 초명(初名).

석아: 이규동(규석).

궁천지통: 하늘에 사무치는 고통이나 설움.

추구월: 음력 9월의 가을철.

가 홍수같이 닥쳤으나 어느 누가 이해할까.

경제도 마련 없어 근근이 부지하다 못하여 부부 의논하고, 혹시나 몇 동지 도움을 얻어볼까 하고 을축년(1925) 7월에 조선으로 향하였더니 이날이 만고영결(萬古永訣)이 되었군요. 영결이 될 줄 알았더면 죽으면 같이 죽지 이 길을 택했으리오. 생각하면 뼈가 녹게 극통(極痛)하외다.

처 다시 생각하여 보오니, 북경을 떠나려고 양차(洋車)를 문 밖에 놓고 나올 적에 현아가 7세라, 가군이 현아를 데리시고 "너의 어머니가 석 달이면 갔다 올 제 과자도 많이 사고 고운 옷감 많이 사 가지고 온다" 하시며, 훌훌히 떠나는 것을 보기 싫어 그러신지 문 안으로 들어가시던 게 지금도 눈에 삼삼, 성음(聲音)이 귀에 쟁쟁하니 억색하고 극통할 뿐입니다.

또 처 포태(胞胎) 4삭(朔)에 조선 와서 낳은 아이를 가군이 들으시고 '규석'이라 이름지어 편지를 처에게 부치실 제, 부자는 천생지친(天生之親)이라 얼마나 보고 싶어 생각하셨겠습니까.

석아가 7세가 되도록 처가 가지 못하여서 부자가 이내 상면치 못하고 가군이 별세하시게 되어, 석아로 하여금 궁천지통(窮天之痛)을 가슴속에 품게 했으니, 처의 원통한 눈물이 어찌 마를 수가 있사오리까.

임신(1932) 추구월(秋九月)에 가군이 편지하시고 '내가 상해를 떠나

복건성으로 우당 선생이 분명히 가셨을 것입니다: 이회영이 동료들과 복건성 농촌에서 무정부주의 이상사회 건설운동을 한 것을 가리킴.

영백: 영혼.

업장: 악업을 지어 옳은 길을 방해하는 장애.

완명: 완악하고 어둡다.

천추: 오래고 긴 세월.

하종: 남편이 죽은 뒤에 아내가 따라서 자결함.

다른 지방으로 가니 상해로 편지 말라' 하셨기에, 편지를 가지고 우관, 의당께 가 뵈니, 의당 선생 말이 "복건성(福建省)으로 우당 선생이 분명히 가셨을 것입니다. 복건성은 안전지대이고 기후가 따뜻한 지방이니 부인은 안심하소서" 하기에, 처가 의당 선생 말을 듣고 역시 안심되어 가군의 희보만 고대하였지요.

새벽이면 일어나서 가군의 귀체 강녕하시고 만사형통을 심축하고 이틀을 보냈지요. 10월 20일 밤에 몽사(夢事)에, 가군이 오색 비단옷을 입으시고 문에 들어오는데 청아한 풍채가 신선이요 속인은 아닌지라, 처가 반겨 일어나서 영접하고 "제가 당신을 따라 가겠다" 하니 가군께서 말씀이 "아직은 나 있는 곳에 못 온다" 하시고 막연히 가시는지라, 처가 놀라 깨니 남가일몽(南柯一夢)이라. 오호 통재라, 그날 밤에 가군이 불측한 화를 당하시고 억울히 별세에 드시어 영백(靈魄)이 원한을 말씀코자 오신 걸 처가 업장(業障) 놓지 못하고 완명(頑冥)하여 알지 못하였나이다.

천추(千秋)에 용납 못할 죄인이 7, 8년간을 시시로 그리워하다가 지금은 이같이 붕성지통(崩城之痛)을 당하고서 하종(下從)을 못하고 있사오니 어찌 부부간 참 정이 있다 하오리까. 그러나 처의 누누한 사정에 쌓인 비애올시다.

가군이 일생의 몸을 광복 운동에 바치시고 사람이 닿지 못하는 만고

운명: 사람의 목숨이 끊어짐.

풍상을 무릅쓰고 다만 일편단심으로 "우리 조국, 우리 민족" 하시고 지내시다가 반도 강산의 무궁화꽃 속에 새나라를 건설치 못하시고 중도에서 원통 억색히 운명(殞命)하시니 슬프다, 가군의 만고원한을 무슨 말씀으로 위로하오리까.

오호 통재라.

슬프다, 이영구는 가군 졸곡(卒哭)에 축문으로 첩첩이 쌓인 원통한 사정을 대강 기록하여 가군 영전에 고하니, 오목리 산천초목이 미망인의 슬픈 원한을 위로하는 듯, 천지가 무광(無光)하더라.

현숙 남매: 이은숙의 차녀인 현숙과 차남인 규동.

서랑: 남의 사위를 높여 부르는 말. 규숙의 남편이자 아나키스트인 장기준(莊麒俊)을 가리킨다. 장기준은 해방 후 감찰위원회 감찰관과 조용순 대법원장의 비서실장을 역임했다.

제5장

해방 전

1933~1944

여류한 광음이 신속하여 송구영신에 임신년은 지나고 계유년(1933)이 되니 무슨 별 도리가 있으리오. 현숙 남매는 큰댁에서 통학 중이고, 중앙일보를 통해 우당장 하세 후에야 여식 규숙이가 저의 부친 유해를 모시었다가 자연 연락이 되어서 중앙일보의 영업국장, 판매부장, 편집국장 여러분이 우리 사위가 우당장의 서랑(壻郎)인 것을 알고 신경 중앙일보 지국을 시켜서 도움을 주어

소기: 사람이 죽은 지 1년 만에 지내는 제사.

정인보: 1893~1950. 서울 출신. 호는 위당(爲堂). 1910년 중국에 유학하여 동양학을 전공하면서 동제사(同濟社)에 참가하여 조국광복운동을 전개. 국어, 국사 연구를 통한 애국·애족심 고취와 독립사상 배양을 위하여 안재홍 등과 고대사를 연구. 《경인훈민정음서(景印訓民正音序)》와 《훈민정음운해해제(訓民正音韻解解題)》 등을 저술하여 우리글 보존에 기여. 건국훈장 독립장.

오천 대신: 이종성(李宗城, 1692~1759). 조선 영조 때 문신. 자는 자고(子固), 호는 오천(梧川). 이항복의 5대손으로(이회영은 10대손) 성리학으로 쌓은 학식과 인품을 바탕으로 홍문관 전한(典翰)과 관서암행어사(關西暗行御史) 역임. 1752년 좌의정이 된 것에 이어 영의정에 임명되었으나, 이듬해 세자의 처벌에 적극적이던 김상로(金尙魯) 등의 간계로 영의정 자리를 사직함.

상설: 눈서리.

시운: 때의 운수.

저의 내외가 근근이 지냈다.

나는 상해서 여러 동지가 금화 2백 원을 보내어 그것을 가지고 전세를 얻어 놓고 생각을 하니 모든 것이 서글픈 마음이로다.

여류한 세월은 유수같이 빨라 원수의 임신년이 가고 계유년을 맞이하여 어느덧 가군의 소기(小朞)가 돌아오니, 첩첩한 여한에 원통해지는 슬픔을 형언할 길이 없도다.

소기 때는 서울의 동지 여러분과 옛날 죽마고우로 입궐하시던 여러 친구의 대표로 정인보(鄭寅普) 선생, 유진태 선생, 이득년 선생 여러 분이 제문을 지어 가군의 영전에 봉축(奉祝)하시니, 그처럼 슬픈 곡성에 사람은 말할 여지도 없고 산천초목이 무광한 듯하더라.

큰댁은 역사가 깊은 집이라. 나의 시가 5대 조고 오천 대신(梧川大臣)께서 정사(政事)에 너무 피로하시어 장단군 오목리에 '오천서원'을 건설하시고 가끔 하향(下鄕)하셔서 피로를 풀던 집이라. 후인들이 오목리에 사셨다고 '오목리 대신'이라고도 한다. 영의정으로 계실 때는 서울서 120리를 하루도 파발(擺撥)이 끊어질 때가 없었고 위엄이 상설(霜雪) 같던 대가(大家)가 시운(時運)이 한심하여 이러한 내력을 누가 알리오.

봉사손: 조상의 제사를 맡아 받드는 자손.

철궤연: 삼년상을 마친 뒤에 신주(神主)를 사당에 모시고 영연(靈讌), 곧 빈소를 거두어 치움.

허우룩한: 마음이 텅 빈 것같이 허전하고 서운한.

신산한: 쓰라리고 고된.

찬물: 반찬거리.

감바지: 삯 바느질.

여식: 규숙.

서울협성소학교: 정확히는 서우사범학교와 한북의숙이 통합되어 1908년 서울 종로구 낙원동 282번지에 세워진 서북협성학교를 가리킨다. 1943년 회기동으로 이전.

가아 규룡은 오천 봉사손(奉祀孫)이라, 가군의 영전을 소기만 지낸 후에 철궤연(撤几筵)을 하니, 새로이 허우룩한 망극지통(罔極之痛)을 어찌 다 기록하리오. 나의 슬픔은 가슴에 박혔으니 원통히 별세하신 가군의 불공대천(不共戴天)의 원수를 내 생전에 어느 날이나 갚으리오. 오호 통재라.

가군의 소기를 마치고 철궤연 후 며칠 뒤에 현아 남매를 데리고 상경하여 신산(辛酸)한 살림을 건설하고 그날그날을 살아갔다. 친척 댁에서 간장과 찬물(饌物)을 가져오고 동지들 집에서도 가져와 넉넉히 지냈다. 나는 침선도 하고 감바지도 하며 규동 남매를 의지하여 세월을 보내나, 멀리 있는 아들 규창이 소식 없어 항상 주야로 경경불매였다. 조심되는 마음 하루나 안심하리오.

여식 소식은 종종 듣고 규동 남매는 척숙 윤복영 씨가 있는 서울협성소학교에 전학하여 통학 잘 하고 지내는지라.

덧없는 세월은 여류하여 계유년이 지나고 갑술년(1934)이 되었다. 전세든 집이 팔려 하는 수 없이 통동에 계신 척숙 윤복영 씨 사랑채를 얻어 갑술년 봄에 이사를 했다. 비록 사랑채라 하지만 대가(大家)라 방이 넷이나 되고 주방까지 있어 방 세 개는 한 방에 학생 둘씩 6명을 하숙케 하고 주야로 바쁘게 지냈다.

우세ᄎᆞ 입ᄉᆞ신시ᄇᆞᆯ 원ᄒᆞᆯ지 ᄉᆞ삭초 ᄉᆞ월 병인 로제 ○○ 형님도라가셧다 ᄒᆞᄂᆞᆫ
기별을 어더 듯고 향촉의 편을 삼아 갓추어 별이 된련부두를 향ᄒᆞ여 곡
을 ᄒᆞ며 곡ᄒᆞᄆᆡ 고ᄒᆞ오ᄆᆡ 나이다
오호라 우당 쇼현 회영 발 무리 어마님께셔 다섯 마드 임의 ᄉᆞᆼ신ᄃᆡ 형님이 너
희고 오직 아우가 곳에 잇셔 ᄋᆞ 이별을 [illegible] 불이며 장을 갓치 ᄒᆞ니 이십
[illegible] 사년의 오랍에 된 [illegible] 며 오직 우리 여러 [illegible] 네가 번러룬리 까두러우ᄆᆡ 속
[illegible] 감추문 ᄉᆞ다 ᄂᆞ지을 바니ᄒᆞ고 형님과 아우의 나희 ᄎᆞ이가 만두 ᄒᆞᆫ가 못되
[illegible] 고 수 ᄎᆞ 부의 자더 [illegible] 톳하고 ᄀᆞᆷ 평ᄒᆞ여 일베크고 퍼그미 업셔 뭇기도 ᄒᆞ며 외는
[illegible]

이회영 서거 후 이시영이 이은숙에게 보낸 편지와 봉투

하세: 세상을 떠나다.

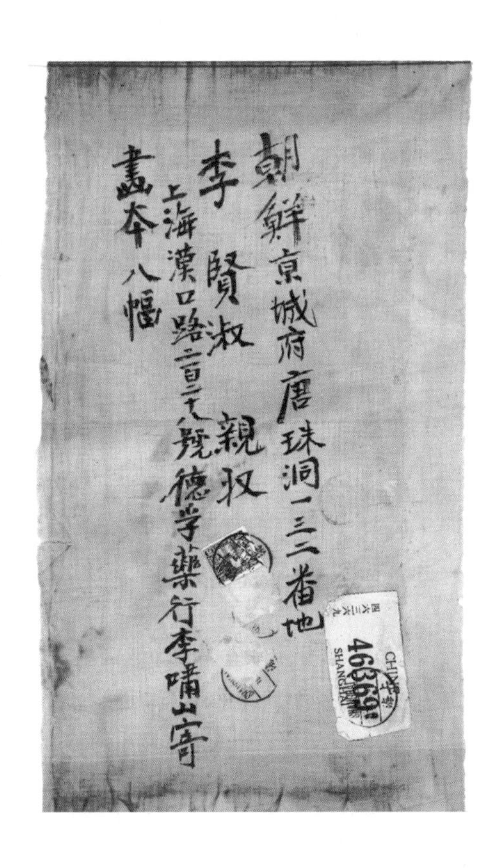

우리 대고모님께서는 당신 댁으로 온 것을 어찌나 좋아하시던지 그 모습이 선하거든 그해 가을에 병환이 위독하여 갑술년 10월 13일에 하세(下世)하시니 애달프도다. 그동안 대고모님을 의지하던 이영구의 심사 기막힌 중 초종(初終)을 모시고 5일장으로 장

대기: 대상(大祥)을 가리킴. 사람이 죽은 지 2년 만에 지내는 제사.

모춘: 늦은 봄(음력 3월).

재삼: 거듭. 여러 번.

몽조: 꿈에 나타나는 길흉의 징조.

례를 마쳤다.

10월 19일이 가군의 대기(大朞)라, 장단에서 가아 내외, 질아며 딸들과 친척과 동지들이 오셔서 대기는 잘 잡수시게 하였으나 통재라, 골수에 사무친 한없는 유한을 어찌 모두 기록하리요마는, 슬프다, 우리 가군의 유명하시던 음덕(陰德) 어느 곳에 가 또한 뵈오리오. 그뿐 아니라 우리 자녀들에게 엄친이 안 계시니 누가 있어 그들을 예법과 교훈으로써 다스리리오. 참으로 가슴이 미어지는 듯하도다.

❀

신속한 광음은 갑술년이 지나고 송구영신에 을해년(1935)을 당하니 때는 춘삼월 모춘(暮春)인데, 하루는 상해에서 가아 규학이한테서 편지가 오기를 '규창이가 실수하여 영사관 경찰에 피착(被捉)되었다'고 하였다. 그 편지를 재삼(再三) 보고 놀라운 마음 어찌하면 좋을지 종일 진정할 길 없어 한탄이 나오기를, 가군도 그놈들에게 원통히 최후를 마치셨거늘 아들마저 그놈들에게 붙잡힌 생각을 하니 원통한 마음 어느 곳에 가 호소하리오.

규학 편지 오던 전날 밤 몽조(夢兆)에 저의 부친께서 "규창이 때

겁결: 엉겁결.

문에 걱정이라"고 하시면서 나더러 "죽지는 않을 것이니 너무 애절해하지 말라"고 명백히 이르시는 걸 듣고 깨어 보니 춘몽이라, 아마 우리 규창이가 의지하던 저의 부친을 잃고 동지들만 의지하고 지내다가 무슨 실수가 있을까 늘 염려로워 몽조가 그런가 하고 경경불매하다 날이 밝으니 아니나 다르랴, 그날 식전에 그런 편지가 왔다.

오후 3시 좀 되어 종로서에서 형사 셋이 와서 집을 수색한 후 나더러 서까지 가자 하여 데리고 가서 당치도 않은 말을 이것저것 몇 시간 동안 물은 후 가라 하기에 오긴 왔다. 그 후로도 이렇게 하기를 두 달간을 오너라 가너라 하였다. 나 혼자 불려갈 때는 그리 걱정이 안 되지만 때로 딸까지 데리고 갈 때는 어린것이 혹시 겁결에 묻는 대로 대답을 했나 싶어 등에 식은땀이 날 정도로 속을 태우던 일도 여러 번이다.

이렇듯 난리를 겪다가 두 달 만에 규창이가 조선으로 압송되어 오니 일변 반가워 보고 싶은 마음이나 별 도리 없고 매일 호출이 오면 종로서에 가는 것이 큰 일과로 되어 있었다. 아들이 종로서에 온 후로는 혹 말을 잘못하여 아들에게 미칠 누를 생각하고 말 하나하나 조심이 되던 일을 어찌 잊으리오. 우리 규창이가 오기

일희일비: 한편으로는 슬프고 한편으로는 기쁘다.

전에는 내가 종로서에 가게 될 때마다 형사와 주임 보고 "우리 규창이를 여기로 데려다 주면 우리 모자 의지하고 살겠다"고 말을 하였더니 조선으로 나왔다. 그 후에 서에 가면 주임과 형사가 "당신 아들을 데려다 달라고 하여서 데리고 왔다" 하는지라. 그러나 조선으로 온 지 두 달 만에 검사국으로 넘어가게 되었도다.

때는 을해년(1935) 6월 5일이라. 오전 7시에 순경이 오더니 종로서까지 오라고 하여 또 무슨 일인가 하고 갔다. 본시 고등계(高等係)라고 하는 곳은 좋은 인상을 주는 곳이 못 되어 마음이 안심이 되지 않는 곳이다. 그날따라 고등계 공기가 춘일(春日) 같고 조용하거늘 주임이 나더러, "왜 혼자 오시오. 딸과 아들을 데리고 와서 함께 당신 아들 면회하시오." 하기에 꿈에도 생각할 수 없는 일이었거늘 내 듣고 고맙다고 인사를 하고 급히 나와 현숙을 데리고 규동이를 데리러 학교로 갔다. 척숙이 듣고 "면회도 좋지만 그런 곳에 데리고 가지 말라" 하여 모녀만 갔다. 벌써 규창이가 고등계로 나와 앉아 있어 우리 모자 만나니 일희일비(一喜一悲)라. 생각하면 6, 7년간 만고풍상을 겪고 그중에도 저의 엄친 최후 마치신 원통한 유한을 말하자면 한이 없어 천지가 무너지게 통곡이라도 하고 싶지만 면회석(面會席)도 자유롭지 못한지라 다만 세 식구가 묵

묵히 바라볼 따름이라.

그때 고등계 주임은 '구로누마(黑沼)'란 왜놈으로 조선말이 능통한데, 주임과 형사가 좌우로 갈라앉아 있었다. 그때 주임이 나를 위로하는 말이,

"당신네가 당한 사정이 우리 보기에도 하도 딱하게 생각되는지라, 원래 경찰서에서는 면회가 없는 법인데 특별히 생각해서 모자간 만나게 하였으니 할 말이 있으면 모두 하시오."

하여 우리 모자가 고맙다고 치하하고 주임 보고,

"당신에게 간절히 청할 일은, 우리 아들이 지각없어 큰 죄를 저질러서 여러분께 많은 괴로움을 끼쳤으나 저의 사정을 이토록 이해하는 터이오니, 아무쪼록 속히 석방시켜 우리 모자 의지하고 살게 하여 주십시오."

하였다. 주임 둘이 웃으며 잘해 주겠다고 하면서 자기들 말이 "이런 면회는 비극적이라"고 하며 차를 대접하고는 우리 보고, "오늘은 우리도 일이 없으니 오래 앉아서 하고 싶은 말 많이 하시오" 하거늘, 세상에 그같이 잔악한 왜놈들도 내 사정을 잘 알고 인정을

총망: 매우 급하고 바쁘다.

질아 사은: 이규봉.

자질: 아들과 조카를 통틀어 이르는 말. 자손이라는 의미도 있음.

베푸는데, 같은 동포로서 몰인정한 인간들이 많으니 왜놈 보기가 부끄럽고 통탄할 일이로다. 그러나 이내 가슴에 쌓이고 쌓인 슬픈 말들을 왜놈들이 들으면 다시 일만 만들 터인데 총망(悤忙) 중에 무슨 말이 나오리오.

세 식구가 두어 시간 사담(私談)하다 작별하며 "아무쪼록 조심하고 다시 범죄치 말라"고 신신당부하고 현아를 데리고 나오는데 어찌 발길이 돌려지리오. 하는 수 없이 모녀가 나와 질아 사은(沙隱)의 생일집에 들렀다 왔다.

❀

그 이튿날, 6월 6일 오전 8시쯤 되어 이을규 선생이 오셨다. 이분은 우리 가군의 지극하신 지기로, 우리가 북경에 있을 때 일실에서 함께 고락을 나누며 규창이를 당신 자질(子姪)처럼 사랑하시고 기르신 분이다. 규창이가 상해에서 피착되면서부터 규창이와 무슨 내통이나 있는가 하고 공연한 혐의로 그날부터 구속을 당하시어, 규창이가 상해 영사관 경찰에서 조선으로 나와 취조를 당하는 대로 이 선생도 같이 갖은 악형을 당하며 지내시었다. 규창이가 검사국으로 가는 날 석방되어 그 길로 바로 나를 찾아오셨

반생반사: 거의 죽게 되어 생사를 알 수 없는 지경에 이름.

예심: 구 형사소송법에서 공소 제기 후에 피고 사건을 공판에 회부할 것인가의 여부를 결정하고, 아울러 공판에서 조사하기 어렵다고 생각되는 증거를 수집하고 확보하는 공판 전의 절차.

가형: 남에게 자신의 맏형을 겸손하게 이르는 말.

으니 세상에 이런 감사한 일이 또 어디 있으리오. 아마 이렇듯 의리 깊은 분은 오늘날에는 찾아보기도 힘들 일일 게다. 더구나 이발도 못하시고 그 악질 같은 놈들에게 고문을 당하시어 반생반사(半生半死)에 겨우 형체만 남았을 뿐으로, 바로 당신 댁으로 가실 것이어늘 이렇듯 먼저 찾아 주시니 너무나도 반갑고 감사한 마음으로, 그분의 모습이 어찌나 기막힌지 붙들고 극통했다.

한편 우리 규창은 을해년(1935) 6월 6일 검사국으로 넘어가서 만 7개월간을 예심(豫審)으로 있었다. 내 사력(死力)으로 간신히 사식(私食)을 점심만 대어 주고 옷과 책은 힘이 미치는 데까지 차입해 주는데, 엄동이 닥치고 보니 우리 규창이 추워할 생각에 주야로 침식이 불안했던 일 지금에 와서 어찌 모두 기록하리오. 그러나 공판 때 피고의 서류를 피고 편에서 일일이 베껴서 변호사가 보아야 공판 시에 변호사가 변론을 한다고 하는데, 돈만 있으면 돈 받고 서류를 써 준다고 하나 내 사정이 돈에는 도리가 없었다. 저의 가형(家兄) 규룡 군이 와서 쓰노라니 익숙지 못하더라. 공판 날짜는 병자년(1936) 정월 초아흐레, 양력으로 2월 1일이라. 할 수 없이 규룡이가 돈을 변통하여 재판소 안에서 그런 서류를 맡아 쓰는 사람에게 베껴서 일을 잘 마쳤으니, 가형이 큰 힘을 썼도다.

有吉公使謀殺한 兩名에게重刑

◇李圭虎에겐 無期懲役◇

嚴舜奉에겐死刑求刑

상해(上海)에 유길공사(有吉公使)를 폭탄으로 암살하려고 계획을 하는한편으로 상해 조선인 거류민부회장을 권총으로 발사하야 죽게한 무정부 주의자 엄순봉(嚴舜奉)과 이규호(李圭虎)등에 관한 치안유지법 위반사건의 공판이 四일오후 一시三十분부터 경성지방법원 형사부법정에서 개정되엇다 함은 기보한 바와 갓거니와 사실심리는 그대로 진행하게 되엇는데 피고 엄순봉은 재판장의 심리에대하야 상해에잇는 남화한인청년연맹(南華韓人靑年聯盟)에 원훈(元勳)의 권유로 가입하야 무정부주의에 공명한후 동연맹원과같이 활약은 하엿으나재작년 三월중순경에 상해에서 유길공사를 폭탄으로 암살할계획은 전연 한일이없다고부인하엿다。

그리고 작년六월에 그곳에잇는 조선인 거류민 부회장 이용로(李容魯)의 집에 찾어가게된것은 당최에 살해의 목적으로 간것이 아니라 최근 그가 일본영사관과 ○○하야 상해에 거류하는 조선인을 그곳거류민회에 가입시키는통시에 조선인의 주거지(住居地)와 일반의행동을 영사관에 ○○하는 일이잇어서 그를 충고하기위하야 찾어갓다가 도리혀 이용로로부터 권총으로 발사될 염려가 잇어서 무의식중에 피고가 가지고잇든 권총으로 협박하는 의미로 한방을논것이 그에게맞게되엇다고 이용로에대한 살의(殺意)를 전부부인한것으로 엄순봉에대한 심리는 끝을 마치게 되엇다。

그다음으로 이규호에대한 심리를 시작하게 되엇는데 이규호는 무정부주의자 이회영(李會榮)의 차남으로 친부의 감화로 무정부주의를 믿게되어 일즉이 남화한인청년연맹에 가입은 하게되엇으나 엄순봉이 작년六월에 이용로의집에 찾어갈때에 이규호가 중국에서 출생하야 이래 중국내에 잇어서 중국말을 잘하는만큼 안내를 하야달라고하엿기때문에 엄순봉을 따라간것이라고하면서 결코 망을본것은 아니라고하엿다。

그런데 향천검사는 양피고에대하야 무정부주의자로 유길공사를 폭탄으로 암살계획한 것도 사실이고 이용로를 암살하려고 모든 계획을한것도 사실이라고 준렬한 논고를 하고난후 사형과 무기를 각각구형하엿다。

▲嚴舜奉(三十) 死刑
▲李圭虎(三二) 無期懲役

13년 형을 언도받은 규창(규호)과 사형을 언도받은 엄순봉(동아일보, 1936. 2. 5.)

김남해: 아나키스트이자 독립운동가 김현국이 독립운동 중 썼던 이름.

외숙모님: 정인형 부인.

공판 일자는 신문지상에 보도되어, 공판날 제 친형과 중앙일보사의 사람들과 홍증식, 박돈서, 한기악, 서승효, 이정규, 김남해(金南海), 이득년 씨, 시외사촌 정준모 씨 부자분, 외숙모님, 제 누이의 가족, 친척, 동지들과 규동도 갔다. 오전 8시에 개정하고 피고들이 용수를 쓰고 오는데, 내가 규동의 옆에 서서 "저것이 네 형이다" 하고 가리키니 용수 속에서 고개를 끄떡 하는 걸 보니 가슴이 아팠도다. 저의 선친 동지들과 여러 친척들이 구형(求刑)이 어찌될지 초조해들 하니 어미의 마음이야 이루 말을 어찌 다 하리오.

피고들의 서류가 어찌나 많은지 오후 8시에나 끝을 마쳤는데 검사의 구형에는, 규창은 무기(無期)요 엄순봉(嚴舜奉)은 사형이 되었다. 방청객들은 악연(愕然) 낙심하여 내게 와 좋은 말로 위로를 하나, 나는 어찌된 셈판을 몰랐다.

저의 선친의 제자인 변호사 소완규 씨는 자기 의리로 선생의 후의에 감동하여 정성껏 변론하여 주었다. 그것만도 고마운데 공탁금(供託金) 한 푼이나 생각한 일 없다. 그런데 오히려 내가 가서 "무기를 받았으니 어찌하는가?" 하며 초조히 여기면 변호사 말이, "걱정 마십시요. 검사는 죄를 얽고 판사는 죄를 내려 깎는 것이니, 판사의 언도(言渡)를 두고 보십시다" 하면서도, 내게 대하여

용수: 죄수의 얼굴을 보지 못하도록 머리에 씌우는 둥근 통 같은 기구.

엄순봉: 1906~1938. 북만주에서 한족총연합회를 조직하여 청년부장으로 활동하였고 재만조선인무정부주의자연맹에 가입. 친일파 이영로를 처단하고 체포되어 사형을 언도받고 순국.

악연: 몹시 놀라 정신이 아찔함.

복심: 항소 법원의 심리.

일반이라: 마찬가지라.

공덕리형무소: 마포 공덕리 105번지에 있던 경성형무소로 마포형무소라고도 함. 1912년 '경성감옥'이란 이름으로 신설되었고 서대문구 현저동에 있던 기존의 경성감옥(1907년 설치)은 '서대문감옥'으로 개칭. 1923년부터 '감옥'을 '형무소'라 부르기 시작. 이곳에는 무기수 및 10년 이상의 남자 수형자들이 수감되었음.

불피풍우: 비바람을 무릅쓰고 한결같이 일을 함.

"너무 딱하시다"고 했다.

1주일 후의 언도에서 규창은 징역 13년으로 되고 엄 군은 구형과 같이 사형으로 되니, 애달파 복심(復審)에 상고(上告)를 하나 일반이라.

언도를 받고 내려오는 피고 둘은 기운이 씩씩했다. 엄 군은 허허 웃으며 "세 살에 죽으나 지금 죽으나 죽기는 일반이라" 하며 어찌나 쾌활한지. 그러나 기걸 씩씩한 열사(烈士)를 누가 알아 주리오.

내 지금은 엄순봉 열사에게 죄를 지었도다. 내 생각에는 우리 아들과 같이 사지(死地)에 들어간 동지들에게 어찌 무심하리요마는, 아들 사경(死境)에 이르른 터에 생각만 해도 원통하거든 같은 사건의 다른 피고에게 사식과 옷을 차입하면 받아 줄지도 모르고 다시 죄를 만들까 싶어서 못해 주어 지금껏 뉘우쳐 후회가 되어 한탄이로다.

통애(痛哀)라. 규창 변론하여 준 소완규 변호사는 시운이 불길하여 동족 전시(同族戰時) 6·25 사변 때 납치되어 생사를 모르니 항상 결연(缺然)하도다.

우리 규창은 공덕리(孔德里)형무소에서 시간을 잘 지키고 있었으나 그곳은 사지라 주야로 축수하며, 면회 날짜면 불피풍우(不避風

노친: 친정아버지인 이덕규.

조반석죽: 아침에는 밥을 먹고 저녁에는 죽을 먹는다는 뜻으로, 매우 가난한 살림을 이름.

권구: 한집에 사는 식구.

행차모지: 일을 처리해 가면서 적당한 수단을 씀.

雨)하고 가서 면회를 했다. 규동 남매를 데리고 노친을 모시고 학생 6명을 하숙시켜 근근이 지냈다.

❀

병자년이 가고 정축년(1937)이 되었다. 척숙 윤씨 댁의 집이 구옥(舊屋)이라 주인이 사랑으로 나오고 안채를 고치게 되었다. 내가 집을 내놓아야 할 것인데 간신히 하숙하여 집세 내고 겨우 지내는데 무슨 여유가 있어 집을 얻어 가리오. 할 수 없어, 가군 제자 임경호가 필운동(弼雲洞)에 사는지라, 그 집에 방 하나를 얻어 이사를 하고 우리 식구만 지냈다. 감바지 침선이나 해 주고 주야로 분주한 시간을 보내야 조반석죽(朝飯石粥)이라도 하는지라.

우리 딸 규숙은 신경서 지내는데, 항상 여식 내외가 "어머님 권구(眷口)가 조선서 고생 말고 저희에게로 오라" 하였다. 그러나 저희도 넉넉지 못한 생활에 우리 세 식구가 가면 더 곤란하겠고, 또 우리 규창이가, 내가 신경으로 가면 그 속에서 오직 외로워할까 하는 것도 못 잊혀져, 나는 고생이 되어도 조선에 있으면서 아들 면회나 하며 세월과 싸우다가 아들 출옥하면 행차모지(行且謀之)라 하고 지냈다.

13년 성상: 13년 형을 받았다는 뜻.

촌촌: 마디마디.

그런데 신경서 내외 편지에 '규동 남매나 먼저 보내달라'고 지성껏 말을 했다. 딸은 어미 고생이 딱하여 그러지만 사위가 정성껏 하는 게 너무 감사하다. 내가 지내는 도리만 연구할 수만 있다면 보낼 리 없지만, 다 큰 처녀를 남의 집에 데리고 있는 게 너무 걱정이 되어, 정축년 3월에 신경으로 남매를 보내게 작정함은 생활난(生活難) 때문이라, 내 마음 오죽하리오.

규동 남매를 역전(驛前)에 데리고 가서 급행차로 떠나보내는데, 누구나 차(車) 작별은 더 아연하거든, 우리 자녀의 정경이리오. 어미를 떨어져 멀리 갈 사정이 못 되는 것을 목석이라도 슬퍼서 동정을 하겠거늘 하물며 인간이리오. 차호라.

규동 남매를 보내고 더욱 쓸쓸한 생활을 어떻다 하리오. 앞이 허전 울울한 심사를 정(定)치 못하겠더라. 다시금 생각을 하니 규동으로 말하면 출생 후 10세까지 모자 떠나지 않고 모자 의지하다 수천 리를 보내는 절박한 사정이라. 현아는 7세에 어미 떠나 7, 8년 만에 모녀 만나는 중에 저의 선친도 아니 계시고, 아들은 13년 성상(星霜)을 언도받고 복역 중에 저의 남매나 데리고 있어야 의지도 되고 위안도 되겠는 걸 보내는 나의 간장 촌촌(寸寸)이 녹는지라.

상해에서 체류하던 시절의 규학(右) (1939)

일간두옥: 작은 오막살이 집.

민적: 이회영의 손자 이종찬 전 국정원장의 호적등본 주소는 '종로구 통인동 128번지'로서 이은숙의 척숙인 일농 윤복영(윤형섭 전 교육부 장관의 부친)의 집으로 되어있음. 1925년 생활비를 마련하고자 귀국했던 이은숙은 중국에 있던 우당 일가의 호적을 이곳, 즉 '협성학교 댁'에 올려놓았다.

장자 규학: 원래 규룡이 첫째이지만 이건영에게 출계하였으므로 규학이 장자가 됨.

그러나 엄마를 떼치고 가는 남매도 가고 싶은 길은 아니라. 현아는 지각이 만사를 다 이해는 하지만 남의 타성(他性)의 집에 있다가 창피하여 가는 길이다. 규동은 천진난만한 어린이라, 큰 누나에게 간다 하니 어찌나 좋고, 기차를 타고 간다 하니 더욱 좋아하니 일간두옥(一間斗屋)이라도 있으면 이 길을 택했으리오.

슬프다. 이영구의 일생이 어찌 그리 파란이 많은지. 모든 걸 운명으로 돌리지만 사사로운 한탄을 천지신명이나 아실지, 오호 통재라.

❀

우리는 경술년(1910) 한일합방 후에 즉시 만주로 갔었다. 이왕 조선인은 상하를 물론하고 호적(戶籍)인데, 합방 후 일본인이 호적을 민적(民籍)으로 고친 걸 우리 여러 형제 집은 미처 고치지 못하고 가서 우리 민적이 누락되었다. 장차 필요할 것이라 내가 조선 있는 동안에 민적이나 만들어 놓기로 하였다.

우리 시외사촌 정준모 씨가 변호사라 그런 방면은 잘 아시는 고로 알아보니, 장자 규학 사는 집에서 거주 증명서가 필요하다 하여 상해 규학이에게 이 사실을 편지하고 증명서 오기만 기다렸다.

층생첩출: 겹쳐서 자꾸 생겨남.

저동 넷째 아주머님: 이회영이 중구 저동(苧洞)에서 이유승과 동래 정씨의 넷째 아들로 태어났으므로, 이은숙이 이회영의 외사촌인 정준모 변호사에게는 넷째 외숙모 되기 때문에 그렇게 부른 것이다.

양례: 장례.

사실 우리 유가족들이 일본 영사관 가기를 좋아하리요마는, 그러나 아무리 가기 싫어도 증명이 있어야 민적이 된다고 하니 "곧 해 보내라"고 여러 번 재촉을 하여 근 반년 만에야 보내왔다. 그동안에도 층생첩출(層生疊出)한 게 일이 잘 아니 되어서 답답하더니 정 변호사께서 민적 낙착을 지어 주시느라고 노력을 많이 하셨다.

사실 변호사께서 힘써서 비용도 없이 잘해 주셨어도 민적은 3년 만에야 끝이 났다. 변호사께서 서류를 다 종합하여 재판소에 제출하시고, 다음 낙착이 될 재판에서 다 되었다고 통지가 오자 집에 있는 서류와 종합하고 민적을 갖다가 호적계에 실리는 걸 다 해 놓으시고 봉투에다 '저동 넷째 아주머님 민적 서류'라 적어 당신 사무원더러 이르시기를,

"재판소에서 민적 다 되었다고 통지가 오면 이것을 가져가서 민적을 찾아다가 본인을 뵙고 본인을 모시고 가서 호적계에 실어라."

부탁하시고 그만 하세(下世)하시니 통애라. 그같이 민적 해 주느라 많은 염려를 하시고 낙착되어 오는 것 못 보시고 열반(涅槃)에 드시니 슬프다. 양례(襄禮) 후 며칠 뒤에 재판소에서 통지가 와 민

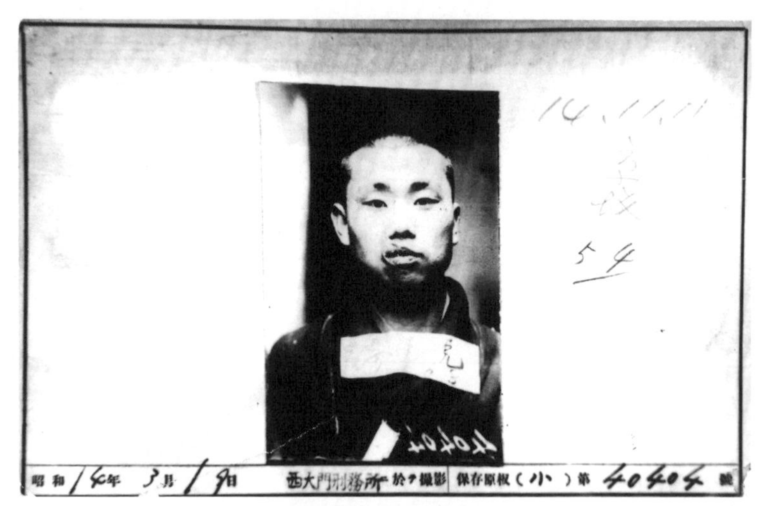

서대문 형무소에서 규창(1939)

일본 황자: 쇼와천황의 자녀 중 제2황자인 마사히토(1935년생). 참고로 규창이 형을 언도받은 것은 1936년이다.

적을 찾아다가 사무원하고 같이 호적계에 가 낙착을 짓고 왔다. 변호사 생전에 하신 일은 무엇이나 영락없이 하시니 참 슬프도다.

❀

한편 아들 규창이는 형무소 인쇄소에서 일 잘하고 성적이 양호하다고 그곳 간수가 면회 갈 때마다 칭찬을 하며 상장을 받게 될 것이라고 알려 준다. 그 간수들도 내 사정을 짐작하고 자기 아는 대로는 알게 해 주어 나는 고맙다고 치하했다. 면회도 한 달에 한 번 허락하던 것이 두 번이 되고, 얼마 후엔 한 달에 세 번 면회가 되니, 나에게 이밖에 더 기쁜 일이 또 어디 있으리오.

면회날이면 열 일 제쳐 놓고 가는데, 한번은 면회하러 갔더니 간수의 말이,

"인쇄 공장에서 불온 격문(不穩檄文)을 박은 사단이 일어나서 당신 아들 규창이도 공모하였다 하여, 얼마 전에 일본 황자를 낳았다고 특사(特赦)가 내려 몇 해 감형되었던 것인데, 다시 공판을 받게 되어 서대문형무소로 갔습니다."

한다. 내 듣고 그 얼마나 놀랍고도 기가 막히리오. 할 수 없이 집

영천형무소: 서대문형무소. 근처에 약수로 이름이 높았던 샘물 영천(靈泉)이 있어서 이 지역을 영천이라고도 했음.
전감: 감옥을 옮기다.

으로 돌아와서 그 이튿날 영천(靈泉)형무소로 가서 면회했다. 제 모양은 더 말할 수도 없이 참혹하게 되었으니 이 어미 된 마음인들 얼마나 아프리오. 좌우에 있는 것들이란 모두 왜놈들뿐이고 이미 저질러진 일 잘못한 일도 아닌데 어미까지 저를 책망한들 공연히 마음만 상할 뿐이라. 나로서는 다만 우리 규창이 못 잊고 걸리는 마음뿐이로다.

내 스스로 탄식으로 날을 보내었다. 규창이 다시 공판을 받아도로 13년이 되니 얼마나 애달프고 원통하리오. 그동안 형무소 고생은 헛수고로 되니 못 잊히고 애달프도다. 공판 후에는 공덕리로 가서 독방에서 근 1년 이상을 고생을 하며 세월을 보내니, 이 해는 기묘년(1939)이다. 훌훌한 광음은 송구영신하여 경진년(1940)이 되니 때는 춘삼월인데 면회날이라 찾아갔더니 간수가 말하기를, "당신 아드님은 며칠 전 전감(轉監)을 하였소." 하거늘, 내 듣고 어찌나 놀라운지, "그래 어느 곳으로 갔는가?" 물었더니 "모른다" 한다. 너무 답답하여 당시 간수 부장으로 있는 우리 큰사위 박창서의 친구 이병구를 찾아가서 알아보니 사상범은 전라도 광주로 전감을 시킨다고 하며,

천사만념: 천사만고. 여러 가지 생각.

우울불락: 우울하여 즐겁지 않다.

추칠월: 음력 7월의 가을철. 참고로 음력으로는 1·2·3월이 봄, 4·5·6월이 여름, 7·8·9월이 가을이다.

"나도 감옥 내의 일을 맡아 하고 있지마는 죄수 전감시키는 건 감옥소장(監獄所長)하고 재판장이 비밀히 하는 고로 나로서는 알 수 없는 일입니다. 아마 광주로 보냈을 것이니 너무 상심마시고 1주일만 기다려 보시면 편지가 올 것입니다."

하거늘, 하는 수 없이 집으로 돌아오니 때는 저녁 9시 반, 그런데 도적놈이 재봉틀을 훔쳐 갔으니 당장 어찌하리오. 그것으로 남의 옷을 해 주고 삯을 받아 연명을 해 가는 터인데, 우리 생명을 가져갔으니 이런 망창한 일이 또 어디 있으리오. 여러 가지로 답답할 뿐이로다.

1주일이 지난 후 간수장 말과 같이 광주에서 규창의 편지가 오거늘 반가히 받아 보니, 저의 신상은 무고하다 하였으니, 그보다 더 기쁜 일이 어디 있으리오. 혹시 그 지독한 왜놈들이 나쁘게 돌렸나 싶어 천사만념(千事萬念)에 불안이 앞서 며칠을 허청대고 다니다가 재봉틀마저 도적을 맞고 마음이 초조로운 중에도 잘 있다는 소식을 들으니 우선 안심은 되나, 수백 리 떨어져 있어 면회도 못 가고 우리 모자간 천생지정을 끊는 악질 왜놈들을 생각하면 이가 갈린다. 저의 몸 건강하고 서신 연락이나 잘 되기만을 심축하며 우울불락(憂鬱不樂)한 심사로 세월을 보낸 것이 때는 추칠월

망간: 음력 보름께.

작은 여식: 현숙.

대동아 전쟁: 여기서는 중일 전쟁을 가리킴. 대동아 전쟁은 패전 전의 일본 정부가 태평양 전쟁을 부르던 용어. 1940년 7월 제2차 고노에 내각이 각의 결정한 기본국책 요강에서 '대동아'라는 표현을 사용하기 시작. 1941년 12월 12일에 도조 내각은 중일 전쟁을 포함하여 태평양 전쟁을 대동아 전쟁이라고 각의 결정.

차중에서: 차 안에서.

망간(望間)이라. 그때 작은 여식은 무인년(1938)에 조선으로 나와 모녀 의지하고 살면서 제 오빠 면회도 가며 지난 일들에 항상 식구들을 못 잊어 하나 무슨 소용이 있으리오.

현숙이로 말할 것 같으면 연령이 출가할 시기에 신경에 있으니 조선서 마땅한 혼처가 나서도 어찌 멀리 통혼이 되리오. 여러 가지 불편함에 조선으로 데려왔으나 또 어디 누가 있어 마땅한 혼처를 구하려고 힘써 주리오. 저의 선친 안 계신 고로 만사가 이같으니 한탄만 나올 뿐이로다.

내 생각 같아서는 어느 정도 우리의 생활만 유지할 수 있다면 조선서 부지하고 살다가 현숙에게 제 임자를 정해 주고 혼인이나 시킨 후 나는 나대로 신경으로나 갔으면 오죽이나 기쁘고 시원할 것이랴마는, 인연이 없는 탓인지 대동아 전쟁(大東亞戰爭)은 점점 기승을 부리니 어쩔 수 없어 다시 신경 길을 작정하고 경진년(1940) 7월에 현숙을 먼저 떠나보냈다.

나는 9월 상순에 광주로 향하나 초행인 데다 또 전시(戰時)라 차표도 지정하여 파니 어찌 광주를 갈까 걱정되었다. 마침 차중(車中)에서 역장이 자기도 광주까지 간다고 하여 나를 잘 안내해 주며 광주형무소까지 가리켜 주어, 7, 8삭 만에 그립던 아들을 반

돌쳐: 되돌아.

가히 만나 보니 무슨 말이 제대로 나오리오. 아들 규창의 말이 이곳으로 온 후로는 독방도 아니고 잘 있으니 걱정 말라고는 하지만 어미로서 보는 마음인들 오죽할까.

잔악한 왜놈들도 우리 모자의 사정을 이해하였는지 면회도 먼저 시켜 주고 시간도 단 5분인데 30분까지 연장시켜 주며 간수가 "할 말 많이 하라" 하니, 아마 우리 아들 규창이가 모든 것을 잘하여 그런가 짐작이 가더라.

아들 규창이를 보면 할 말이 많을 듯하더니 막상 면회하고 보니 총망(悤忙) 중에 무슨 말을 해야 할지. 다만 그곳에다 내 사랑하는 아들을 두고 돌쳐 서울로 오는 것만 결연(缺然)하여 제대로 할 말을 못하고 신경으로 이사한다는 말만 간신히 하고,

"현숙은 먼저 갔다. 편지한 것 보았느냐? 다시는 잘못하지 말고 부디 몸조심하고 근신하면서 속히 출옥되기만을 힘써라."

수차 당부한 후 차마 떠나기 박절한 것을 작별하고 돌아서 나오는 내 마음이나 제 심사인들 오죽 상하리오.

광주역에 나와 차표를 사려고 하니 매진되었다 하여 하는 수 없이 역에서 밤을 새우고 새벽 일찍 차표를 사 가지고 서울로 향

종야: 하룻밤 동안.

신경상업중학교: 장춘시에 소재한 학교로 1932년부터 1945년까지는 5년제였다. 현재 학교 이름은 장춘시실험중학(長春市實驗中學)이다.

재향 군인: 원래는 복무를 마치고 일반 사회로 복귀한 사람을 뜻하지만, 여기서는 지원병을 가리킨다.

억조창생: 수많은 백성.

친당: 친부모. 여기에서는 이은숙의 친정아버지인 이덕규.

하였다. 종일 종야(終夜)를 걸려 그 이튿날 식전에 도착하여 내수동 우리 친척 댁으로 들어가 며칠을 유하다가, 경진년(1940) 10월 하순에 신경으로 이사하니, 여식 3남매, 사위 모두 역까지 마중 나와 반가워하더라.

그럭저럭 그해는 하숙을 못하고 신사년(1941)부터 학생을 하숙케 하여 규동 남매를 데리고 그 추운 지방에서 여식 내외를 의지하며 근근이 지내 갔다. 그때 규동은 신경상업중학교에 다니고 작은딸은 만선일보사(滿鮮日報社)에서 타이프를 치며 시일을 보냈다.

대동아 전쟁이 차차로 치열해져 조선 학생을 재향 군인(在鄕軍人)으로 데려가는 때라, 우리 규동이도 꼼짝없이 군인으로 나갈 것을 각오를 하였다. 그러나 대동아 전쟁이란 일본놈 전쟁인데 그 원수의 나라를 도와 우리 규동이가 군인으로 나갈 것을 생각하면 천지가 아득하였다. 항상 부처님께 지극 정성으로, 전시가 평정되어 억조창생(億兆蒼生)의 생명을 부지하게 하여 아들 군인 나가는 것을 면하게 해 달라고 시시로 심축을 하며 또 아들 출옥되기만을 바라며 세월을 보냈다.

우리 친당께서는 일점혈육(一點血肉)으로 나 하나를 의지하시다가 서로 남북으로 분산된 지 1년이 지나도록 객지 생활로 지내시

며, 그래도 이 불초여식에게로 오시고 싶어 종종 편지를 하시니, 하도 사정이 딱하시어 신사년(1941) 5월에 현숙이가 제 월급을 받아서 저의 외조부에게 부쳐 드리고는 오시라고 하였더니 열흘도 못 되어 오셨으니 어찌 반갑지 아니하리오.

우리 노친까지 함께 모시고 지내게 되어 걱정은 없으나 규창이로 인하여 항상 조심이 되고 편지가 제때에 안 오면 마음이 초조로워지는데, 사위가 내가 초조로워하는 걸 보면 즉시 전보를 쳐서 안부를 듣게 하니, 이같이 갸륵하고 진실한 사위가 또 어디 있으리오. 그 신세를 어찌 다 갚을지.

❀

광음은 신속하여 신경 온 지도 3년이 되니 우리 규창이 보고 싶은 생각에 임오년(1942) 12월 그믐께 서울에 와서 내수동 친척댁에서 유(留)하며 계미년(1943) 정월 7일 기도 성취하고, 정월 10일 전라남도 광주에 가서 3년 만에 그립던 우리 모자 반가이 면회하니 그때의 감회란 이루 말할 수도 없도다.

그간에는 형무소 규칙도 잘 지키고 시키는 대로 일도 잘하여 상장도 받게 되었다고 하는데, 이곳으로 와서 처음 면회할 때와 3

무고: 아무 사고가 없다.

명년: 다음 해.

원심: 원망하는 마음.

년 후인 지금은 처음 볼 때보다도 기상이 좀 쾌활해 보여 내 마음이 십분 안심이 되는 터였다. 또 그 잔악한 왜놈들도 신경에서 면회를 하러 왔다고 하니 누구보다도 먼저 하게 하고 시간도 좀 여유 있게 해 주니, 아마도 그들 역시 인간인지라 인정이란 것이 있나 보다. 그러나 더 오래 있을 수 없는 시간이고 하여 30분간 이야기하고는 부디 규칙 범하지 말고 잘 있으라고 당부하고 돌아서니 목불인견이로다.

그때는 감옥 급사가 역에까지 나와 차표를 사 주어 잘 왔기 때문에, 곧 규창이에게 잘 왔다는 편지를 부치고 2월 초순에 조카의 혼사(婚事)에 참례하고 보름께 신경으로 가니, 우리 노친을 비롯하여 모든 식구들이 반가워하고 또 무고(無故)들 하니 내 마음이 기뻤도다.

그때는 세월 가는 것만 기쁘게 생각하며 지냈다. 대동아 전쟁은 점점 치열해 가는 때였도다. 계미년이 지나 갑신년(1944)이라. 우리 규동이 신경상업학교 5학년이 되어 명년(明年)에 졸업을 하면 제 형 면회 간다고 하니, 제 마음에도 형이 자유 없이 감옥에 있는 것이 항상 원심(怨心)이 되는 중이고 또 보고 싶은 생각이 간절한 때문이리라.

김 씨: 김홍택(金弘澤). 경주 출신(경주 김씨).

연길현: 길림성 연변 조선족 자치주 용정시.

친영: 육례의 하나. 신랑이 신부의 집에 가서 신부를 직접 맞이하는 의식이다.

해내외: 국내외.

제6장

해방 후

1945~1950

무정한 세월은 신경으로 온 지도 4, 5성상이 되어 을유년(1945)이니, 작은 여식 혼사를 김 씨에게로 정하여 을유년 정월 27일로 택일(擇日)이 났다.

신랑 집은 만주 연길현(延吉縣)이라. 친영 혼인(親迎婚姻)으로 신랑 집으로 가서 예식하게 되었다. 여식을 데리고 큰딸과 규동과 같이 떠나가며 생각하니 저의 선친도 없이 해내외(海內外)로 다니

해로: 부부가 한평생 같이 살며 함께 늙음.

저의 내외: 현숙 부부.

통화: 만주 길림성 통화시의 행정구역. 연길현과는 약 450여 km 떨어져 있다.

며 파란 속에서 근근이 장성하여 출가한다니 한편으로는 경사 같거늘, 그 마음 저 마음 없이 어찌 그리 처량하고 기쁜 생각이 없는지.

내 생각 같아서는 그만두고 도로 파혼하고 돌아서고 싶은 생각인 걸 그래도 인륜대사를 무단히 그럴 수 없어 '기왕 정한 걸…….' 하고 가니 하도 망측하고 한심하도다. 잘 해로(偕老)나 하고 살았으면 이런 말을 하리오.

예식이라고 거행하고 그 이튿날 돌아오니 생각할수록 후회막급이라. 그렇지만 내 딸이 살았으면 말할 게 있나, 오호 통애로다.

❀

3월에 저의 내외가 와서, 사위는 통화(通化)로 취직하여 가게 된다고 제 댁은 내게 두고 가서 3삭을 아니 왔다.

이 해는 을유년(1945)인지라. 규동은 졸업하고 즉시 제 형 면회하러 조선 와서 장단 큰댁에 먼저 들렀다. 친척 댁이 내수동에 있는지라 서울 갔다 바로 광주로 가니 저의 형을 만나 형제 서로 붙들고 슬피 울었다.

이 형제로 말하면 규동은 출생 후 처음 형을 만나니, 형은 아

골육: 부자, 형제 등의 육친(肉親).

정의: 친한 감정.

연연: 애틋하게 그립다.

특대: 특별 대우.

감옥 의사 권 선생: 본적은 안동 권씨, 전라남도 구례 출신. 성명 미상. 경성의전을 졸업한 의사로 광주에서 개업했고, 이후 광주 감옥에서 의무과장으로 재직. 《운명의 여진》에 따르면 권 선생은 감옥 소장에게 특별히 부탁한 후 광주 감옥으로 전감한 규창에게 일반 노동을 시키지 않고 감옥 죄수들의 간병부로서 의무과에서 일하게 해 주었는데, 나중에 규창에게 이회영 일가를 잘 알고 있기에 이런 조치를 취했음을 고백한다.

우를 모르고 아우는 형을 모르게 된 고로, '형'이라 하니 형인 줄 알 뿐이다.

형제는 골육(骨肉)이라, 자연한 은근한 정의(情誼)가 솟아나 자연히 눈물이 솟아나니, 서로 금치 못하는 그 비참한 정상은 목석(木石)도 슬퍼하겠거늘, 인간이야 인정은 일반이라 누가 아니 비감하리오.

저의 형제 은근한 사정을 지독한 왜놈도 동정을 하여 면회도 한 번 하는 법인 걸 그 이튿날에는 특별 면회를 허락하여 한방에서 점심까지 같이 먹으며 연연(戀戀)한 정을 한없이 폈다 한다. 감옥 면회에서 이러한 면회는 처음이라고들 말하며, 간수 부장의 작별까지 받으며 특대(特待)를 받았다 하더라. 이것도 내 아들 규창이가 규칙을 잘 지키고 일도 잘하였으며, 감옥 의사 권 선생이 자선하신 덕택이다. 이러하신 깊은 은혜를 마음으로만 감사하지 어찌 다 갚으리오.

규동이가 저의 형 면회를 마치고 신경으로 와서 자세한 말을 들려 주어 한편 다행하고 안심이 되었다. 그때는 전쟁이 치열하여 폭격할 염려가 있다고 목재로 만든 집은 모두 허는 판이라, 더 있기가 대단히 송구스러워 우리 노친을 조선으로 모시려고 규동이

군기: 전쟁에 쓰는 도구나 기구.

가 먼저 모시고 나왔다가 또 제 형 면회까지 하고 왔다. 제 형 말이 "이제 전쟁도 끝나려고 하니 어머니 모시고 나오라" 하더라는 말이 있었음에도, 선견지명이 없는 탓으로 우리 노친 모실 때 식구가 다 왔더라면 아까운 식구 없애지도 아니할 걸, 그대로 머뭇거리고 있다가 아까운 현숙이만 잃은 생각을 하니 원통한 마음에 가슴이 아프도다.

그때 작은사위가 와서 제 댁을 데리고 연길현으로 가니 때는 음력 7월, 양력으로는 8월이라. 전쟁이 점점 급박하여 조선인은 모두 조선으로 피란 나오는 길이고, 만선일보사 직원들도 조선으로 자기 가족을 보내게 되었다. 우리 사위가 만선일보사 업무부장이라, 평양으로 가는 군대의 군기(軍器) 화물차를 얻어 만선일보사 직원 가족들을 피란을 보내게 되어 우리도 딸네 식구와 함께 차를 타게 되었지만, 그때 우리 규동이가 재향 군인 관계로 가지 못하게 되었으니 어찌 나만 살겠다고 갈 수가 있으리오. 한사코 아니 가려고 했더니 규동이 말이, "만일 급하게 되면 저 혼자면 달아나기라도 하겠지만, 어머니가 계시면 어찌 저 혼자 살겠다고 도망칠 수가 있겠어요?" 하며 정성껏 가라고 권하여, 또 그 말도 그럴듯하여 하는 수 없이 신경으로 나왔다.

철령(톄링): 요령성의 지급시로 봉천(현재 선양)과 신경(현재 장춘) 사이에 있다. 참고로 봉천에서 신경까지는 약 295km에 달한다.

❀

때는 8월 14일 자정, 기차를 타게 되어 모자 손잡고 차에 오른 후 규동이 다시 찻간을 빠져 내려가니, 나는 기가 막힌 마음에 두 손을 합장하고 부처님께 일심으로 '우리 규동이 무사하여 모자 다시 만나 보게 해 달라'고 밤새도록 축원을 하였다.

날이 새자 기차는 봉천도 못 가고 철령(鐵嶺) 못 미쳐 정거장에 도착한 후 다시는 움직일 생각도 안 하는데, 그 틈을 이용해서 사람들은 누구나가 시장기를 면하려고 밥을 짓고 수선거린다.

나는 차가 떠나면 별 도리가 없을 것이라 생각하고 그대로 차가 떠나기만을 기다렸다. 그중 한 사람이 과자라도 요기할 것을 사러 간다고 가더니, 얼마 후에 돌아와서 이상한 방송을 들었다 하며 잘못 들었나 의아하게 생각하고 있는데, 그때 찻간에는 일본 사람도 있고 우리 조선 사람도 있지만 같은 조선 사람이라고 모두 좋은 사람들일 수가 없어 말도 못하고 수군수군하는데 또 한 사람이 오더니 "이제는 살았다. 일본 천황이 손을 들고 항복을 했다"고 하니 모두들 희희낙락하더라.

오전에 탱크에 풀이 죽은 군인들을 잔뜩 싣고 봉천에서 신경으

검두고혼을 면하고: 칼끝에 죽는 것을 면하고.

로 가던 차가 오후에 다시 신경에서 봉천으로 오면서, 갈 때에 풀이 죽어 가던 때와는 반대로 씩씩한 기상으로 만세를 부르며 흥들이 나서 야단들이다. 우리 찻간에서도 역시 만세를 부르며 뛰며 좋아들 하니 나 역시 바라던 해방이 되고 청년들이 군인을 면하게 된 것이 어찌나 기쁜지 모르겠더라. 우리 조국에 다시 태극기가 날리는 걸 원통히 가신 분들 원혼이라도 보시고 얼마나 상쾌하실까 상상되도다.

그러나 기차가 4, 5일을 가지를 못하고 있으니, 말이 기차지 화물차인 데다 사람이 은신할 수 없이 낮에는 태양이 내려쪼이고, 때는 7월 보름이라 밤에는 찬기운이 내려 춥고 설상가상으로 비가 오니 이런 고생이 또 어디 있으리오마는, 해방 덕분에 우리 조국의 앞날에 광영(光榮)이 있을 것과 억조창생이 검두고혼(劍頭孤魂)을 면하고, 감옥에 사상범으로 투옥된 우리 동포들, 그중에서도 규창이가 출옥할 일을 생각하니 이만한 고생쯤 무엇이 두려우리오.

5, 6일이 지나 오후에 기차가 다시 출발하더니 새벽에 신경역 좀 떨어져 정거하거늘 하는 수 없이 그대로 찻간에서 밤을 새우는데, 역전에서 총 소리가 콩 볶듯 요란하여 어찌나 무시무시한

치행: 길 떠날 여장을 준비함.

지 담요를 쓰고 있었더니 날이 새며 총 소리도 잔잔해지더라.

얼마 후 피란민 중 한 사람이 만선일보사를 간다 하거늘, 우리 딸이 "신문사로 가느니보다 우리 집을 찾아가면 거리도 가깝고 주인이 계시면 잘 알 거예요" 하고 일러 주어 그 길로 딸네 집을 찾아갔었는지, 얼마 후에 사위가 규동이를 데리고 오거늘 어찌나 반가운지 눈물이 나더라. 그때 사위가 위로하는 말이, "이제는 규창이도 나올 것이고 규동이도 군인을 면하게 되었는데 왜 우십니까?" 하더라.

집으로 들어가서 음식을 장만해서 식구가 한자리에 모여 재미있게 먹으며, 작은 여식네 식구가 궁금하던 차이지만 마침 만선일보사에서 경리부장으로 있던 분의 부인이 연길현을 다녀와서 하는 말이, "잘들 있으나 하마터면 폭격을 맞을 뻔했지만 잘 피해서 집은 무너졌어도 사람은 상하지 않았다"고 소식을 들려 주어 안심이 되더라.

이제는 해방도 되었고 하여 우리 조국으로 나오려고 가지고 못 오는 물건들은 다 매매하여 치행(治行)을 준비 중이고 날마다 피란민 명부를 작성 중인데 우리 규동이 말이,

김 서방: 김홍택.

경경: 걱정하는 모습.

"우리가 지금 조선으로 나가면 작은누나의 소식을 들을 길이 없으니 제가 연길현으로 가는 피란민 기차를 타고 가서 누나 소식을 알고 오겠습니다."

한다. 그러나 위험한 곳이라 조심스러운 마음인데, 제 말이 "조심하여 갔다 올 터이니 염려 말라"고 간절히 말하거늘, 남매간 우애지정이 하도 기특하여 만류도 못하고 왕복 여비를 주어 보냈다.

그날부터 정성껏 축원을 하여 잘 다녀오기만을 고대하던 중 4, 5일이 지나 연길현에서 김 서방 친구가 와서 "규동이는 잘 들어갔다" 하며 "규동이가 안 갔어도 딸이 자기네들 오는 편에 같이 오려다 동생이 와서 며칠 있다가 온다고 하더라"는 말을 듣고 소식 들은 것만 다행으로 생각되었다.

그러나, 아들을 보낸 건 누이 소식을 알려고 보냈지 저를 데리고 오라고 보낸 것은 아니다. 그런데 왜 처를 제가 데리고 제 고향으로 갈 것이지 이 위험한 곳으로 보내려 하나, 이 험한 곳으로 어찌 오나 하고 더욱 조심이 되었다. 더욱이 임신 8삭이라, 경경(耿耿) 날마다 고뇌하였다.

하루는 오후 9시쯤 되어 저희 남매 오니 어찌나 반갑던지. 길

허영백: 이회영 가의 지인으로 왕산 허위(旺山 許蔿) 선생 가문의 자손.

기차대가리: 함경북도와 중국 길림성 방언으로 기관차를 뜻함.

에서 고생을 하다가, 배가 고파서 강냉이를 따서 구워 먹고 간신히 길림까지 와서 허영백(許英伯) 씨가 길림에 살아서 그 집에 며칠 묵다가, 해방 덕분에 조선민회(朝鮮民會)가 생겨서 신경으로 오는 짐차를 타고 오니 신경 오는 기차가 불통되어 고생을 더 했다고 한다. 차라리 신경으로 오지 말고 내가 그곳으로 가서 두만강을 건너 조선으로 나왔으면 여식이 왜 죽었으리오. 지금도 생각만 하면 사위가 밉고 내 가슴이 녹는도다.

그때 신경엔 소련 군대가 어찌 많은지 밤낮 없이 짐차를 가지고 다니며 도적질로 일을 삼고, 여성 처녀들을 보면 욕을 뵈는 고로 여자들은 주야로 숨고, 생불여사(生不如死)지 산다고 할 수 없는 곳으로 현아가 왔으니 답답하도다. 해방만 될 줄 알았더면 결혼을 왜 시켰으리오. 혼인만 아니 하였으면 죽지도 않았을 걸 생각만 하면 원통한 일 비일비재(非一非再)로다.

❀

그때 피란민 명부를 민회에서 만들어 조선으로 들어오는데, 그 통에도 운이 좋은 사람은 무사히 가고, 그중에도 신수 불길한 사람은 도적맞고 욕까지 당했다. 그런 데다 기차대가리를 떼어 가서

명춘: 내년 봄.

외손 자매: 규숙과 장기준 자식들로, 정확히는 장기준과 전처 사이에서 낳은 딸.

큰사위: 장기준(莊麒俊). 1905~1965. 황해도 안악 출신. 이회영의 큰사위는 박창서이지만 이은숙이 낳은 딸 가운데 장녀 규숙의 남편이므로 여기서 큰사위라 한 것. 본명은 장해평(莊海平). 1926년 중국군 육군소위를 역임하고 전역 후 상해 임시정부의 군자금 모금원으로 국내에 밀파되었다가 일경에 체포되어 옥고를 치름. 1929년 만주지역 군자금 모금 사명을 띠고 천진에 도착하여 이회영 등과 회동하고 조선혁명당총동맹에 가입. 오면직, 김지강 등과 일본 조계(租界) 내 일본은행을 대낮에 습격하여 군자금 획득. 건국훈장 독립장.

산속에 두고 두 달씩 차가 가지를 아니하니 어찌하리오.

우리 현아는 임신 8삭에 이런 험한 길을 어찌 갈 수 있으리오. 생각다 못해 순산 후 명춘(明春)에 가기로 작정하고 딸 둘과 규동과 외손 자매를 데리고 그 겨울을 지내는데, 큰사위 장기준(莊麒俊)은 그런 지경에도 피란민 차 운전하는 기관수에게 돈을 거둬주고 안동현에서 몇 시간도 못 되어 신의주까지 잘 갔다. 참 애달픈 일이지, 그때 식구가 그 차만 탔더라면 별일들도 없었을 것이고, 현아도 살고 자기 딸 현덕도 살았을 것을, 아마 사위도 자기 딸 현덕을 생각하면 그때 일을 후회하리라.

현덕은 그때 늑막염을 앓고 일어난 걸, 두 달간을 짐도 지고 길에서 고생을 하고 먹는 것조차 부실하여 늑막염이 재발되고 폐가 나빠져서 불쌍히도 없어졌으니, 애달프고 슬프도다. 이러므로 남녀를 물론하고 생각을 잘못하고 마음을 올바로 쓰지 않으면 이런 불행이 있기가 쉬운 법이다.

❀

현숙이 최후를 마칠 곳이 신경이었던지, 을유년 12월 2일에 순산 득남하여 산후(産後)도 건강하더니 유아가 병술년(1946) 정월부

감세: 병세가 약해짐.

회: 회충.

큰딸: 규숙.

보현심: 현숙의 불명(佛名).

송경: 불경을 외다.

터 병이 들어 여러 가지로 약을 써서 차차 쾌차하여 다행히 지냈다. 그러나 3월 초순에 어미가 감기로 성찮아 중국 약국에 가 약을 쓰고, 계속하여 진찰도 하며 약을 써도 차도가 없었다. 서울이나 일반으로 병원도 많고 의사도 많더니 해방 후로는 어쩌면 비로 쓴 듯이 병원이나 의사는 구경할 수가 없었다. 병은 점점 더하고, 당치도 않은 약을 쓰니 감세(減勢)가 있으리오. 살릴 길 막연하니 실로 후회로다. 해방 전후에 서울로 못 온 게 생각사록 원통하지. 감기가 덮쳐 폐렴이라, 신열은 대단하여 입으로 회(蛔)를 토하고 가슴은 두방망이질 하듯 뛰니 어찌 살리리오.

일본 의사가 있다 하여 그 의사를 청하여 진찰하니, "폐렴이 만성(慢性)이 되어 신열이 대단하니, 냉수 찜질을 해주라" 하여 그 날부터 찜질을 4, 5일을 주야로 계속하나 일푼이나 차도가 있으리오.

큰딸과 돌아가며 하는데, 그때는 내가 찜질을 하다가 잠깐 졸았다. 비몽사몽 간에 통동(通洞)서 사는 보월 스님이 오시거늘, 내가 영접하며 "스님이 어찌 오시는가?" 하니, 보월 말이 "노스님도 오십니다. 월만성 보살님이 보현심 송경(誦經) 외라 하셔서 오십니다" 하니, 내 듣고 놀랍게 생각하는데, "보현심 죽지 않았소" 하며

중앙군: 장개석의 국민당 중앙정부의 군대.

병구완: 앓는 사람을 돌보아 주는 일.

보현심 방으로 들어가시는 것을 보고 놀라 깨니 시계가 새벽 2시는 되었다.

현숙은 그대로 내게 의지하여 앉아서 "어머니가 며칠을 새우셔서 너무 곤하시어 지금 두 시간은 주무셨어요" 하며 아픈 중에도 어미 피곤하여 하는 걸 딱해하거늘, 제 모양을 보니 하도 불쌍해서 뼈가 녹게 아프도다. 세상에 야속한 걸 누구를 원망할지.

"내가 지금 꿈을 꾸니 통동 스님이 오셨더라" 했더니 그중에도 좋아서, "스님이 오셨으니 내가 나으려고 그런 게지" 하는 걸 들으니 더욱 가슴이 저리도다.

그 이튿날은 5월 초하루인데 병은 점점 위중했다. 거리에서는 중앙군과 팔로군(八路軍) 의용군이 합해서 싸워 소란하고, 또 사람도 임의로 다닐 수가 없었다. 우리 식구 4, 5인과 친척 되는 분이 와 있는지라 그분과 함께 병구완도 하며 걱정이 되어 의논도 같이 하며 지내는 터인데, 병은 시간을 다투어 중하니 부처님도 무정하시지. 할 수 없이 의사를 데려다 진찰을 하나 병이 중하다고만 할 뿐이지 세상에 약이 어디 있으리오.

밤은 자정이 넘어서 두어 시간은 지났는데 저 혼자 일어나 앉아 울면서 중국말로 무슨 말인지 한 시간 동안을 하니, 나는 잘

어미 잘못: 해방이 될 것을 모르고 연길현으로 시집을 보낸 것을 가리키는 듯함.

보현사: 정확한 명칭은 보현염불당(普賢念佛堂). 현재 장춘시 농안현(農安縣) 소재.

칠칠일: 49일. 사람이 죽고 나서 다음 생(生)을 얻을 때까지의 날수.

사십구일재: 사람이 죽은 지 49일 되는 날에 지내는 재.

고고촉처: 닿는 곳마다 고통이다.

알아듣지 못하는 말이지만 제 원통한 한탄을 하는 것인지. 제 동생더러 눕혀 달라 하더니 그만 열반(涅槃)에 들어 슬프다. 때는 병술년(1946) 5월 초이틀이라. "네가 내 앞에서 5삭 된 유아를 두고 차마 어찌 가느냐?" 천지가 흔들리도록 울부짖으며 통곡을 하니 무슨 소용이 있으리오. 슬프다, 그같이 어질고 착한 우리 현숙이 28세에 어미 잘못으로 애처로운 길로 떠나다니, 남아 있는 어미 가슴에 불을 묻고 갔으나 너는 죄가 없어 잘도 갔단 말인가. 어린 생명 어미 없이 장차 무엇을 먹여 기른단 말인가. 젖 먹고 싶어 우는 건 차마 목불인견이로다.

친척 되는 분이 삼베 한 필을 주어 그것으로 수의(壽衣)를 지었으나, 입어 보지도 못한 제 옷감들을 연길현에다 두지만 않았던들 그것으로 수의나 지어 입혀 보냈어도 한이 안 되었을 것을, 생각하면 모든 것이 한이로다.

그럭저럭 마련하여 입관한 후 화장하여 유해는 보현사에 모시고 칠칠일(七七日) 사십구일재(四十九日齋)도 잘 해 주었으나, 날이 가고 달이 갈수록 고고촉처(苦苦觸處)로 어린것이 고생과 만고풍상을 겪다가 이제는 제대로 살 만하니까 간 생각을 하면 더욱 불쌍하여 그 유한을 어찌 다 적으리오.

어미: 현숙.

제 이모: 규숙.

삼촌: 규동.

남은 유아를 살리려고 백방으로 우유와 설탕을 구하나 구할 길이 없고, 간신히 꿀만을 구하여 암죽을 해서 먹이니 무슨 영양인들 있으리오. 후회만 나노니, 애당초 어미 인연 맺어 주지만 않았던들 이런 불쌍하고 참혹한 현상은 일어나지 않았을 게다. 그리고 해방 후 즉시 시댁 고향으로 데리고만 갔어도 산후 병이 나도 곧 서울로 데리고 가서 입원을 시키고 약을 써서 이런 참혹한 지경은 안 당했으리라.

생각 없는 사위라지만 어찌 그리 생각 없이 제 식구를 귀찮아 신경으로 보낸 것인가. 지금도 생각하면 원망스럽고 내 가슴에 못이 되니, 내게 무슨 원한으로 원통지원한(寃痛之怨恨)을 보게 하니 세상에 이런 일도 있는가.

불쌍한 아기는 저의 부모 잘못 만난 탓으로 생명을 못 구하니 이런 잔인하고 불쌍한 일이 또 있는가. 대체 무엇을 먹여야 할지 제 이모와 삼촌과 우리 세 식구가 전력을 다하나 젖 먹던 걸 갑자기 암죽으로 살리려 하니 어찌 살 수 있으리오.

그도 하는 수 없이 엄마 잃은 지 30일 만에(6월 초이틀) 저마저 없어지니 불쌍하도다. 보현사 박 스님이 불쌍하다고 어미 적에도 와서 정성껏 송경하였는데 아기에게도 그 스님이 와서 송경도 하고

데리고 가서 화장하여 원 없이 하였지만 생각하면 참으로 기막히고 슬프도다.

그래도 아기가 있을 때에는 살리려고 온 식구가 전심전력을 다해 왔던 것인데, 어린것 그마저 없어지니 앞이 허전하고 쓸쓸하여 다시금 없어진 딸애 7세 때 떼어 놓고 서울 가던 생각이 새롭고 구제원에 가 있던 게 상상되어 원통함을 금치 못하겠다. 내 운명이 왜 이리도 기구한지. 가군께서는 당신의 열렬하신 뜻으로 듣기에도 놀라운 최후를 마치셨으나, 자녀들이나 무사히 수복을 누리기를 바랐더니 천만뜻밖에도 딸은 이 모양으로 가 버리고 아들은 13년이란 긴 세월을 감옥에서 고생을 했으니, 그를 기다리던 이내 간장이 썩었다 해도 과언이 아니로다.

이제는 오래 기다리고 심축하던 아들이 출옥되었으니 아무 걱정이 없으나 여기에 딸마저 살았더면 오죽이나 좋았으리오. 죽는 순간까지도 서울 가자고 하며 오라비 보고 싶어 하던 것을 데리고 오지 못하고 저 없어진 후에 조선으로 오려 하니 모든 것이 한이 되도다.

상해 강만(江灣, 장완) 비행장에 도착한 국무위원 이시영과 마중 나온 가족들

대한민국 임시정부 요인들의 환국 노선과 교통편은 중국과 미국의 교섭으로 마련되었다. 노선은 장춘에서 상해로, 상해에서 국내로 들어가는 것이었고, 교통편은 장춘에서 상해까지는 중국 측이, 상해에서 서울까지는 미국 측이 제공하기로 결정되었다. 1945년 11월 5일 김구 주석을 비롯한 국무위원과 경위대원을 포함한 29명이 장춘의 산호패(珊瑚覇, 산후바)공항을 출발하여 다섯 시간 만에 상해에 도착하였다. 이후 임시정부 요인들은 1진과 2진으로 나누어 귀국하였다. 즉 이은숙을 비롯한 식구들은 이시영이 한국으로 들어간 뒤 따로 갔다.

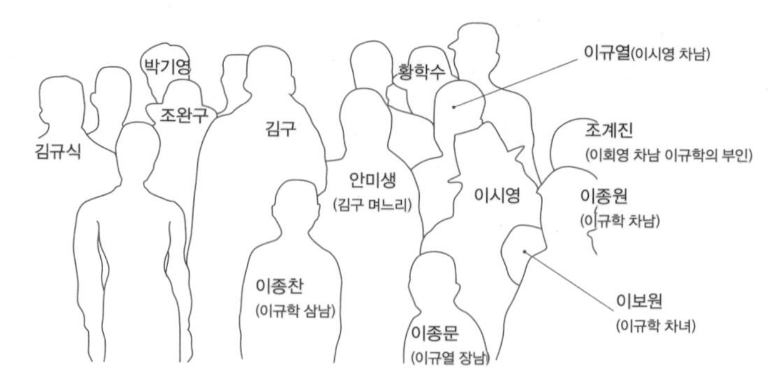

❀

병술년(1946) 7월 상순에 피란 단체로 떠나서 오는데 그 고생을 어찌 다 기록하리오. 돈은 세 가지 돈으로서 중앙군 돈, 붉은 군대 사령부 돈, 조선 돈, 이 세 나라 돈을 가져야 오다가 쓰게 되며, 그걸 못 가지고 나선 사람은 입은 옷이라도 벗어 팔아야 조석(朝夕)을 먹지 그렇지 못하면 도리가 없었다.

치행을 하는데 못 가지고 올 물건들은 팔고 당장 입을 옷 몇 가지가 들어갈 뤽사크 두 개를 꾸려 행장을 차렸다. 우리 현아 유해를 보현사에 두었다가, 서울 생각 하던 것이 불쌍하여 유해나 조선으로 가지고 오려고, 뤽사크 하나에 유해를 담아 가지고 큰딸과 규동과 외손 자매를 데리고 나서니 슬프고 처량하다.

이제는 주야로 바라던 독립도 되어 태극기를 보게 되고 시시로 심축하던 아들도 출옥되었으니 무슨 걱정이 있으리오. 일편단심으로 '우리 조국, 우리 민족' 하던 가군과, 지극하신 애국선열들이 금수강산의 무궁화꽃 속에 새 나라 건설을 못하시고 원통히 적에게 최후를 마치신 영혼을 내 스스로 위로했다. 조심스러운 것은 행로(行路)가 요원하여 길이 위험한 중 의용군 자격을 지닌 아들

중앙군 돈, 붉은 군대 사령부 돈: 중국 돈, 러시아 돈.

뤽사크: rucksack (룩색). 배낭.

대동지환: 모든 사람이 다같이 당하는 환난(患難).

깡요: 원래 이름은 강야오쩐(缸窯鎭, 강야오 마을). 규모는 읍 정도로 길림시 용택구(龍潭區) 동북부의 공업중심지 중 하나.

군대지: 군대 주둔지.

남선: 남조선. 즉 남한.

을 데리고 나선 것이 안심이 아니 되나, 대동지환(大同之患)이라 혼자 당한 일이 아니니니 어찌하랴.

7월 11일에 단체로 떠나 길림에 가서 밤을 지내고 그 이튿날은 팔로군 의용군 지대인 북길림에서 깡요란 곳으로 갔다. 그곳은 의용군을 모집하는 군대지(軍隊地)로 누구나 그곳을 지나가게 되어 있는 고로, 할 수 없이 그곳에서 밤을 지내게 되었는데, 그날 밤 의용군 대장이 우리 피란민들을 모아 놓고 연설을 하기를,

"우리가 조국을 위하여 피를 흘리며 노력을 하고 있는데 당신네들은 왜 남선(南鮮)으로 가는 게요? 청년들이 많으니 우리 군대에 가입해서 다 같이 노력합시다."

하는데 청년들이나 부모들이나 불안한 마음 일반이다. 게다가 나는 눈물이 앞을 가려 그저 관세음보살만 부르며 심축을 하는 중, 우리 피란민 단장이 대답하기를,

"우리도 조국을 위하여 노력 중이오. 우리 일행 중 사십 미만의 청년들은 다 대동아 전쟁 때 왜놈들에게 강제로 붙들려 가서 죽은 사람은 할 수 없지만 요행이 살아서 온 청년들은 부모가 그

서란: 길림성의 길림시에 있는 도시인 수란(Shulan).
낭중취물: 주머니 속에 지닌 물건을 꺼낸다는 뜻으로, 아주 쉬운 일 또는 손쉽게 얻을 수 있음을 비유해 이르는 말.
굴혈: 나쁜 짓을 하는 도둑이나 악한 따위의 무리가 활동의 본거지로 삼고 있는 곳.
사태: 비로 인해 언덕이나 산비탈이 무너지는 일.

리워서 한시가 바쁘게 가려는 것이오. 여기에서 의용군으로 가입하면 어느 때 만나볼 것이며 그 부모나 자식이나 피차 생사를 모를 것이니 하루 속히 가서 그립던 부모들을 만나본 후 의용군으로 지원하겠소. 부모들에게 알린 후 와도 늦지 않을 것이니 대장은 널리 생각하여 주시오."

하고 말하니 그놈들도 부모가 그리웠던지 "동무 말대로 그렇게 하라" 한다.

그 밤을 지내고 그 이튿날은 군대에서 마차까지 얻어 주어 그것을 타고 서란(舒蘭)이란 곳으로 향했다. 그곳은 첩첩산중에 사면에서 도적의 총 소리가 들리며, 인가(人家)는 십 리에 한 집씩 그나마 팔로군의 집이고 길에는 도적 잡는 팔로군이 혹 하나씩 있는데, 이곳서는 사람 죽이는 것을 낭중취물(囊中取物)같이 하는 것이다. 이곳을 지나지 않고는 갈 길이 없어 하는 수 없이 도적 굴혈(窟穴)을 지나가게 되었다.

날은 저물고 말들은 이미 험준한 고개 여럿을 넘은지라, 기운이 빠져 살 가지를 못한다. 그런 데다 여름 장마에 사태(沙汰)가 나서 한 길이 넘게 깊은 곳에 마차 바퀴가 빠져 아무리 여러 말이

초경: 저녁 7시에서 9시 사이.

사위: 현숙의 남편 김홍택.

용정: 두만강 건너 만주벌판에 위치한 용정촌(龍井村)을 가리킴.

딸네 식구: 현숙네 시댁 식구.

힘을 다하나 요지부동이라. 밤은 이미 초경(初更)이 지나고 사면에서는 도적의 총 소리가 나고 다른 마차는 다 가고 우리가 탄 마차만 이 모양이니 이를 어찌하리오.

하늘을 우러러 탄식하며 마차에 실은 짐을 내려놓고 바퀴를 빼려고 애를 쓰고 있는데 먼저 간 마차 두 대가 다시 돌아와서 함께 힘을 써서 바퀴를 빼내고 다시 짐을 나누어 싣고 서란으로 갔다. 그곳에 마침 의용군들 식사하는 큰 식당이 있는데 집이 어찌 큰지 우리 일행이 또한 넉넉히 들 수가 있게 되어 있어, 그곳에서 수일을 묵었다. 기차가 통하여 연길현으로 가게 되니 현숙 살던 곳을 보게 되었다. 새로이 지난 일이 추모되어 자연한 심회를 진정했다.

제 세간에 든 옷을 보니 새 감으로 한 것은 하나도 없고 조금씩 입던 것만 몇 개 남았다. 또한 사위는 제 댁을 신경으로 보내고 즉시 서울로 갔다니 더욱 괘씸하게 생각되지만, 위험한 지대서 살아 간 것만 다행으로 알았다.

나는 용정(龍井)으로 가서 딸네 식구를 만났다. 신경 만선일보(滿鮮日報)의 경리부장이 우리와 숙친하여 그 식구가 친척같이 지낸 고로 그 집에서 만류하여 3, 4일을 묵었다.

금생: 금생역(驛). 함북선의 철도역. 함경북도 회령시 궁심동 소재.

포살: 잡아 죽임.

우리 증명: 민적.

안악: 황해남도 서쪽에 위치한 군.

해주: 황해남도 중남부에 위치한 시.

우차: 소가 끄는 수레.

요행으로 소련 군대를 만나지 않고 두만강을 무사히 넘었는데 조선 땅을 밟으니 시원해지는 마음이다. 그곳은 금생(金生)이라는 곳인데, 의용군이 사무소에 앉아서 우리들을 보고,

"왜 만주서 나오시오? 우리가 동포를 위하여 피를 흘리며 이 고생을 하지 누구를 위하여 하겠소? 동무들, 좋은 지방에서 잘 살게 해 주는 것이니 도로 만주로 가시오."

한다. 여러 사정을 하니 피란민 명부를 조사하는데, 고향이 서울이라 하면 포살(捕殺)한다는 말을 듣고 '우리 증명은 서울로 하였으니 어떡하나?' 하고 아무리 생각해도 도리가 없어 답답했다. 다시 핑계를 하여,

"우리 딸의 시가(媤家)는 황해도 안악(安岳)인데, 사위가 서울서 살다가 신경으로 갔다가 이번 해방 직후에 행방을 모르게 되었다우. 살 수가 없어 해주(海州)에 있는 시누이를 찾아가는 거라우. 나도 딸을 의지하고 있으니 거기로 갈 수밖에……."

하고 사정을 하여 간신히 위기를 모면하였다. 그곳에서 우차(牛車)를 얻어서 짐을 싣고 도망쳐서 회령(會寧)으로 갔다. 그 이튿날은

삼추 : 세 해의 가을. 즉 3년의 세월을 일컫는 말로 긴 세월을 비유함.

피쌀 : 핍쌀. 겉피를 찧어 겉겨를 벗긴 쌀.

그곳 군대에서 청진(淸津)까지 가는 증명을 해주어 간신히 차를 얻어 타고 청진으로 오니, 중간 곳곳에서 조사가 많아 규동으로 인해 초조가 되고 명부를 보면 호적이 서울이라 또 말썽이 될까 얼마나 걱정이 되리오.

청진에 도착하여 보니 그곳 역시 공산 지대(共産地帶)라 더욱 흉흉하여 하루 있기가 삼추(三秋) 같지만, 임의로 다 아니 되어 할 수 없이 남의 집 이층에서 다섯이 한 달 동안을 피쌀을 사다가 연명을 했다.

증명서를 얻지 못하여 이같이 고생으로 지내는데, 세월은 신속하여 8월 보름이 되니 일기는 차차로 추워지는데 어찌할지 답답했다. 피란민 단장에게 여러 번 청을 하여 증명서를 얻어, 청진에서 함흥으로 가는 차를 타게 되어 역전으로 나가니, 내 그때 우리 규동이가 애쓰던 게 지금도 걸리도다. 남자라고는 저 하나가 식구를 인솔하자니 얼마나 어려우리오. 차마 못 잊히던 것 항상 잊지 못하겠도다.

차 시간이 되어 그 여러 개 짐을 간신히 다 싣고 나서야 규동이가 "안심이 된다"고 하였다. 청진서 명천(明川)으로, 길주(吉州)서 북청(北靑)으로, 함흥으로, 고원(高原), 양덕(陽德)으로 북쪽을 순행

신막: 현재 황해북도 중부 서흥군(瑞興郡)에 해당.

만분: 매우.

공청: 공공 건물.

토성: 현재 황해북도 개풍군(開豊郡)에 해당.

노서아: 러시아.

하며 평양(平壤)까지 왔다. 내 생각에는 이곳은 '공산 정부까지 있다니 조사가 더 세밀하겠다'고 상상하였더니, 오히려 그곳은 조사도 없었다.

편안히 기차도 공으로 신막(新幕)까지 태워 주며 남선(南鮮)으로 가는 것도 묻지 않아 무사히 신막까지 왔다. 차에서 내리니 조사 심한 중에 하필 우리네 조사가 더욱 세밀하여 걱정이 되더니 무사히 나오니 만분(萬分) 다행이라. 그러나 한데서 새울 수가 없어 여러 사람이 방황이더니, 조사하던 사람이 빈 공청(公廳) 하나를 빌려 주어서 그곳으로 들어갔다. 너무 늦어서 밥도 못 해 먹고 그냥 기진하여 자는데, 이상한 냄새가 나지만 너무 노곤하여 그냥 잤다. 그 이튿날 보니 마굿간이었다.

아침이라고 해 먹고 가다가 평산(平山)서 쉬고 연안(延安)으로 돌아오니 거기서 토성(土城)이 불과 20리라 하며, 그 가운데가 삼팔선을 넘는 경계선이라 일행이 함께 경계선은 넘어야 한다고 했다.

여러 사람이 모여 의논하고 한 사람이 백 원씩 모아서, 만일 경계선 지키는 군인들이 못 넘게 하면 주기로 하고 경계선을 바라보고 갔다. 도중에 남자 하나가 나무를 지고 오거늘 우리가 묻기를 "경계선에 노서아(露西亞) 사람이 있는가?" 하니, 노인이 답하

회환: 돌아옴.

요요: 뒤숭숭하고 어수선하다.

기를,

"지금은 점심때라 저희들도 점심 먹으러 갔으니 이 틈을 타서 넘으면 편안히 가리다. 노서아 사람은 상관없고, 만일 의용군이 있으면 말썽이니 군인이 오기 전에 빨리들 가시오."

한다. 노인에게 고맙다고 치하하고 총총히 가니 의용군은 없고 노서아 사람 둘이 앉아 있다. 거둔 돈을 손에 들고 다가가니 노서아 사람이 말은 통치 못하는 고로 손으로, '경계선을 넘어가라'는 것 같거늘 그 모양을 보고 일시에 넘으니 어찌나 시원한지.

나는 생각에 경계선 넘기가 하도 어렵다 하고 멀기 1, 20리는 되어 그 중간에 조사가 더 심하고, 청년들 가기가 위험할 줄로 알았다. 더욱 규동으로 인해 애가 달며, 규동을 데리고 갈 일이 심중에 걱정이 되더니, 발 하나는 남에 있고 하나는 북에서 넘으니 얼마나 시원 상쾌하리오. 모든 게 자비하신 부처님이 도우셔서 위험한 수천 리 길을 무사히 회환(回還)하니 얼마나 감격하리오.

이곳은 토성이라, 모든 게 안심이 되나 작은딸 생각 새로이 나서 심사가 요요(擾擾)했다. 경계선을 막 넘으니 난데없는 빗방울이 내 면상에 떨어지며 궂은비가 오니 규동 역시 누이 생각이 새로

알음장: 눈치로 은밀히 알려줌.

그러구러: 그럭저럭 일이 진행되는 모양. 그럭저럭 시간이 흐르는 모양.

강철이 가는 데는 가을도 봄이라: 강철지추(强鐵之秋)라고도 함. 운수가 기박한 사람은 팔자가 사나워 다 되어 가던 일도 방해를 받고 망친다는 뜻.

영천 종점: 서대문 밖 독립문 근처에 있던 전차 종점.

워서, "누나가 우나?" 하고 비감해한다. 나 역시 비 오는 걸 보고 심사가 새로워 "현숙 원혼이 슬퍼서 알음장하는 게로구나" 하며, 나 혼자 실성한 사람같이,

"현아야, 네가 조선을 그리워하다가 못 오게 된 게 하도 기가 막혀서 네 유해를 어미가 지고 나왔으니, 너의 영혼이 있거든 어미와 같이 서울로 가자."

하고 울었다.

❀

그러구러 토성 역전에 와 여관에서 자고, 그 이튿날 서울로 가려고 기차를 타려고 하니, 속담에 '강철이 가는 데는 가을도 봄이라'고, 두 달 동안을 반생반사(半生半死)로 우리 조국을 찾아오니 기차가 동맹(同盟)하여 불통이라.

그곳서 묵을 수도 없고 서울 가기 막연하여 답답하던 차 마침 미군이 트럭으로 서울 오는 길에 태워 주어 종일 와서 영천 종점에 내려 놓았다. 그러나 바라던 서울은 왔으나 이대로 행할 곳이 없어 의당 선생 댁을 찾아갔다. 마침 선생이 계셔서 일행을 모시

이시영 부통령 취임 기념으로 가족과 함께 부통령 관저에서(1948)

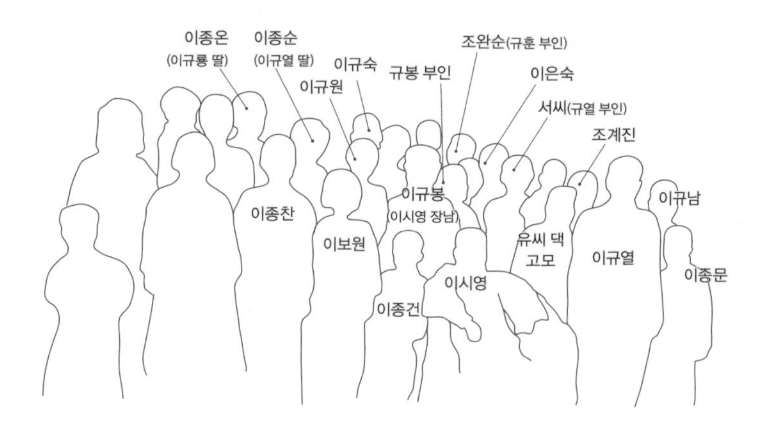

고 오라 하여 그 댁으로 가서 편안히 잤다.

그 이튿날 성재장 댁을 찾아가니 식구 다 모였거늘 반가히 보았으나, 식구가 모인 걸로 보면 현아 생각이 간절히 상상되어 실성한 사람 같았다. 그러나 그립던 아들을 보니 세상에 이같이 든든하리오. 그래 현아 생각에 식구가 흥황(興況)이 없어지니, '기왕 제 운명 그만이든지 부명(賦命)으로 수가 나빴든지 극락으로 간 걸 생각하면 쓸 데 있는가' 하고 마음을 도지게 먹고 저 3남매 계계승승(繼繼承承)하게 복 많이 받고 무량수복(無量壽福)을 발원(發願)하며 시일을 보냈다.

스님께서 현아를 사랑하셔서 불명(佛名)까지 지어 주시고 신도로 가입시킨 고로 유해를 제 본사(本寺) 간동(諫洞)에다가 두었다가 제 소기에 없앤다고 유해를 본사에다 모시고 의당 선생 댁 신세 진 지 수삭이라.

내수동 우리 당숙모가 당신 집으로 와 있자고 하셔서 그리로 가서 5, 6삭을 보냈다.

무정한 광음은 원수의 병술년이 지나고 정해년(1947) 2월에 우리 생질 홍증식이 자기 집으로 와서 같이 지내자 하여, 그 집은 필동(筆洞)이라, 그 집으로 이사하여 지냈다. 정해년 3월 18일이

흥황: 흥미를 가질 만한 여유나 형편.

부명: 타고난 운명.

도지게: 매우 심하고 호되게.

계계승승: 자손 대대로 이어감.

본사: 여기서는 당사자가 소속되어 있는 절.

간동: 서울 종로구 사간동.

산골: 유골을 바다나 강이나 산에 뿌리는 장례.

큰며느리: 규학의 처인 조계진.

저희 외조 대원군: 조계진의 부친 조정구는 흥선대원군의 둘째 사위.

공덕금 아소당: 흥선대원군의 별장으로 아소정(我笑亭)이라고도 함. 당시의 마포 공덕리에 위치했으며 현재 마포구 염리동에 소재한 동도중학교와 서울디자인고등학교 자리에 있었다.

정이형: 1897~1956. 평안북도 의주 출신. 본명은 원흠(元欽), 호는 쌍공(雙公). 1922년 만주로 망명하여 대한통의부에 참여. 1924년 정의부 사령부관으로 무장항일투쟁 전개. 1927년 하얼빈에서 일본 경찰에 잡혀 1945년 해방까지 19년간 옥고를 치름. 해방 이후 좌우합작을 위해 노력. 친일파 처벌법 제정에 앞장섬. 건국훈장 독립장.

완정: 아주 정하다.

혼후: 화기(和氣) 있고 인정이 두터움.

간동 본사 자은방생회(慈恩放生會)라, 현아의 소기를 그날로 지내게 되어, 스님께서 "현아 못다 살고 간 것이 유감이라"고 하고, 지장회(地藏會) 날이니 내생(來生)에 인연 많을지라. 그날 여러 신도들과 같이 소기를 지내고 제사 음복(飮福)으로 대중공양(大衆供養)을 하고 유해는 강물에 산골(散骨)하였으니, 보현심 자취 춘설(春雪)같이 사라지니 억색하도다.

우리 큰며느리 주선으로 저의 외조 대원군(大院君) 있던 집 공덕금 아소당(我笑堂)을 얻어 두 집이 같이 지내게 되었다. 아들 규창의 혼인을 정이형(鄭伊衡) 씨 여식과 완정(完定)하여 정해년 12월 17일에 예식을 올렸다. 누구나 아들 있으면 며느리 보는 건 원칙이지만, 우리 아들 지내던 걸 생각하면 남의 없는 경사 같다. 다만 언제든지 생활에 여유가 없어 내 마음껏 하고 싶은 걸 못해 주어 항상 한이 많도다.

며느리 본가 부친은 혁명에, 광복 운동에 몸을 바쳐 종사(從事)를 하다가 무기 징역으로 20년 복역 중에 해방 덕으로 출옥하신 분, 누구나 정이형 씨라면 알 것이로다. 이분은 친구, 동지에게 혼후(渾厚)하셔서 일컬음 받는 분이라.

우리 며느리도 그 부친의 뜻을 본받아 행동이 겸손하고, 현대

규창과 부인 정문경

효봉구: 시댁을 효성으로 모시다.
승순군자: 남편에게 순종하다.
생산: 출산.

신여성치고는 사치함이 없고, 효봉구(孝奉舅)하고 승순군자(承順君子)하니 기특하도다. 또 바라던 생산(生産)을 무자년(1948)에 순산생녀(生女)하여 충실히 자라니, 우리 아들 지내던 생각을 하면 다시 없는 손녀같이 그저 신통하기만 하다.

감찰위원 조사과장: 해방 뒤 대한민국 정부가 수립된 직후 독립운동가와 그 자손들은 감찰위원회(당시 정인보가 초대위원장 역임)와 기획위원회에서 일을 하게 되었는데, 이 위원회가 합쳐진 게 오늘날의 감사원이다.
국사관: 한국의 역사 연구를 위해 문교부 산하에 설치한 국가 기관. 1946년 3월에 신석호 등의 인사가 조선사편수회 자료를 접수하여 경복궁 집경당(緝敬堂)에 설치. 1949년 국사편찬위원회로 개편.

제7장

6·25 전쟁

1950~1953

이같이 평화롭게 가정을 이루고 사는데, 시운이 불행하여 동족상쟁(同族相爭)인 6·25 사변이 일어나 누구나가 대동지환으로 겪은 일이지만 여기에 대강 기록하노라.

그때 당시 우리 규창이 감찰위원 조사과장으로 중앙청 국사관(國史館) 옆 감찰관사(監察官舍) 67호에서 살았다. 그곳에 제일 먼저 폭탄이 떨어져 규창이는 제 댁을 데리고 장교동 처가로 가고, 우

종응: 규룡의 장자(1929년생).

부통령 작은아들: 이시영의 둘째 아들 이규홍(李圭鴻, 1905~1952). 후에 규열(圭悅)로 개명.

리 노친은 친구에게로 가시고, 나는 작은아들 규동과 손자 종응(鍾應)을 데리고 부통령 작은아들 사는 집으로 갔다.

마침 부통령께서도 그 집에 계시다가 경인년(1950) 양력 6월 26일 새벽 1시에 부통령 가족 모두가 피란하시고 나는 그 이튿날 규동과 손자 종응을 데리고 장교동 사돈집으로 가서 식구가 모여 있었다. 조금 있으려니까 곳곳에 붉은 기가 달리고, 그날부터 공산군이 입성하여 살기가 등등하고 사람 죽이기를 낭중취물같이 하니, 죄가 없어도 두려운 생각이 들었다.

우리 규창이를 그놈들이 내무서(內務署)로 붙잡아 가서 하는 말이 "무엇을 먹고 살았으며, 누구 덕으로 지냈느냐?" 하여, 우리 규창이가 대답하기를 "나는 부통령 덕도 아니 보고 이승만 덕도 아니 보고 내가 벌어서 살았다"고 했다. "그럼 무엇을 했느냐?"고 물어 "13년 징역한 것밖에 없다"고 했더니 나가라 하여 무사히 나왔다.

작은아들 규동이는 연령이 마침 의용군 해당자라, 항상 염려가 되고 안심이 안 되어 우리 딸네와 사돈집 두 집을 다니게 하면서 서울에서 지냈다. 혼자 외출할 때나 집을 옮길 때 혹시 길에서 붙잡힐까 염려되어 내가 따라다니는데, 어찌 한시나 안심할 수

염천: 몹시 더운 날씨.

있으리오.

사돈이 양주(楊州) 광릉 봉선사(奉先寺) 주지와 친하게 지내는 고로, 그곳으로 우리 모자도 함께 피란을 가게 되었다. 당장 입을 옷만을 꾸려서 저의 형제가 손수레에 짐을 싣고 80리나 되는 곳을 6월 염천(炎天)에 끌고 가노라니 오죽이나 힘이 들었으리오.

이같이 저의 형제 며느리 먼저 보내고 나는 사돈댁과 수일 후 가게 되니, 우리 노친을 어찌 그곳까지 모시고 갈 수 있으리오. 하는 수 없이 고양군(高陽郡)으로 모시고 가서 계시게 하고, 딸은 어린것 데리고 고양군 벽제면(碧啼面)으로 가고 제 남편은 부산으로 가니, 살아 생전 언제 다시 만나볼지 기약 없이 모두들 떠나 버리니 참으로 한심하도다.

❀

나는 그 이튿날 양주를 향하여 새벽같이 떠나서 어찌나 급히 갔던지 그리 늦지 않아 들어가게 되었는데, 규동이가 보이지 않아 걱정이 되는 중 캄캄한 데서, "어머니, 오시느라고 고생 많이 하셨지요?" 하는 소리에 어찌나 반가운지. 그 당시는 모자 서로 의지하고 사는 때라 잠시라도 떨어지게 되면 걱정이 되었더라.

천수경: 한국 불자들이 가장 많이 독송하는, 관세음보살의 광대한 자비심을 찬양하는 다라니경(陀羅尼經).

그 이튿날도 아침을 먹고 규동과 명님과 같이 산으로 가서 나무도 하고 종일 있다가 내려와 저녁이라고 먹고 잠자리에 들게 되는데, 자다가도 옆에 규동이가 있으면 안심이 되나 혹시 변소라도 갔으면 깜짝 놀라서 일어나, 그 어두운 곳을 더듬어 찾아가서 가만히 불러 보아 소리가 들리면 반가워 기다리고 있다가 모자 함께 들어와 날을 새기도 하였도다.

그곳도 내무서에서 조사가 심하여 하는 수 없이, 전에 사돈께서 그 근처의 깊은 산속에서 왜정 때에 비밀히 폭탄을 만들던 집이 있어, 그 집으로 규동과 자기 손자와 또 한 사람을 가서 있게 하여 양식과 소금을 싸 가지고 가니, 내 마음인들 어찌 안심할 수 있으리오. 그곳으로 보낸 후 주야로 부처님께 심축하고 새벽 일찍 법당에 들어가 축수하기를, "속히 평정(平定)되어 억조창생의 생명을 구하여 주시고, 우리 아들 형제 위험 지대를 면케 하여 주십시오" 하고 지성껏 심축하고 천수경(千手經)을 모시는 것으로 일을 삼았다. 해가 서산에 걸리고 어두우면 규동이가 이틀에 한 번씩은 와서 두어 시간 있다 가는지라. 때로 늦게 와서 밤이 깊은 후 산속으로 들어가는 때면 마음이 안심이 안 되어 초조로운 마음으로 밤을 새우는 것을 누가 알리오.

각산분지: 각지로 흩어지다.

이렇듯 불안한 가운데서 세월 가는 줄 모르게 한 달이 되니, 그 곳으로도 공산 군대가 온다 하여 피란민들이 각산분지(各散分地)하게 되니 우리 규창이가 나와 제 동생을 7월 하순에 장교동으로 데리고 갔다. 마침 우리 노친께서 시골서 계시다가 내 소식을 몰라 궁금하신 마음에 서울로 오셔서 계신지라, 나는 우리 노친을 모시고 규동이와 같이 공주(公州)로 갈 예정을 하고, 우리 규창이는 제 식구가 있는 봉선사로 가니 모자 작별하는 것이 얼마나 아연하리오. 부디 조심하라고 만 번이나 당부한 후 작별하였다.

우리는 그 이튿날 공주를 향하여 가는데, 한강 인도교(人道橋)가 끊어져서 한남동으로 돌아가게 되었는지라. 우리 노친도 조그마한 보따리를 드시고 규동이는 륙사크를 지고 나도 조그마한 짐을 만들어 지고 장충단 고개로 갔다. 그 고개에서 한 신여성이 오면서 우리를 보고 하는 말이, "저 고개에서 청년들을 붙잡아 가는 모양인데, 저 학생을 어떻게 데리고 가시려고요?" 하며 매우 걱정스럽게 말을 해 준다. 우리는 고맙다고 하고는, 우리가 충청도로 가는 데는 그곳을 아니 지날 수가 없어 하는 수 없이 그대로 고개까지 가니, 한 군인이 나서서 규동을 붙잡고 못 간다고 하니 얼마나 기가 막힌 일이냐. 그저 천지가 아득한데, 우리 노친이 간

수원에 와 있던 딸: 이회영의 첫째 딸 규원.

종원: 규학의 둘째 아들(1932년생).

저의 고모 집: 규원의 집.

곡히 말을 하시고 나 또한 간곡히 빌며 말하기를

"내 아들을 당신이 데려가면 우리 노친과 나를 누가 그곳까지 데려다줄 것입니까? 서울서 먹을 것이 없어 할 수 없이 우리 친가(親家)로 노친을 모시고 가는 길이라오. 길을 알아야 가지 않겠소? 적선하는 요량으로 아들을 며칠만 놓아 주시고 시골이나 간 뒤에 데려가시오."

하고 말을 했다. 규동이도,

"내가 여기 있게 되면 우리 어머님 부녀분은 가시지도 못하고 길에서 돌아가실 겁니다. 우리 어머님 부녀분을 모시고 가서 편안히 계신 것을 보고 다시 오겠습니다."

하고 애걸을 하니, 그 사람도 착한 사람이라 "그리 하라" 하며 길에서 "잘 가라" 인사까지 해 준다. 고맙다고 하고는 친척 집까지 와서 밤을 지내고 그 이튿날 수원에 있는 딸에게로 가서 수일을 묵었다. 마침 손자 종원(種遠)이가 저의 고모 집에서 피신하고 있다가 내가 공주까지 간다 하니까 같이 가겠노라고 하여 함께 가게 되었는지라.

규동이 숙질: 숙질은 아저씨와 조카라는 뜻으로, 여기서는 규동과 종원을 가리킴.

구루마: 짐수레. 달구지.

소정리: 세종특별자치시 연기군 소정면 소정리.

나는 우리 노친과 규동이 숙질을 데리고 수원서 경인년(1950) 8월 초이틀에 공주를 향하여 떠났으나, 우리 노친께서 팔순이 넘으셨으니 행보를 어찌 하시리오. 답답하던 차에 마침 쌀장수가 있어 구루마를 가지고 소정리(小井里)까지 간다 하기에, 그 구루마를 빌려서 노인을 타시게 하고 짐도 얹어 규동과 숙질이 구루마를 끌고 가게 되었다.

만사가 태평하나 도중에 내무서만 지나가게 되면 규동이 숙질이 걱정이 되어 안심이 안 되었다. 그때로 말하면 한참 미군이 상륙할 당시라 그런지 천안 일대는 폭격이 어찌나 심한지, 그중에도 공중에서는 비행기가 수없이 날아다니며, 우리가 끌고 가는 구루마가 인민군 구루마인 줄 알았는지 우리 머리 위를 비행기가 빙빙 돌며 떠나지를 아니하니 어찌하랴. 길 가던 피란민들 말이 "구루마가 지나가면 영락없이 폭격을 한다" 하며 모두들 피해 가면서 가지 말라고 하니 어찌 가리오.

구루마 위에는 노인이 앉아 계시고 그 옆에는 청년 둘에다 여인 하나가 두 손을 합장하고 〈관세음보살〉을 부르며 우리 식구를 구하여 달라고 축수하는 것을 비행기 안에서도 보았던지, 한동안 얕게 떠서 빙빙 돌더니 우리가 인민군이 아닌 걸 알았던지 그

대통운: 크게 트인 운수.

사현리: 충청남도 공주시 정안면 사현리. 공주시에서는 북쪽으로 약 23km.

종조 내외분: 해관 이관직 부부.

대로 멀리 가버리거늘, 이제야 살았다 싶어 안도의 숨결을 내쉬는데 피란하던 사람들이 비행기가 다른 곳으로 가는 걸 보고 우리에게,

"당신들 오늘 신수가 대통운(大通運)이오. 비행기가 세 번만 돌면 영락없이 폭격하는 걸 여러 번 보았는데 당신 머리 위를 얕게 세 번 돌고 또다시 얕게 돌더니 가니, 구루마 위에는 한 노인이 앉아 계시고, 한 여인은 두 손을 합장하고 축원하는 걸 보고 인민군 아닌 걸 알고 갔소이다."

하니 우리 관세음보살님의 보살피심에 감사를 드렸도다.

이같이 그 험한 곳을 무사히 지나고 소정리까지 오니, 구루마 임자가 자기 목적지까지 다 왔다 하여 구루마를 가지고 하직하였다. 그곳에서도 사현리(沙峴里)가 30리가 되거늘, 이미 날은 저물어 오고 또 노인께서 30리를 대어 가시기가 어려우실 듯하여 하는 수 없이 소정리 역전에서 그 밤을 지냈다.

이튿날 일찍 떠나서 오후 2시에 사현에 들어가니, 우리 종조 내외분께서 반가이 맞아 주신다. 그날부터 그곳에 머무르게 되어 만사가 안심이나, 규창이 소식으로 인하여 주야로 걱정이 되었다.

환도: 수도로 돌아오다.

❀

8월 보름날이 되니 '유엔'군들이 상륙하여 그날부터 인민군들을 잡아내느라고 난리들인데 아직도 서울 소식은 어찌 되었는지를 몰라, 다시 우리 세 식구가 9월 초 닷새에 서울로 향하여 기차를 타고 떠났다.

천안에 오니, 그때는 우리 경찰들도 이왕 같이 파출소에서 사무도 보는 중이라. 우리 손아 종원이가 그때 중앙중학교 재학 중이라, 머리를 깎아서 인민군 같은지라 한참 말썽을 부려 얼마나 고통했으리오. 우리 모자가 갖은 여러 말로 변명을 하여 무사히 기차를 탔다.

기차가 가긴 하나 가다 말다 하기 때문에, 아니 가면 도중에서 걷기도 하고 하여 이틀 만에 서울에 당도하여 보니 여러 집 식구들이 모두 안전하여 반가이들 만나 보았다. 부통령도 환도(還都)하셨기에 반가이 뵙고 규창도 잘 와 있고 그 난리통에 퇴계원에서 순산 득남하여 유아가 충실 기특한지라.

그러나 집들이 폭격을 당하여 함께 있을 수가 없어 규동만은 서울에 두고 나는 다시 사현으로 가서 겨울이나 보내고 봄에나

작은사위: 현숙의 남편인 김홍택.

넷째 어머니: 이회영이 형제들 가운데 넷째이므로 이은숙을 가리킨다.

오려고 내려가서 잘 지내고 있었다.

경인년 11월에 중공군의 침입으로 다시 난리가 나서 1·4 후퇴라 하여, 서울에서는 부산으로 피란을 간다고 매일같이 사현 신작로로 짐차가 수없이 가거늘, 나는 서울에 있는 두 아들의 소식조차 모르고 또 웬 영문인 줄을 몰라 초조롭게 지냈다.

하루는 작은사위가 와서는 신작로에서 차가 기다리고 있으니 어서 가자고 재촉을 하여 별안간에 그 곳을 떠나 그날로 대전으로 가서 동아여관에 유숙하였다. 사위는 이튿날 다시 서울로 가면서 자기 동생 홍찬 보고 하는 말이, 나를 잘 뫼시고 떠나라 한다.

그때는 부통령께서도 대전에 오셔서 계신 때다. 그 말을 듣고 뵈러 갔더니 마침 걱정 중이던 규동이도 함께 와 있어 어찌나 반가운지 규동이를 여관까지 데리고 와서 밤을 지냈다. 이튿날 또 부통령께로 갔더니 조카들이 "넷째 어머니는 부산보다는 공주로 가서 계시는 게 안전하겠다"고 하여, 내 생각엔 어쩔까 하는데 규동이도 그리 하라 하여 나는 공주로 가기로 마음먹고 있었다.

부통령 댁은 식구도 남아 있고 짐도 더 가지고 올 것이 있어, 헌병차가 서울을 간다 하여, 나를 그 헌병차로 천안까지 가서 공주 가는 차를 태워 모셔다 드리라고 이르거늘, 나는 그 길로 차

낙원동 집: 성재 이시영의 집으로 당시는 무교동.

필동 우리 딸네 집: 규숙의 집.

대부: 할아버지와 같은 항렬인 유복친 외의 남자 친척. 여기서는 해관 이관직을 가리킴.

를 타고 공주로 향하는 중, 차가 천안으로 가지 않고 조치원으로 간다. 내가 헌병더러, "천안으로 아니 가니 나를 어디서 내려 줄 것이며, 사현은 어떻게 가란 말이오?" 하니, 헌병이 대답하기를,

"천안으로 갔다가 만일 공주 가는 차를 못 만나면 어찌할 도리가 없잖겠습니까? 서울로 모시고 가서 계시면 부산으로 가는 길에 저희가 바로 모셔다 드리고 갈까 합니다. 그러니 걱정 마십시오."

할 수 없이 서울로 늦게야 들어가서 낙원동 집으로 가니 순경들뿐이라, 내가 누군 줄을 알리요. 방 하나를 치워 주어서 그날을 보냈다.

그 이튿날이 되니까, 부통령 비서실장이 아직 안 가고 필동 우리 딸네 집으로 가 있다고 하면서 순경이 차를 가지고 가거늘, 나도 그 차를 타고 필동으로 갔더니 큰사위도 아니 가고 규창이도 아니 갔다 하기에, 사위더러 규창이를 낙원동으로 오게 하라고 이르고 나는 낙원동으로 가서 기다렸다.

얼마 후에 규창이가 오면서 대부(大父)도 아직 못 갔다 하여, 그 이튿날 규창이와 당숙과 같이 헌병차를 타고 사현으로 와서 하루

조시원: 6·25 당시 총경으로 공주경찰서장.

청루창기: 청루는 창기를 두고 있는 업소. 춘향에 대해서는 여러 가지 판본과 이설(異說)이 있으며 양반의 서녀이며 기생이 아니라고도 하지만 기생이라고도 알려져 있기 때문에 창기라는 표현을 사용.

횡축: 가로로 걸도록 길게 꾸민 족자.

총망: 매우 급하고 바쁘다.

묵고 있으려니 중공군이 서울까지 왔다고들 소문이 들렸다.

즉시로 공주로 가서 공주 서장 조시원(趙時元) 씨를 만나 보았는데, 이분 역시 같은 동지고 잘 아는 분이라 반가워하며 차까지 내어 준다. 그 차로 아들 규창이와 당숙과 같이 대전으로 와서 다시 부산까지 갔는데, 부산으로 가기까지의 허다한 고생 어찌 다 적으리오. 하도 장황하여 이루 기록할 수 없어 여기에 그만두니라.

부산으로 가는 도중 남원 광한루(廣寒樓)를 보니, 그곳은 여러 백 년이 된 우리나라의 그 유명한 고적이라. 여기에 청루창기(靑樓娼妓)로 절개가 굳고 열녀로 너무나도 유명한 춘향의 화상(畵像)이 인민군에 의하여 반은 찢어져 있고, 누각에 횡축(橫軸)으로 그린 것만이 남아 있을 뿐이다.

도량에 새긴 비석은 여전히 있는 것을 보고는 또 얼마를 가노라니까 진주 땅에 들어서게 되었다. 그곳에는 5백 년이나 된, 논개로 유명한 고적 촉석루(矗石樓)가 폭격을 맞아 허물어진 자취로 남아 있으니, 모든 것이 애달프고 아깝도다. 이와 같이 총망(悤忙) 중에 고적을 바라보면서 부산에 당도한 후부터의 여러 가지 겪은 심적 고통과 고생을 어찌 다 적으리오.

환후: 웃어른의 병을 높여 일컫는 말.

뒤를 보시기를: 대변을 보기를.

❀

훌훌한 광음 어느덧 부산으로 온 지 2년이 되는 신묘년(1951) 11월에야 기차가 대전까지 통하게 되어, 그간 노친 뵈온 지도 2년이 되었는지라, 어찌 되셨는지 궁금하여 부산에서 차를 타고 대전으로 갔는데, 때마침 척숙 윤복영 씨가 대전으로 피란을 와서 지내는지라, 그 집으로 가서 며칠을 묵은 후 공주 가는 버스로 사현에 가서 우리 노친을 뵈오니 어찌나 반기시는지. 기력은 전만 못하시어 한심하나 함께하였다. 내가 생각하기에는 우리 노친 의복이나 해 드리고 1삭만 있다 갈까 하였더니 11월 보름쯤 해서 우연히 환후(患候)가 계셔 뒤를 4, 5차씩 보시기를 한 40여 일을 하시더니, 신묘년 12월 26일에 하세하시니, 오호라, 우리 노친 춘추 82세에 최후를 마치시니 슬프도다.

우리 노친 일점혈육인 이 불효여식만을 의지하시다가 자취 없이 가 버리시니, 고고축처의 유한지통을 어디다 호소하리요. 남달리 예의범절과 문필이 뛰어나신, 우리 노친께서는 팔자는 어찌도 그리 고독하셨는지, 생각하면 더욱 슬프고 통박하도다.

우리 종조 내외분께서는, 우리 노친 생존 시 병환 중에도 지극

초종: 초상이 난 뒤부터 졸곡까지 치르는 온갖 일이나 예식.

금초: 금화벌초(禁火伐草)의 준말로서, 무덤에 불조심하고 때맞추어 풀을 베어 잔디를 잘 가꾼다는 뜻을 나타내는 말.

우리 종조 3부자: 종조(이관직)와 그 두 아들.

완명: 죽지 않고 모질게 살아 있는 목숨.

통박: 마음이 몹시 절박하다.

만장: 세상을 떠난 이를 기리며 적은 글. 또는 그 글을 비단이나 종이에 적어 깃발처럼 만든 것.

히 하시더니, 생전 사후까지 초종(初終)을 지성껏 치르시고 지금도 산소의 금초(禁樵)도 우리 당숙 형제분이 하시니, 이 얼마나 감사하신 분들이랴. 아마도 우리 종조 3부자분 같으신 분들은 금세에서는 보기 드문 분들이다.

이영구의 운명은 어찌도 그리 기구한지, 친가에도 동기가 없고 친정으로는 우리 종조 댁뿐이라. 우리 아들 둘에게 생전 사후에도 외가를 잊지 말라고 늘 당부하는 바이다.

우리 노친 양례 후 1삭을 더 있다가 임진년(1952) 2월에 부산으로 가서 사십구재를 동래 금정사(金井寺)에 가서 지내고, 소기는 우리 두 아들 며느리와 지냈다. 대기는 규창이가 공무원이라 나보다 먼저 내외가 환도하여 서울에서 지내다가, 저의 내외가 내려와서 예법대로 정성껏 지내 드리니 참으로 기특하도다.

계사년(1953) 3월 초나흘에는 시동생 성재장께서 85세에 하세하시니, 오호라, 우리 가군 남매분 중에서 성재장마저 마지막으로 하세하시고 완명(頑命)이 기구한 이영구가 머무르니 외롭기도 하고 허우룩 통박(痛迫)하고 첩첩유한이로다.

국민장(國民葬)으로 서울로 모셔 오는데, 역전마다 만장(輓章)이 나오고 학생들과 일반 시민들이 행렬로 늘어서 있으며, 악대는

이시영(1952)

고심혈성: 온 마음과 힘을 다하는 지극한 정성.

신원: 원통한 일을 풀어 버림.

친림: 임금이 어떤 곳에 친히 나가거나 나옴.

비곡(悲曲)으로 슬픔을 위로하도다. 이영구는 성재장 영구(靈柩) 모신 기차로 서울까지 와서 양례를 마쳤다.

통재라. 우리 가군께서는 50년 동안에 고심혈성(苦心血誠)으로 광복 운동을 하시다가 그로 말미암아 지긋지긋한 왜놈에게 대련 수상경찰에서 생명을 마치셨다. 그러나 왜놈의 세력으로 원통한 유한을 일푼이나 어찌 발표하리오. 그리고 신체도 없는 초종(初終)도 형사의 등쌀로 마음이 편했으리오.

이영구 유한을, 생각사록 극통한 원한을 내 생전에 신원(伸寃)을 못하고 춘설같이 사라짐을 연연 한탄하였다. 그러나 가군 아우님 성재장이 생존하시며 금의환향으로 조국에 오셔서 우리 바라던 태극기를 다시 보시고 새 나라 건설 중에 부통령으로 친림(親臨)하시게 되니, 가군의 원혼이 계시다면 만 분의 일이라도 위로가 되셨을까? 나는 백 분의 일이라도 스스로 위로가 되었도다.

왼쪽에서부터 규훈의 부인 조완순(趙完順), 조계진, 규홍의 부인, 변봉섭(규동의 부인), 이은숙

그 후

가족들

양례 후에 나는 부산 와서 대청동 집에서 그날그날을 되풀이하며 시일과 싸웠다. 큰아들 규창과 사위 장기준은 공무원이라, 계사년(1953) 5월에 다 각각 내외가 환도하고 작은아들 규동과 모자가 근근이 지냈다.

10월 18일 가군 기일(忌日)에 대구의 규학 집에 가서 제사 보고 20일에 부산으로 왔다. 막 저녁을 먹은 후에 밤 9시는 되어 영주

종길: 규창의 딸(1948년생). 이후 종희(鍾喜)로 개명.

안전: 안전하게 정하거나 자리를 잡음.

식전에: (아침)식사 전에.

동(瀛州洞)에서 불이 시작되더니 그 불이 대화(大火)가 되어 부산역과 우체국까지 다 소화(燒火)되고 우리 사는 대청동(大廳洞)까지 범하였으니, 당장 위험하던 건 생각만 해도 무시무시한지라.

규동은 짐을 싸 가지고 가고 나는 미처 못 갔다. 우리 손녀 종길(鍾吉)을 두고 가서 내가 데리고 있었거늘, 그래 손녀를 데리고 나오려고 하는 차에 불은 처마까지 붙은지라. 뒤에서 "어머니, 빨리 가시오" 하는 말이 이상하여 돌아보니 키가 9척은 되는 미군(美軍)이 나를 어서 가라고 재촉한다.

급히 나오려는데 규동이 아니 보여, 종길을 업고 산으로 가며 규동을 부르니 대답이 없다. 뒤에서는 짐들을 지고 어서 가자고 재촉을 하고, 어찌나 당황하고 안타깝던지. 종길이 업혀서 "작은 아버지 저기 있으니 걱정 말아요"라고 어린것이 그렇게 하던 게, 지금 생각해도 내가 실성한 사람 같다. 환경이 이렇게 한 게라.

얼마 후에 규동이가 나를 찾아와서 그냥 산에서 지내고, 작은 사위 사는 집으로 그 이튿날 가서 안전(安奠)을 하였다. 서울 우리 당숙이 식전에 신문을 보고 어찌나 놀라워서 규창을 보고 "부산서 대화가 났다"고 하여, 아들이 그날로 부산으로 와 식구 안전한 걸 보고 "숨이 내쉬인다"고 했다. 또, "차에서도 마음이 어찌

규동 결혼 사진(1955)

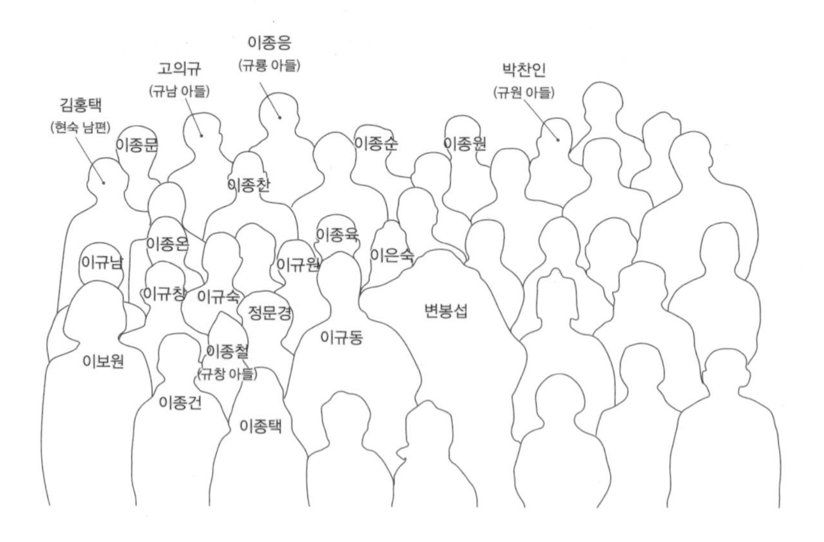
이종응
(규룡 아들)
고의규
(규남 아들)
박찬인
(규원 아들)
김홍택
(현숙 남편)
이종문
이종순
이종원
이종찬
이종온
이종육
이규남
이규원
이은숙
이규창
이규숙
정문경
변봉섭
이규동
이종철
(규창 아들)
이보원
이종건
이종택

나 조급한지 한시가 삼추(三秋) 같았어요" 했다.

규창의 친구 조 씨가 여식의 방 하나를 주어서 살다가, 그 댁은 부산 부전동(釜田洞)으로 이사를 하고 우리는 조 씨 댁 신세를 만 1년이나 졌다.

우리 선친 대기(大朞)가 12월 25일인데, 규창 내외가 서울서 외조(外祖) 대기에 와 정성껏 선향하여 잡수셨다. 조 씨 댁에서는 규창 내외를, "외조 제사에 천리 원로(千里遠路)에 와서 정성껏 지낸다"고 효손(孝孫)이라고까지 일컬었다. 저의 내외 과세(過歲)까지 하고 곧 상경하였다.

나는 갑오년(1954) 11월에 상경하여 큰아들 내외, 규동과 지내니 만사가 안심되도다. 규창은 6·25 때 봉선사에서 퇴계원으로 가 그곳서 순산 득남하여 유아의 기골이 준수했다. 또 갑오년에 득남하고 무술년(1958)에 셋째 놈을 낳아 4남매이니, 각기 출중 영특하니 기특한 마음으로 낙으로 지내도다.

작은아들 규동은 변 씨 규수와 혼인을 완정하여 을미년(1955) 10월 17일에 일길신량(日吉辰良)하여 대사(大事)를 순성(順成)하였다. 며느리의 화려한 안색 온순하여 보이고 저의 친당(親堂)의 탁월하신 범절로 교훈하여 효봉구(孝奉舅)하고 승순군자(承順君子)의 법이

손자 종찬의 육군사관학교 졸업식(1960)

앞줄 왼쪽부터 조완순, 이은숙, 조계진

뒷줄 규학, 이시영의 비서였던 독립운동가 민영완(閔永玩), 규창, 손녀 보원, 종찬, 윤장순(尹長淳, 종찬의 부인), 정순정(鄭順貞, 종찬의 장모)

천리 원로: 천 리나 되는 먼 길.

일길신량: 경사스러운 행사를 거행하려고 미리 받아 놓은 날짜가 길하고 때가 좋음.

순성: 어떤 일이 아무 탈 없이 순조롭게 이루어짐. 또는 그렇게 함.

종남매: 사촌 오누이. 두 아들의 자녀는 서로 사촌이 되는데 합쳐서 7명이라는 의미.

부지: 상당히 어렵게 보전하거나 유지해 나감.

현대 여성에게는 특별하니 기특하다.

규동으로 말하면 저의 선친도 승안(承顔)치 못하고 편친 슬하에서 의지하여 연령이 30이 되어 인연을 맺으니 일희일비(一喜一悲)로다. 규동의 자녀가 3남매, 2남 1녀가 모두 각각 출중하고, 두 아들 소생이 7종남매이니, 가군의 혈통 손자, 손녀 18남매고, 증손 7종남매며 외손, 증손은 어찌나 다복(多福)한지 이루 적을 수가 없도다.

이영구의 과거지사(過去之事)는 말할 수도 없는 파란 중, 부지(扶持)한 게 모두가 몽환이로다. 남은 여생은 손아(孫兒)들과 함께 시일을 환희로 지내며, 아들과 손아들 무병장수하기를 일일이 축수하고 만수무강하시기를 서원(誓願)하며, 우리 조국 국태민안(國泰民安)하기를 축원한다.

병오년(1966) 3월 17일

李恩淑 자필

연표

연도	주요 사건	한국 상황	세계 상황
1853	• 이유승의 첫째 아들 이건영 출생	• 철종 4년	• 태평천국 발발 • 크림 전쟁 발발
1855	• 둘째 아들 이석영 출생		• 러일화친조약 체결
1863	• 셋째 아들 이철영 출생	• 고종 즉위	• 링컨, 게티스버그 연설
1867	• 넷째 아들 이회영 출생		• 일본 대정봉환 발생
1868	• 이은숙의 모친 남양 홍씨 출생	• 남연군 묘 도굴 사건	
1869	• 다섯째 아들 이시영 출생	• 대정일신통고선문서계 반발	• 일본 외무성 설치 • 사민평등 주장
1870	• 이은숙의 부친 이덕규 출생 • 이상설 출생 • 이시영의 첫째 부인 경주 김씨 출생		• 프로이센-프랑스 전쟁 발발(~1871)
1875	• 여섯째 아들 이호영 출생	• 운요호 사건	• 영 앨런, 《만국공보》 창간
1880	• 이시영의 둘째 부인 반남 박씨 출생	• 김홍집, 수신사로 일본에 파견	
1882	• 이관직 출생 • 조계진의 큰오빠 남승 출생	• 임오군란 발발 • 제물포 조약 체결	
1885	• 이회영, 대구 서씨와 혼인 • 일곱째 아들 이소영 출생 • 조계진의 둘째 오빠 남익 출생	• 한성조약 체결 • 거문도 사건 시작	
1887	• 이회영의 첫째 아들 규룡 출생(이후 건영 댁으로 출계)	• 거문도 사건 종료	
1888	• 이석영의 양부 이유원 사망	• 북청민란 발발	• 수에즈 운하 국제화
1889	• 이덕규와 남양 홍씨의 외동딸 이은숙 출생 • 이시영의 첫째 아들 규봉 출생	• 방곡령 사건	
1893	• 이건영의 둘째 아들 규면 출생 • 이회영의 첫째 딸 규원 출생	• 교조신원운동	
1894	• 이시영의 첫째 부인 경주 김씨 사망		• 청일 전쟁 발발

1895	• 이은숙의 척숙 윤복영 출생	• 을미사변	• 청일 전쟁 종료
1896	• 이건영의 셋째 아들 규훈 출생 • 이회영의 둘째 아들 규학 출생 • 이석영의 첫째 아들 규준 탄생	• 아관파천	
1897	• 규학의 부인 조계진 출생 • 규창의 장인 정이형 출생	• 경인선, 한강철교 착공	
1898	• 조계진의 외조부 이하응(흥선대원군) 사망	• 배화학당 설립	• 미국-스페인 전쟁
1903	• 이소영 사망		
1904	• 상동청년학원 건립	• 제1차 한일협약 체결	• 러일 전쟁 발발
1905	• 규숙의 남편 장기준 출생 • 이시영의 둘째 아들 규홍 출생		• 러일 전쟁 종료
《서간도 시종기》 시작			
1906	• 이회영의 부친 이유승 사망	• 통감부 설치 • 서전서숙 설립	
1907	• 이회영의 부인 대구 서씨 사망	• 신민회 설립 • 헤이그 밀사 파견	
1908	• 이회영, 이은숙과 상동교회에서 재혼	• 사립학교령 및 학회령 공포	• 동양척식회사 설립
1910	• 이회영의 둘째 딸 규숙 출생 • 이회영·이동녕 등 4명이 남만주 시찰을 떠남 • 형제들을 포함한 가족들이 규합하여 같이 만주로 떠남	• 경술국치(8월 22일 이완용 서명, 8월 29일 공포)	• 제2회 러일협약 체결
1911	• 정월 초아흐렛날 안동현 횡도촌으로 향함 • 정월 28일 이회영과 이석영 식구·이시영 등이 유하현 삼원보로 출발 • 5월 경학사 조직 • 6월 신흥강습소 설립 • 이회영, 통화현 합니하에서 원세개 비서 호명신을 통해 토지 계약 체결 • 이회영, 호명신과 봉천에서 북경으로 이동 • 이은숙, 이석영 식구를 따라감	• 105인 사건	• 10월 호북성 우창 봉기 발발(신해혁명)

1912	• 봄 신흥무관학교 정식 설립 • 이석영의 둘째 아들 규서 출생 • 이호영의 첫째 아들 규황 출생	• 토지조사령 공포 및 시행	• 발칸 전쟁 발발 (~1913) • 1월 손문 초대 임시대총통 취임 • 2월 청조 마지막 황제 부의 퇴임 •2월 원세개 2대 임시대총통 취임
1913	• 이회영, 정월 초 귀국 • 이회영의 셋째 아들 규창 출생 • 5월 신흥무관학교를 신흥중학교로 개칭 • 이철영의 첫째 아들 규붕 출생	• 항일 비밀여성단체 송죽회 결성	• 우드로 윌슨, 28대 미국대통령 취임
1914	• 이건영 귀국, 이후 장단에서 거주 • 이호영의 둘째 아들 규린 출생	• 호남선 개통	• 제1차 세계대전 발발 (~1918)
1915	• 이회영, 8월 20일 종로서에 체포됨 • 이회영, 9월 상순 석방		• 중국 제3혁명 발발
1916	• 규봉의 아들과 딸 사망 • 이시영의 둘째 부인 반남 박씨 사망	• 조선총독부 신청사 설립 시작	• 카타르, 영국의 보호령화
1917	• 이은숙, 규숙과 규창을 데리고 조선으로 귀국(5년 만에 가족이 다 모여 살게 됨) • 이상설 사망	• 전러한족회 결성	• 러시아 혁명 발발
1918	• 규학, 조정구의 딸 조계진과 혼인	• 신한청년당 결성	• 윌슨, 14개조 제시
1919	• 이회영, 규룡만을 데리고 먼저 북경으로 떠남 • 이은숙, 규학 내외와 규숙·규창을 데리고 북경으로 떠남 • 이회영의 넷째 딸 현숙 출생 • 이철영의 둘째 아들 규상 출생	• 1월 21일 고종 승하 • 3·1운동 발발	• 상해 임시정부 수립 • 파리강화회의 개최
1921	• 이은숙의 모친 남양 홍씨 사망 • 이철영의 셋째 아들 규화 탄생	• 차경석, 증산도 계열 보천교 창설	• 자유시 참변 발생
1922	• 이회영의 넷째 아들 규오 출생		• 워렌 하딩, 29대 미국 대통령 취임

1923	• 이을규·이정규 형제, 백정기, 정화암이 북경으로 옴	• 이광수, 〈민족적 경륜〉 발표	• 관동 대지진 발생
1924	• 규학의 처남이자 조계진의 둘째 오빠 조남익 사망 • 이회영, 이정규·이을규 형제 등을 중심으로 재중국 조선무정부주의자연맹 설립		• 북경 정변 발발
1925	• 이철영 사망 • 다물단 김달하 암살 • 규숙과 이호영, 유집대에 끌려감 • 이은숙의 손녀 학진·을진(규학의 딸)과 아들 규오 성홍열로 사망 • 이은숙, 생활비 마련을 위해 귀국	• 조선신궁 준공	• 제1회 IPR (태평양문제조사회) 회의 개최
1926	• 이회영의 막내아들 규동 출생 • 조계진의 부친 조정구 사망	• 6·10 만세운동	
1927	• 이회영 회갑	• 신간회, 근우회 결성	• 중국 제1차 국공내전 발발 (~1937)
1928	• 규숙·현숙, 천진 부녀구제원으로 가게 됨 • 이회영, 규창과 함께 상해로 향하나 도적을 만나 행장을 잃고 천진으로 감 • 이은숙, 고무공장 일과 삯빨래, 삯바느질을 하면서 생활비와 군자금 마련 • 이은숙의 부친 이덕규 재혼 • 규숙, 장기준과 혼인 • 이석영의 첫째 아들 규준 사망	• 제4차 조선공산당 결성	• 장개석 북벌 성공
1930	• 규동, 장단 이건영 댁으로 감 • 이건영의 둘째 아들 규면 사망		• 대만 우서 사건 발생
1932	• 규숙·현숙 귀국, 일주일 뒤 규숙은 신경으로 떠남 • 10월 20일(양력 11월 17일) 이회영, 뤼순감옥에서 순국	• 이봉창, 윤봉길 의거	• 만주국 건국 선언

1933	• 현숙·규동, 이건영 댁에서 통학 • 이은숙, 이회영 소기 후 현숙·규동을 데리고 상경 • 조계진의 첫째 오빠 조남승 사망 • 이호영 일가족, 북경에서 행방불명 • 이석영의 둘째 아들 이규서 사망 (백정기에 의해 암살)	• 김구·장제스 난징에서 회견	• 프랭클린 루스벨트, 32대 미국 대통령으로 취임
1934	• 이은숙, 척숙 윤복영의 통동 사랑채를 얻어 이사 • 이은숙의 대고모(윤복영의 모친) 사망 • 이석영 상해에서 사망	• 조선농지령 반포	• 히틀러, 총통으로 취임
1935	• 규창 체포	• 조선인 신사참배 강요	• 연해주 조선인, 소련령 중앙아시아 강제 이주
1936	• 규창, 공판에서 무기징역 선고(후에 13년 징역형으로 확정) • 규창, 공덕리형무소의 인쇄소에서 근무	• 손기정 일장기 말소 사건	• 스페인 내전 발발 (~1939)
1937	• 이은숙, 필운동 임경호 집에서 셋방살이 시작 • 현숙·규동, 규숙이 있는 신경으로 떠남 • 규창, 서대문형무소로 전감	• 내선일체를 필두로 민족말살정책 감행	• 루거우차오 사건 • 중일전쟁 발발 (~1945)
1938	• 현숙, 조선으로 나와 이은숙과 함께 살게 됨	• 조선어 교육 폐지	
1939	• 규창, 공덕리형무소 독방에서 1년 정도를 보냄	• 조선민사령 개정(창씨개명 등)	• 제2차 세계대전 발발 (~1945)
1940	• 규창, 전라남도 광주로 전감 • 현숙, 신경으로 떠남 • 이건영 사망 • 이은숙, 신경으로 이사	• 한국광복군 창설	• 됭케르크 철수
1941	• 규동, 신경상업중학교 재학 • 현숙, 만선일보사 근무 • 이덕규, 신경으로 이사		• 진주만 공격(태평양 전쟁 발발)

1943	• 이은숙, 광주로 가서 규창 면회	대동아회의 개최	• 카이로 선언 공포 • 테헤란 회담 개최
1945	• 현숙, 김홍택과 혼인 • 규동, 중학교 졸업 • 규숙의 딸 현덕, 늑막염 재발로 사망 • 현숙 득남		• 포츠담 선언 공포
1946	• 현숙 사망, 한 달 뒤 아들 사망 • 규창 출옥 • 이은숙 일가, 서울로 귀환	• 제1차 미소공동위원회 개최	• 중국 제2차 국공내전(~1950)
1947	• 이은숙, 생질 홍증식의 집인 필동으로 이사 • 공덕금 아소당에서 규학 댁과 같이 살게 됨 • 규창, 정이형의 딸 정문경과 혼인	• 제2차 미소공동위원회 개최	• 동서냉전 전개
1948	• 규창의 딸 종길 출생	• 이승만, 대한민국 초대 대통령으로 취임	
1950	• 이은숙을 비롯한 일가식구 전체가 제각기 피란 • 유엔군 상륙 • 이은숙 일행과 이시영 환도 • 규창의 첫째 아들 종광 출생 • 폭격당한 집 때문에 규동만 서울에 남고 이은숙은 고향 사현으로 감 • 11월 중공군 침입 • 이은숙·이시영, 대전으로 피란 • 부산으로 피란 • 규훈, 공군 대위로 복무 중 실종(사망)	• 한국 전쟁 발발 • 인천상륙작전(9·15) • 1·4 후퇴 (1950.12~1951.1)	• 중소 우호동맹 상호원조조약 체결
1951	• 이은숙의 부친 이덕규 사망	• 한국 전쟁 휴전 회담 제시	• 중국 삼반운동 전개
1952	• 이시영의 둘째 아들 규홍 사망		• 중국 오반운동 전개 • 중국 인민정부 수립
1953	• 이시영 사망 • 규창 내외와 규동 환도	• 한미상호방위조약 체결 • 한국 전쟁 휴전	• 엘리자베스 2세 영국 여왕으로 즉위

1954	• 규창의 둘째 아들 종철 출생 • 이은숙 환도	• 사사오입 개헌 실시	
1955	• 규동, 변봉섭과 혼인 • 이규룡 사망		• 베트남 전쟁 발발
1956	• 이은숙의 척숙 윤복영 사망 • 규창의 장인 정이형 사망	• 한미우호 통상조약 체결	
1957	• 규동의 첫째 아들 종걸 출생		
1958	• 규창의 셋째 아들 황연 출생	• 타이와 국교 수립	• 중국 인민공사 설립
1959	• 《서간도 시종기》 집필 시작		
1962	• 이회영 건국훈장 독립장 추서	• 대한항공공사 수립	• 미국·쿠바 미사일 위기
1963	• 이규봉 사망	• 이준 열사의 유해 봉환	• 존 F. 케네디 암살
1965	• 장기준 사망	• 한일협정반대시위 확산	• 말콤 엑스 암살
1966	• 《서간도 시종기》 집필 완료	• 서독에 간호사 첫 파견	• 문화대혁명 시작 (~1976)
《서간도 시종기》 끝			
1972	• 이관직 사망	• 10월 유신	• 워터게이트 사건 발발
1973	• 이규학 사망		
1975	• 《서간도 시종기》 제1회 월봉저작상 수상		• 베트남 전쟁 종료
1979	• 이은숙 사망	• 10·26 사태	• 마거릿 대처, 52대 영국 총리 취임
1996	• 조계진 사망		
2005	• 이규창 사망		• 베네딕토 16세 교황 선출
2009	• 이규숙 사망		• 버락 오바마, 44대 미국 대통령으로 취임
2014	• 이규동 사망		

우당 이회영의 아내 이은숙 회고록

西間島始終記

서간도 시종기

1판 1쇄 펴낸날 2017년 7월 28일
1판 3쇄 펴낸날 2023년 7월 10일

지은이 | 이은숙
펴낸이 | 김시연

펴낸곳 | (주)일조각
등록 | 1953년 9월 3일 제300-1953-1호(구 : 제1-298호)
주소 | 03176 서울시 종로구 경희궁길 39
전화 | 734-3545 / 733-8811(편집부)
733-5430 / 733-5431(영업부)
팩스 | 735-9994(편집부) / 738-5857(영업부)
이메일 | ilchokak@hanmail.net
홈페이지 | www.ilchokak.co.kr

ISBN 978-89-337-0734-0 03810

값 35,000원